प्रणाम

वाणी प्रकाशन

21–ए, दरियागंज, नई दिल्ली–110002

फोन: 23273167, 23275710

e-mail : vani_prakashan@yahoo.com

vani_prakashan@mantraonline.com

प्रणाम

अरुण अस्थाना

ISBN : 978-81-8143-176-9

वाणी प्रकाशन

21-ए, दरियागंज, नयी दिल्ली-110002
द्वारा प्रकाशित

संस्करण : 2011

मूल्य : 150.00

शुभ–दीप लेज़र प्रिंटस, शाहदरा,
दिल्ली–110032

मेहरा ऑफसेट, नयी दिल्ली में मुद्रित

PRANAAM
by Arun Asthana

मम्मी और
पापा को

एक

...सच जानने वाले तो ये जानते हैं कि झूठ क्या है, लेकिन जो झूठ ही जानते हों उन्हें क्या पता कि सच क्या है... या जो झूठ को ही सच मान बैठे हों उनके लिए सच की अहमियत कितनी है? उन्हें मानने दो, जो वो मान बैठे हैं, तुम बस वो मानो जो तुम जानते हो। तुम जानते हो कि सच क्या है... बस, काफ़ी है... खुद खुश रहो—उन्हें भी रहने दो—क्या समझे—चलो उठाओ—बॉटम्स अप... मधुर ने उसका गिलास उठाकर उसे पकड़ाना चाहा। पर वह मधुर के इस पूरे मोनोलॉग में से एक भी लफ़्ज़ नहीं समझना चाह रहा था, फिर भी वह चाह रहा था कि कोई इसे यूँ ही समझाता रहे, सो उसने और रुकना चाहा—'नहीं यार, धीरे-धीरे पीने दो मुझे, बातें करते हैं थोड़ी देर... मैं क्या करूँ ऐसे लोगों का, समझ नहीं पा रहा, छोड़ो अब... ।'

'नहीं यार, ख़त्म करो इसे, कहीं और चलते हैं, फिर बैठकर बतियाएँगे—कहीं खुले में बैठकर' मधुर ने ज़ोर दिया तो उसने गिलास उठा लिया।

शराब वह जब भी पीता है, हालाँकि अब लगभग रोज़ ही पीता है, तो उसे भारी अपराध बोध होता है। उसे लगता है—कि वह अन्याय कर रहा है, खुद के साथ भी और आस-पास के सभी लोगों के साथ भी। वह ये भी तय करता है कि अब उसे शराब पीना बंद कर देना चाहिए, पर साथ ही उसके दिमाग़ में ये भी आता है कि वह किससे न्याय करे, खुद भी वह खुद कहाँ रह गया है। वो वो कहाँ रह गया है जो था, जो वो है—वो तो वो न कभी था, न कभी होना चाहा था।

मामू का होटल कहलाने वाले उस ढाबे से निकलने में उन्हें कुछ देर लगी। असल मे वह खुद निकलना नहीं चाह रहा था। होश में तो कतई नहीं। सामने दारूलशफ़ा है—सत्ता के दलालों का अड्डा। सरकारी अय्याशों का घर—रंडीख़ाना। और होश में तो वह इस इमारत को देखते ही पागल हो उठता है। लेकिन मामू के होटल पर भी वह ज़रूर आता है—क्या करे—शहर में किसी भी जगह से ज़्यादा सुकून उसे यहीं बैठकर मिलता है। और चूंकि वह दारूलशफ़ा को नहीं झेल पाता इसीलिए मामू के होटल से वह तभी निकलता है जब बेहोश होने की हद के आसपास पहुँच जाता है।

अकसर वह यह सोचता है कि यही जगह उसे सबसे ज़्यादा सुकून क्यों देती है। यहाँ भी तो आखिर उसे भाईजी ही लाए थे पहले-पहल। उन्होंने ही तो मामू को बुलाकर उसका परिचय कराया था–'मामू मेरा भाई है ये, पहचान लो ढंग से।' और मामू पहचान गये थे उसे। आज तक पहचानते हैं–भाईजी ने भाई के तौर पर। फिर भी वह यहीं बैठकर पीना सबसे ज़्यादा क्यों पसंद करता है–शायद इसलिए, क्योंकि यहीं बैठकर उसने कई फ़ैसले किए थे, हालाँकि फ़ैसले करना बेहद मुश्किल काम रहा है उसके लिए। यहीं तो उसकी बहसें चलती थीं– छात्र क्रांति की... (हुँह–क्या शब्द हैं–सनसनी भरने वाले–सड़े – बेमायने – गुमराह करते हैं।) यहीं तो उसने सपने देखे थे – बचकाने टाइप के – कि कुछ ऐसा किया जाए कि पढ़ाने वाले सचमुच पढ़ाने लगें, पढ़ने वाले सचमुच पढ़ने लगें, कुछ ऐसा करने के कि छात्रों की बँधी मुट्ठियाँ जब हवा में उठें तो लोग डरें नहीं बल्कि मुट्ठियाँ बाँधकर उनके साथ खड़े होने को तैयार हों। अब भी कभी-कहीं वह देख लेता है ऐसे सपने, पर अब उन पर विश्वास नहीं करता। और बेहोशी की हद तक वह इसलिए पीता है क्योंकि वह भाईजी का भाई है। वह नहीं देखना चाहता दारूलशफ़ा की ओर, पर नज़रें हैं कि मानती नहीं।

'क्यों अजित, लालबाग चलें या स्टेडियम... या खाओगे कुछ...' मधुर की आवाज़ सुनी तो उसने कमर टटोली अपनी, रिवाल्वर छुआ – साले, दिन ख़राब चल रहे हैं, कब, कहाँ क्या हो जाए कोई ठिकाना नहीं – 'स्टेडियम चलो, चायना बाज़ार होते हुए, कबीरदा से मिलना है... उसने दारूलशफ़ा पर नज़रें टिकाए हुए कहा मधुर चौंक पड़ा – 'कबीरदा...! अरे नहीं, अभी नहीं, अभी प्रेस क्लब में बहुत भीड़ होगी, रात में फोन कर लेना या कल बतियाना, अभी कोई चूतियापा नहीं।'

रिक्शे पर दोनों चुप थे। उसे मालूम है कि मधुर कबीरदा को क्या मानता है, पर वह ख़ुद बस इतना जानता है कि कबीरदा चाहे जो हों, उसके हमदर्द हैं। उसकी मदद को तैयार रहते हैं, अख़बारनवीस होते हुए भी उससे कभी ख़बर की अपेक्षा नहीं करते। वह उनके लिए एक सूत्र नहीं है, हालाँकि उसके पास ख़बरों के नाम पर अकसर बारूद होता है–सुलगता हुआ। पर नहीं, वह ख़बर नहीं है, कबीरदा के लिए –सूत्र भी नहीं। लेकिन मधुर या उसके जैसे दूसरे लोग मानते हैं कि कबीरदा को कबीरदा बनाने वाले उसके जैसे लोग ही हैं। उसके जैसे लोगों के कारण ही कबीरदा के पास हमेशा बायलाइन्स रहती है। कबीरदा उसे झेलते हैं – अपने मतलब के लिए, अपने पेशे के लिए, अपनी नौकरी के लिए, अपनी ख़बरों के लिए। लेकिन ये तो वह ही जानता है कि कबीरदा के साथ हुई उसकी बातचीत में से कोई भी मसला कभी ख़बर नहीं बना। लेकिन अब वह किसी को कुछ बताना नहीं चाहता

– कोई सफ़ाई नहीं।

अचानक उसके मन में आया कि वह रिक्शे से फौरन उतर जाए और अकेला चला जाए कबीरदा के पास। लेकिन उसका अपराध बोध फिर उभर आया– शायद ज़्यादा पी ली है इस वक़्त, शायद इस वक़्त सचमुच प्रेस क्लब जाना ठीक नहीं होगा। सही कह रहा है मधुर–वहाँ कोई चूतियापा हो गया तो यही होगा कि पीकर हंगामा किया प्रेस क्लब में। दिन भी साले खराब चल रहे हैं, कब कहाँ क्या हो जाए क्या ठिकाना। उसने रिवाल्वर को फिर ठीक किया, चुभ रही थी बैठने पर, और नॉवेल्टी में लगी फिल्म का विराट पोस्टर देखने लगा – फिल्म का नाम पढ़ा – पर नहीं पढ़ा – पढ़कर भी वह उसे अगले ही क्षण याद नहीं रख पाया। उसे लगा – पढ़ा ही नहीं। बस इतना याद रहा कि लाल–नीली-हरी लकीरों से कुछ लिखा था, इतना और याद रहा कि पोस्टर पर आमिर खान, प्रीति जिंटा और एक और ऐक्ट्रेस–न जाने कौन – का चेहरा हूबहू बनाने की भरपूर कोशिश की गयी थी। उसे लगा कि वह दारू ज़्यादा पीने लगा है, इसीलिए उसकी याददाश्त कमज़ोर हो रही है – और फिल्म का नाम याद करने की फिर वह कोशिश करने लगा।

'अबे अजित – वो देख, वंदना...' अचानक मधुर लगभग चीख-सा पड़ा। उसका सिर झटके से उधर घूम गया जिधर मधुर की आँखे अब भी टिकी हुई थीं। नॉवेल्टी चौराहे पर पिक्चर हाल से निकल रही भीड़ में रास्ता बना रही सफेद टाटा सूमो में आगे ही बैठी थी वह...। उसकी नज़र जितनी तेज़ी से टाटा सूमो तक पहुँची थी उतनी ही तेज़ी से वहाँ से हट भी गयी।

'सच यार, ये ठीक नहीं हुआ....' इतनी देर से उसे समझा रहे मधुर ने पहली बार ऐसी बात कही, जो उसे समझ में आयी, पर वह चुप था।

'...लेकिन डियर, जम रही थी – बहुत दिनों बाद देखा हूँ, कुछ भर भी गयी है, वाकई...' मधुर जैसे खुद से ही कह रहा था – उधर ही टकटकी लगाए – जिधर टाटा सूमो धीरे-धीरे बढ़ रही थी – लोलुप-सा। उसे अच्छा नहीं लगा। उसने रिक्शा रुकवाया और उतर पड़ा – मैं घर जा रहा हूँ।' मधुर असमंजस में। फिर वह भी उतर पड़ा। रिक्शेवाले को पाँच का नोट पकड़ाया और उसकी बाँह पकड़ ली–बायीं।

'नहीं यार, मैं घर जाऊँगा।' उसने बाँह छुड़ाई अपनी और चल पड़ा।

'चलो अच्छा टैम्पो तक चलते हैं साथ-साथ।' मधुर साथ तो चल दिया पर उसे इस वक़्त मधुर का साथ रास नहीं आ रहा था, वह अकेला होना चाहता था, इस वक्त–नितान्त अकेला। वंदना नाच रही थी उसकी आँखों में, भाईजी दिमाग़ में। हलवासिया तक चुप्पी पसरी रही दोनों के बीच और हलवासिया पर वह बिना कुछ बोले टैम्पो पर सवार हो गया। मधुर देखता ही रह गया। मिलाने को बढ़ा उसका

हाथ भी उससे दूर ही रह गया। चंद सेकेण्ड बाद जब उसे अफसोस हुआ और उसने टैम्पो से सिर बाहर निकाल कर देखा, तब तक मधुर मुड़ चुका था–वापस।

यूनिवर्सिटी के सामने कॉल्विन कालेज की दीवार पर चमक रहे थे गहरे रंग के बैकग्राउण्ड पर सफेद अक्षर–विशाल रैली – बेगम हज़रत महल पार्क में 26 अगस्त को – निवेदक सूरज सिंह 'भाईजी' उसने आँखें मूँद ली।

दो

दरवाजा खोलकर अन्नू चुपचाप वापस अपने कमरे की तरफ बढ़ गया। माँ और पापा बैठक में ही थे और टीवी देख रहे थे। उसे लगा – दोनों में से कोई भी टीवी पर आ रहा कार्यक्रम नहीं देख रहा – बस टीवी को देख रहा है। बहन ने रसोई से ही पूछा– 'दादा, खाना...। उसने मना कर दिया।

उसके कमरे का बल्ब जल रहा था – यानी माँ आयीं थी कमरे में आज भी..। अभी कल ही बवाल मचाया था उसने इसी बात पर, शायद इसीलिए कल से वह उससे बोली नहीं, फिर भी...। क्यों नहीं मानतीं वह, अपन आदत क्यों नहीं छोड़तीं, क्यों रोज उसके कमरे की बत्ती जला देती हैं, क्यों रात में पानी पीने को धर जाती हैं। उसने सख्ती से मना कर रखा है – कोई मेरे कमरे में न घुसे – फिर भी। कैसे मना करे अब वह – माँ का अक़सर रात में छत पर बैठकर चुपचाप रोना भी तो वह नहीं झेल पाता।

उसने धीरे से झाँका कमरे के बाहर। टीवी चल रहा था, पापा के सामने कोई मैगज़ीन आ गयी थी और माँ उसके कमरे की तरफ ही देख रही थी। उसने दरवाजा बंद कर लिया– भड़ से, डर के।

...पर किसके डर से। किसका डर है उसे। बिस्तर पर पसरा तो रिवाल्वर गड़ा कमर में, उतार कर मेज पर फेंक दिया। कमर में दर्द होने लगा था, नशा भी उतर रहा था, सिर भी भन्नाने लगा था। नींद भी नहीं–भूख भी नहीं। क्या करे...

अचानक ध्यान आया– चंदू वाले मामले की तारीख़ है परसों, कल वकील साहब से मिलना होगा। उसने मेज की दराज़ में लगा ताला खोला और चंदू वाले मामले के कागज़ात निकालने लगा – 307 लगा है, देखना ही पड़ेगा एक बार। उन्हीं कागज़ों के नीचे दिख गयी – हरी डायरी और उसके नीचे पीला पॉलिथीन बैग – यानी वंदना। दरवाजे पर दस्तक हुई तो उसने झट दराज बंद कर दी और रिवाल्वर पर कमीज़ डाल दी। दरवाज़ा खोला – माँ थी।

'खाना' वह पूछ नहीं रही थीं, बता भी नहीं रही थीं, बस उनके मुँह से एक शब्द भर निकला था।

'नहीं खाना' वह बोला।

माँ कुछ कहना चाहती थी, वह समझ गया था – वह दरवाजे से हटी नहीं थी ना। लेकिन वह नहीं चाहता था कि माँ कुछ कहे उससे।

जाइये, आप आराम कीजिए। उसने उन्हें जबरन हटाना चाहा पर नाकाम रहा।

'सूरज आया था आज, तुम्हें तलाशते हुए, कुछ हिसाब देना है क्या उसका?' माँ ने अटकते हुए पूछा, बताया।

'मिल लूँगा।'

'कैसा हिसाब है तुम लोगों का, बड़ा परेशान था उसके लिए, तुम्हारे कमरे में भी आ रहा था, पर मैंने रोक दिया।

माँ शायद सब कुछ जानना चाहती थी, पर कुछ भी बताकर उन्हें छत पर बैठकर घंटों रोने की एक और वजह वह नहीं देना चाहता था। वह चुप रहा और माँ को जबरन वहाँ से खींच ले जाना पड़ा खुद को।

क्या बताए वह – भाईजी की करनी का पता काफी कुछ तो माँ को भी है। आखिर भाईजी ने माँ को दिया भी क्या एक टीस एक फाँस के सिवा, जो रह रह कर उठती है, चुभती है भीतर ही भीतर। दूध नहीं पिलाया तो क्या। मौसी बताती हैं – तीन महीने के थे भाईजी जब वह उन्हें लेकर नानी के घर आयीं थीं, और उसके बाद अगले दस महीने के मायके प्रवास में उन्होंने कभी भी भाईजी को न तो कभी नहलाया था, न तेल लगाया था, सब कुछ माँ ही करती थी। भाईजी के मुँह से भी पहला बोल जो फूटा था वो 'माँ' नहीं 'सी' था यानी मौसी। और माँ खुद ही तो बताती है जब उनकी शादी हुई तो विदाई के वक्त तीन वर्ष के भाईजी ने उनके साथ जाने के लिए क्या हंगामा मचाया था।

और उसे याद है, जब भाईजी मुस्तकिल रहने आए थे उसके घर तो सातवीं में पढ़ते थे, वह तीसरी में था, अन्नू गोद में और छोटी यानी विन्नी तो तब पैदा ही नहीं हुई थी। यहीं रहते थे वह, इसी कमरे में, जो अब उसका है। उसे याद है, वह पापा के साथ बैठक में सोता था, अन्नू माँ के साथ बड़े कमरे यानी माँ के बेडरूम में और भाईजी के लिए – अकेले के लिए – वह कमरा था। तब वह सोचता था– ये घर तो उसका है, उसके पापा का, उसकी माँ का, फिर ये कमरा भाईजी का क्यों है, उसका क्यों नहीं। लेकिन उसके थोड़ा-सा और बड़ा होने पर उसका और भाईजी का यानी दोनों का हो गया ये कमरा। दोनों इसी में पढ़ते, इसी में सोते, इसी में लड़ते, इसी में खेलते। दोनों की एक पूरी दुनिया थी इसी एक कमरे में।

भाईजी उसे गाँव के किस्से सुनाते – अपनी बँसवाड़ी के भूत के – 'पता है, वहाँ टट्टी करने कोई जाता है तो ऐसा धक्का देता है भुतवा कि सीधे पोखरा में ही गिरता

है आदमी।' किस्से शुरू होते तो फिर ख़त्म होने का नाम ही न लेते – बरम बाबा के, डीह देवता के कारनामे, जामुन के बाग़ के किस्से, नरैना के कुएँ के किस्से। उसे लाठी चलाना सिखाते भाईजी उसी कमरे में–पापा के छाते से।

कहाँ वह सोचता था कि ये कमरा भाईजी का क्यों है कहाँ साल भर बाद ही ये आलम हो गया कि भाईजी जब जब गाँव जाते तो उसे कमरा काटने को दौड़ता। गाँव वह कभी गया नहीं था तब तक लेकिन गाँव के बारे में उसे बहुत कुछ मालूम हो गया था, चौथी पास करते–करते। और जब वह स्कूल में बताता अपने दोस्तों को कि चावल धान से पैदा होता है, दो खेतों की बाउण्ड्रीवॉल मेढ़ कहलाती है, जैसे परकाश अंकल और उसके लान के बीच है। हर गाँव के एक अपने भगवान होते हैं – डीह बाबा, ट्यूबवेल से ख़ूब तेज़ धार से पानी निकलता है, जिसमें नहाने में बड़ा मज़ा आता है, जैसे बड़ा, बहुत बड़ा शावर – तो सब दंग रह जाते।

भाईजी ने ही तो बताया था कि इंसान की भी किस्में होती हैं, कई तरह की। हुआ यूँ कि एक दिन पापा, माँ को बता रहे थे – 'वो वर्मा है ना, टेलीफोन वाला, चमार है वो... तभी तो देखो प्रमोशन पर प्रमोशन मिल रहे हैं, चार साल मे ही गाड़ी खरीद ली... सूत कर कमा रहा है साला, मज़ाल है कोई हाथ डाल दे...।'

वह उस वक्त अपने कमरे में पढ़ रहा था भाईजी के साथ, उसने भाईजी से पूछा– 'ये चमार क्या होता है?'

'चमार- कहार यहाँ नहीं होते हैं...' भाईजी ने बताया था

नहीं यहाँ होते हैं, देखो पापा कह रहे हैं वर्मा अंकल चमार हैं, क्या है चमार.. उसकी सुई अटकी हुई थी।

'अच्छा, कोई-कोई यहाँ भी होते होंगे, पर ज्यादा तो गाँव में होते हैं चमार, कहार, कुर्मी, लोध सब...'

उसने भाईजी को काटा – पर ये सब क्या होते हैं?

'ये लोग गंदे होते हैं' भाईजी ने ज्ञान बघारा – 'कायस्थ, बामन, ठाकुर अच्छे होते हैं।'

माने – मेहतर...' उसके पास सवालों की कमी नहीं थी।

'हाँ, और क्या – चमार वमार तो घर में घुसने ही नहीं दिए जाते–

'क्यों, ये लोग चोर होते हैं क्या...'

नहीं भाई...

'फिर क्यों नहीं घुसने दिये जाते, वर्मा अंकल तो...'

'नहीं, सबको थोड़े... आदमी नहीं घुसने दिए जाते' भाईजी ने बताना शुरू किया – चमारों की लड़कियाँ आती हैं खेत पर ट्यूबवेल वाले कमरे में – जब भी चाचा

बुलाते हैं। और घुन्नू चमार है ना, उसकी अम्मा को तो बाबू अकसर बुला लेते हैं, घर में ही, दोपहर को, बैठक में। पता है, जब घुन्नू की अम्मा आती है ना, तो हमें बाबू बुलाकर एक चवन्नी देते हैं, कहते हैं – यहीं ओसारे में खेलो और किसी को बैठक में नहीं आने देना। हम किसी को बताते भी नहीं, पर चाचा कहते हैं– धुन्नू के साथ मत खेला करो वो चमार है।'

'मतलब लड़कियाँ चमार नहीं होती हैं गाँव में, केवल लड़के होते हैं...'

उसके सवाल फिर शुरू हो गए।

उस वक्त भाईजी के पास इन सवालों के जवाब देने की समझ फिलहाल नहीं थी। लेकिन भाईजी ने ये जरूर उसे बताया था कि वोट कैसे डाला जाता है। हालाँकि उन्हें ये नहीं मालूम था कि वोट क्यों डाला जाता है पर 'गली-गली में शोर है, इंदिरा गांधी चोर है' वाला नारा उन्होंने खूब लगाया था और तब तक एक बार वोट भी डाल चुके थे, जब वह चौथी में पढ़ते थे– तब।

असल में उस दिन उनके चाचा जा रहे थे वोट डालने, तो वह भी चिपक लिए – चाचा हम भी चलेंगे। चाचा ने बिठा लिया साइकिल के डंडे पर। बूथ पर भीड़ थी और लाइन में खड़े होना चाचा की आदत नहीं। सो लाइन में भाईजी को खड़ा किया और खुद अंगौछा बिछाकर पसर गए चिलबिल के नीचे – ये कहकर कि जब दरवाज़े पर पहुँचना तो आवाज लगा देना। लेकिन भाईजी अभी दरवाजे से दूर ही थे कि श्रीवास्तव मास्टर आए और उसे लाइन से निकाल ले गए। आठ-दस लोग और थे उनके साथ। श्रीवास्तव मास्टर सबको लिए दनदनाते अंदर, न लाइन न कुछ। सामने पोस्टमास्टर साहब बैठे थे और उनके सामने थी एक ठो पोथी। श्रीवास्तव मास्टर ने पोथी घुमाई, भाईजी को खींचकर आगे लाए और कहा – 'लिख बे यहाँ– नथई लोध।' भाईजी ने साफ़-साफ़ लिख दिया। बस, बदले में शेर, चिड़िया, फूल, हाथी, घोड़ा, सिपाही वाले चौखानों वाला एक कागज श्रीवास्तव मास्टर ने लिया और उन्हें – चल बे, डाल दिया बोट कहते हुए भगा दिया। बाहर निकलकर जब उन्होंने चाचा को बताया तो चाचा ने लगाए दो झन्नाटेदार और फिर सिर धुनते हुए जाकर लाइन में खड़े हो गए।

भाईजी ने ही बताया था कि लड़कियाँ जब बड़ी होती हैं तो उनकी छातियाँ फूल जाती हैं – चूंची कहते हैं उसे, दूध भी, दबाने में बड़ा मज़ा आता है। चाचा तो रोज़ बिट्टो की चूंचियाँ दबाते हैं, एक दो बार उन्होंने भी दबायी है, पर जब भी वह दबाते हैं तो बिट्टो मारने दौड़ती है, पता नहीं क्यों... पर मज़ा खूब आता है।

क्या नहीं बताया था, भाईजी ने उसको। वह तो भाईजी को सर्वज्ञ समझने लगा था–जीनियस। वह आठवीं में पहुँचा तो भाईजी इंटर में। एक ही कालेज में थे दोनों,

भाईजी, शरीर से ठीक-ठाक थे। अच्छा खेलते थे। खो-खो और वॉलीबॉल दोनों टीमों के कप्तान थे। उसने उनकी तारीफ़ के पुल बाँध रखे थे कालेज भर में। हर कोई अजित के भाईजी को जानता था, अजित को जानता था। भाईजी को छात्रसभा का सचिव बनाया गया तो उनसे ज्यादा खुश वह हुआ था। उसी के एक हफ्ते बाद लड़ाई हुई थी भाईजी की, देवेन्द्र सक्सेना से। लड़की का मामला था कोई। भाईजी के किसी दोस्त की बहन का। भाईजी ने देवेन्द्र को रोका था और देवेन्द्र ने भाईजी को अकेला पाकर पीट दिया था। भाईजी पिट गये थे– चुपचाप। उसे बड़ा धक्का लगा, भाईजी पिट कैसे गये, उसने तो कभी सोचा भी नहीं था कि कोई भाईजी को भी पीट सकता है। उसने कुछ लड़के जुटाए– कुछ कालेज के, कुछ मोहल्ले के और देवेन्द्र सक्सेना को ऐसा पीटा कि पहली बार पुलिस वाले उसके दरवाजे पर आए।

पापा ने पुलिसवालों को तो समझा दिया, आखिर उनकी एक प्रतिष्ठा थी, लेकिन बाद में उसे बिठाकर घंटों लेक्चर दिया। उसी रात खाना खाते वक्त पापा, माँ से कह रहे थे – 'देखा करो, दिन भर क्या करता है। लगता है गुण्डों की सोहबत पड़ रही है। मेरे घर के दरवाजे पर पहली बार पुलिस आयी, ज़रा सख़्ती करो।' वह सुन रहा था सब, सोच रहा था– पापा भी अजीब हैं, भाईजी को उन्होंने पीटा तब कुछ नहीं...।

भाईजी उसके लिए राम थे। और राम बनना भाईजी की आदत भी तो थी। गाँव में रामलीला में राम का पार्ट करने का पट्टा उन्हीं के ख़ानदान के नाम लिखा था। रामलीला होती भी उन्हीं के घर के सामने थी, घर क्या हवेली के सामने। गाँव में इतनी बड़ी कोई दूसरी इमारत नहीं थी, जितनी बड़ी उनकी हवेली। उनके बाप तो नहीं पर बाबा ज़मींदार थे। आसपास के पूरे तीन गाँव थे उनकी ज़मींदारी में। हवेली उसी जमाने की थी – पंद्रह कमरों की। बाहर दो बैठकें थीं, जिनमें से कभी एक में ज़मींदारी का दफ्तर हुआ करता था अब वह बैठक बन गयी थी। आम इस्तेमाल के लिए। उसके बगल का दूसरा कमरा ख़ास बैठक थी जहाँ कभी-कभी ख़ास मेहमान ही आते थे, या फिर भाईजी के बाबू यानी बाबू रविचंद्र प्रताप सिंह 'लिखाई-पढ़ाई' करते थे। दोनों बैठकों के सामने लम्बा ओसारा था और जब बाबू रविचंद्र प्रताप सिंह कभी किसी धुन्नू चमार की माँ या शंकर तेली की बहन की देह का भूगोल पढ़कर उस पर अपनी कलम चला रहे होते थे तो भाईजी को एक चवन्नी थमा कर इसी ओसारे में खेलते रहने को कहा जाता था।

इस तरह की पढ़ाई लिखाई बाबू रविचन्द्र प्रताप सिंह के छोटे भाई यानी भाईजी के चाचा बलवंत प्रताप सिंह उर्फ बल्लू भइया वहाँ नहीं कर पाते थे, क्योंकि वह अपने बड़े भाई की तरह इलाहाबाद इनवस्टी से बी.ए. नहीं किए थे। उन्होंने तो नवीं में फेल होने के बाद बड़े भाई के बहुत कहने के बावजूद अपने स्वर्गीय पिताजी की

ही बात मानी थी और प्राइवेट हाईस्कूल का इम्तिहान देने के बजाए दोस्त की शादी में ग़ाज़ीपुर चले गए थे, जहाँ बारात को तीन दिन रुकना था और दोस्त की छह सालियाँ थी – सब छोटी। और शादी से लौट कर उहोंने ट्रैक्टरों और ट्यूबवेलों की ज़िम्मेदारी सँभाल ली थी – बड़े भाई का साठ एकड़ की खेती का बोझ हल्का करने के लिए।

तो चूँकि सबको मालूम था कि वह अपने बड़े भाई जितना पढ़े-लिखे नहीं है और वह ख़ुद भी बड़े भाई और घर के सभी बड़ों का बड़ा लिहाज़ करते थे इसलिए बड़े भाई जैसी 'पढ़ाई लिखाई' के लिए वह घर की बैठक का इस्तेमाल नहीं करते थे। वैसे भी उनके पास दूसरे एकांत स्थल मौजूद थे जहाँ इस तरह की पढ़ाई लिखाई पर पूरी तरह एकाग्र हुआ जा सकता था और इस एकाग्रता को कोई भंग न करे, इसके लिए अक़सर वह भी भाईजी को ही इस्तेमाल करते थे, 'चल हो सुरजुवा, ट्यूबेलिया पर चल के पढ़ा।' और चाचा भीतर पढ़ते थे–भाईजी बाहर।

लेकिन चाचा चवन्नी नहीं टिकाते थे। तभी भाईजी को लगता था कि चाचा वह नहीं पढ़ते हैं जो बाबू पढ़ते हैं। और ये सच भी था, बाबू के पास केवल दो किताबें थीं दोनों पुरानी हो चुकी थी। जबकि चाचा की किताबें बदलती रहती थी, और उतनी पुरानी भी नहीं होती थी। बाबू छिप-छिप कर और कभी-कभी पढ़ते थे उन किताबों को चाचा अकसर और कहीं भी पढ़ लेते थे। बाबू की पढ़ाई का किसी को पता नहीं था, या लोग उसके बारे में कम से कम बात नहीं करते थे। चाचा की पढ़ाई की चर्चा गाँव भर में होती थी। बाबू की किताबें केवल बाबू के लिए थीं। चाचा की किताबें कई लोग पढ़ते थे, और जो नहीं पढ़ पाते थे वे कम से कम छूने की कोशिश ज़रूर करते थे।

इसीलिए जब बाबू पढ़ाई करते थे तो वह ओसारे में सिर्फ खेलते थे। लेकिन जब चाचा पढ़ाई करते थे तो भाईजी अक़सर ट्यूबवेल वाले कमरे में झाँका करते थे और पढ़ाई देखकर अपनी पढ़ाई से उनका जी उचट जाता था, वह याद किये पहाड़े भूल जाते थे।

वैसे याद की हुई बातें भूलने की भी उनकी ख़ानदानी आदत थी। उनके बाबू अक़सर भूल जाते थे कि उनके पिताजी गाँव के जमींदार कभी थे– अब नहीं हैं। इसीलिए अक़सर वह चमरौटी या मुरांव टोला से जब किसी को बुलवाते थे और वह नहीं आता था तो वह गुस्से से फनफना उठते थे। पर वह ये नहीं भूलते थे कि वह 'इलाहाबाद यूनिवर्सिटी' के बीए हैं इसीलिए माँ बहन की गालियां भीतर ही भीतर दौड़ाते रहते थे और बाहर केवल दो-तीन शब्द ही बार-बार निकालते थे–बेवकूफ, अहमक–साले हरामी...।

इसीलिए उन्होंने गाँव की प्रधानी के चुनाव में खड़े होने का फ़ैसला किया था। क्योंकि पहले वह सोचते थे कि गाँव के ज़मींदार नहीं रहे तो क्या हुआ, रियाया तो उनकी ही है। पर ऐसा नहीं रहा था। तभी तो सनीचर कोइरी उनके मुकाबले में आ खड़ा हुआ था। और उसी वक्त चाचा, जो हमेशा ये याद दिलाते रहते थे कि गाँव के लोग अब भी उन्हीं की परजा है, भूल गये कि सनीचर कोइरी भी उनकी परजा है। दूसरे दिन सुबह जब सनीचर कोइरी पोखरा किनारे टट्टी फिरने गया तो उसे पुलिया पर चाचा और उनके तीन चार साथी दिखे, सनीचर कोइरी को राम-राम करना याद नहीं रहा, तो चाचा ने उसे याद दिलाया – 'का हो सनीचर, परधानी लड़े के जोम में राम जुहारौ भुलाय गये का... एहर आवा तनी...' पर सनीचर ने कदम तेज़ कर दिए।

पूरब लाल से नीला – सफेद हो रहा था पर मार्च की उस सुबह हवा ठंडी थी। सनीचर के चेहरे पर पसीना आ गया क्योंकि चाचा और उसके साथी पुलिया की दीवार से उतर आए थे। सनीचर रुक गया, बात सँभालने की कोशिश की– 'नाहीं बल्लू बाबू, मुहाँ में सुरती रही, उही से...चली तनी जल्दी बा...' और अचानक उसने कदम और तेज़ कर दिए पर चाचा ऐसे कहाँ छोड़ने वाले थे, उनके एक साथी ने पीछे से पकड़ लिया सनीचर को – 'रुक बहिनचो, बतिया नहीं सुनेगा... तनी जल्दी बा... कउन दफ़्तर जाएक बा हो तुम्हें हैं...।' फिर सनीचर को जो एक लप्पड़ पड़ा तो भन्ना गया उसका सिर... और उसके मुँह से ऐसी आवाज़ निकली कि दूर खेत के बीचोंबीच लोटा लेकर बैठी औरतें बिना पानी का इस्तेमाल किए अपनी अपनी धोतियाँ ठीक करती खड़ी हो गयीं।

'ढ़ेर सौक चर्राया है परधानी का, गटई दबा देंगे सारी परधानी का सौक निकल जायेगा पिल्ल से। भइया से कौनो दुस्मनी है का तोहार...। कउन दिक्कत है हो तोहे उनसे...।' चाचा का सुर बेहद संतुलित था।

सनीचर अब तक सँभल चुका था – 'नाही बल्लू भइया, हम नाही, ऊ तो सिउराम पांडे कहिन...'

'सिउराम पांड़े कहिन... बहिन चो, खुद आगे आए माँ, का गांड़ फटत है... ५ तू मान्यौ कैसे सिवराम की, दे ससुर के धरि के... चाचा ने अपने एक साथी की लाठी की ओर इशारा किया और इससे पहले की लाठी उठे अचानक भाईजी का हाथ पकड़े बाबू रविचंद्र प्रताप सिंह प्रकट हो गए।

भाईजी को पिछली रात ही उन्होंने अपने पास लिटाकर समझाया था खड़ी बोली में – 'अब आप बड़े हो गए हैं, आपको सुबह-सुबह टहलने जाना चाहिए, तभी ना और बड़े होंगे... और आज सुबह वह भाईजी को जगाकर टहलाने निकल पड़े थे,

रास्ते भर समझाते रहे थे तरह तरह की बातें खड़ी बोली में ही, भाईजी भी खड़ी बोली में ही बात करने की कोशिश कर रहे थे, तभी उन्हें पुलिया की तरफ से आवाजें सुनायी दीं और वे उधर बढ़ गए।

बाबू ने लाठी रोक ली और चाचा से पूछा – 'क्या हो रहा है ये सब...' खड़ी बोली मे ही।

चाचा चुप।

फिर उन्होंने सनीचर से पूछा – 'क्या भाई सनीचर, क्या हुआ, तुम लोग क्यों झगड़ा कर रहे हो, कुछ मुझे भी तो बताओ।

ये खड़ी बोली सुनकर उसे लगा सामने बाबू साहब नहीं कोई मसीहा खड़ा है – बोला – 'बाबू साहब, हमें तो सिउराम पांडे कहे रहे...'

बाबू रविचंद्र प्रताप सिंह ऐसे बोले जैसे भूल गए हों कि उनकी ज़मींदारी भी थी कभी – 'अरे नहीं सनीचर, उसमें क्या, ये तो सरकार ने हक़ दिया है, सिउराम पांडे न कहते तो क्या तुम नहीं खड़े होते... मैं तो कहता हूँ कि तुम्हें अपनी मरज़ी से खड़ा होना चाहिए था। क्या दिक्कत है, अरे हम भी किसान तुम भी किसान और चुनने वाले भी किसान, बस। परधान कोई बने, होगा तो किसान ही ना, तो भला भी किसान का ही होगा...।'

फिर वह बल्लू और उनकी मंडली की तरफ पलटे – 'पगला गए थे तुम लोग, आइंदा कभी भी ये सब लफड़ा किया तो... चलो चलते बनो...।'

तब तक खेतों से लोटा लेकर भागी महिलाओं ने गाँव में ख़बर कर दी थी। और गाँव से कई लोग पुलिया की तरफ दौड़ते हुए जब वहाँ पहुँचे तो वहाँ, जैसी उन्हें खबर मिली थी, वैसा कुछ नहीं था। बाबू साहब और सनीचर पुलिया पर बैठे बतिया रहे थे, बल्लू और उनके साथी पास में ही खड़े सुरती बना रहे थे और बाबू साहब का लड़का यानी भाईजी पास ही बैठे हग रहे थे। तो गाँव से आए लोग भी जुड़ गए बातचीत में, कुछ बाबू साहब और सनीचर के साथ, कुछ चाचा के गोल में। वहाँ कुछ हुआ ही नहीं था।

उसी दिन सनीचर ने सबसे कह दिया – 'परधानी हमरे बस की बात नहीं, न पढ़े न लिक्खे, हम बाबू साहब के साथ हईं।' अगली सुबह भाईजी ने बाबू को याद दिलाया सुबह टहलने की, तो उन्होंने कहा – 'चले जाइये अकेले, पर ज़ियादा दूर मत जाइएगा।' भाईजी ने खड़ी बोली में ही उन्हें याद दिलाने की कोशिश की – 'पर आप तो कल कहे थे कि आप अब रोज़ हमारे साथ घूमने चलेंगे।' पर बाबू उसे भूल चुके थे और याद नहीं करना चाहते थे।

ऐसा भी नहीं था कि सभी यादें भूलने की बाबू रविचन्द्र प्रताप सिंह की आदत

रही हो, बहुत सी भूलें वह याद भी रखते थे। ऐसी ही एक भूल उन्होंने तब की थी जब भाईजी अपनी माँ के पेट से बस निकलने ही वाले थे और भाईजी की माँ की छोटी बहन यानी उनकी इकलौती साली अपनी बहन की देखभाल के लिये उनके घर में थी। इंटर का इम्तिहान देने जा रही इस साली से उन्हें भरपूर उम्मीदें थीं, क्योंकि अक़सर जब वह कहते कि 'तुम तो मेरी आधी घरवाली हो' तो साली साहिबा चमक कर कहती 'पूरी बनाने का हौसला हो बना लीजिए।' जीजा साली की छेड़छाड़ में वे कई बार उसे यहाँ-वहाँ पकड़ चुके थे, पर साली साहिबा ने कभी ऐतराज़ नहीं किया था। इसीलिये अपनी बहन की जंचगी के लिए आयी साली से एक रात आँगन में लेटे हुए सिर में तेल लगवाते हुए जब उन्होंने कहा कि रात में बैठक में आ जाना, अपनी जिज्जी के सोने के बाद तो उनकी इस फुसफुसाहट को उनकी साली ने मज़ाक ही समझा और कहा – 'बैठक में क्यों, हिम्मत हो तो यहीं कर लीजिये, जो करना है...।' और उन्होंने इधर-उधर देखा ओर जब कोई दिखाई नहीं दिया तो साली को बाहों में भरकर चारपाई पर अपने ऊपर डाल लिया। साली को इसकी उम्मीद नहीं थी। झट अपने को छुड़ा कर अलग हुई–एक नजर उन्हें देखा और तीर की तरह अपनी जिज्जी के कमरे में घुस गयी।

सुबह उनकी पत्नी ने उनसे कहा– 'हमारी बहन के साथ ठीक नहीं किया आपने, कुछ तो सोचते– घर के अंदर... अरे ऐसे भूखे भी नहीं हैं आप, सातवें महीने में भी तो हमें नहीं छोड़ा था, और फिर बैठक तो आपकी आबाद ही रहती है।' साली साहिबा ने अपना बक्सा पैक कर लिया था और बल्लू के साथ दोपहर होने से पहले ही निकल गयी थी, जाते वक्त उसने जीजा को नमस्ते भी नहीं की थी। उन्हें ये भूल कभी नहीं भूली। अपने ब्याह में साली साहिबा ने जब कहा– ''जीजा जी मैं भूल चुकी हूँ सब, अब आप भी भूल जाइये।' तब भी नहीं भूले वह। और बाद में जब भाईजी पढ़ने के लिये मौसी के साथ लखनऊ में रहने लगे तब भी बाबू जब भी भाईजी को लेने पहुँचाने जाते, तो बेहद सतर्क रहते, क्योंकि वह भूल नहीं पा रहे थे अपनी उस भूल को।

तीन

उसने सोचा—कुछ देर यूँ ही पड़ा रहे बिस्तर पर, सोचे सब कुछ – वंदना, प्रियम, मेडिकल...या... पर नहीं सोच पा रहा, दिमाग़ है कि एक जगह टिकता ही नहीं। घूम रहा है अपनी गति से, उसके काबू से बाहर... पता नहीं, कहाँ-कहाँ पहुँच रहा है– उन सभी जगहों पर जहाँ वह नहीं जाना चाहता। लेकिन वहाँ नहीं जा रहा जहाँ वह पहुँचना चाहता है, जहाँ वह टिक कर थोड़ी देर सुस्ताना चाहता है, जहाँ उसे सुकून मिल सकता है। वैसे सुकून अब उसके ख़ाते में कहाँ, और दिमाग़...! उसने खुद ही तो दौड़ते रहने की आदत डाल दी है दिमाग़ की, फिर वह ठहरे भी तो कैसे।

माँ ने खुले दरवाज़े पर थपकी दी और कॉर्डलेस उसकी तरफ बढ़ा दिया – 'सूरज का है।'

उसने चुपचाप हाथ बढ़ाकर फोन ले लिया, बिना माँ की तरफ देखे। हिम्मत ही नहीं होती अब माँ की तरफ देखने की। शायद माँ भी उसे नहीं देख रही थी।

'हलो अज्जू...'

'हाँ, बोल रहा हूँ।' वह 'भाईजी चरण स्पर्श' कहना बड़ी मुश्किल से रोक पाया।

'अज्जू, कल सुबह मैं दौरे पर जा रहा हूँ, पहाड़ में – अगर अभी जा जाते तो. .. कुछ काम है ज़रूरी।'

'आप ही आ जाइये, माँ की तबियत ठीक नहीं है। मैं इस वक़्त ज़रा... मुश्किल होगा।' इन्कार करते हुए उसे बड़ी ताकत लगानी पड़ी, फिर भी साफ-साफ इन्कार नहीं कर पाया, माँ का बहाना ओढ़ लिया।

'हाँ, आता तो मैं ही, पर... क्या हुआ मौसी को, कल सुबह ही तो उनके लिए डाक्टर भेजा था। कह रहा था – कोई ख़ास बात नहीं है, ठीक हो जाएगी दो एक दिन में – तुम आ जाओ यार अब।'

'आप बताइये ख़ास बात...।' उसे खुद पर गुस्सा आ रहा था। क्या हो जाता है उसे, भाईजी सामने नहीं है, सिर्फ उनकी आवाज़ आ रही है, फिर भी वह भीगी बिल्ली बनता जा रहा है, क्यों...

'अरे यार, वो डेट है ना, 307 वाली, उसी बारे में... और देखो... अरे आ जाते तो सब डिस्कस कर लेते। पता है मुझे, तुम्हारे पास आजकल गाड़ी नहीं है पर क्या करें, इलेक्शन है ना, वैसे इस वक्त मैं गाड़ी भेज रहा हूँ...।' भाईजी की आवाज में आदेश झलकने लगा था।

उसके मुँह से 'भेजिए' निकलने ही वाला था पर इस बार उसने रोक ही लिए ये शब्द। बहुत कुछ कहना था उसे इसी वक़्त पर बाक़ी कुछ कह नहीं पाया।

उसे चुप पाकर भाईजी समझ गये – नहीं आने वाला वह – 'अच्छा, चलो छोड़ो, सुनो, वो विनोदिनी है ना...ठाकुर... साली तंग करने लगी है अब, नयी चप्पल बन गयी है, उसी को लाइन पर लाना है, करो यार कुछ... अकल ठिकाने लगा दो, चार-पाँच साथी पकड़ो और ले जाओ उसे कानपुर रोड, चाभी तो है ना तुम्हारे पास. .. वहीं मजा लेना सब लोग और कुछ फोटू-ओटू लेना साली के... काहे टिपिर-टिपिर कर रही है ये भी बता दूँ तुम्हें... जिलाध्यक्ष से फँसी थी साली जिला महिला अध्यक्ष बनने के चक्कर में, फिर तो तुम जानते ही हो, क्या बताना... इधर टिकट के लिए मेरे पीछे पड़ गयी, रुकी भी एक आध बार, बस भाव बढ़ गए, और टिकट इस बार मेरा ही, तुम जानते हो कितना मुश्किल से हुआ है, सब कुछ तो दिल्ली में हो रहा था, यहाँ से गयी लिस्ट तक तो... तुम तो सब जानते ही हो, क्या बताना, तो बस अब हड्डी बन गयी है गले की... कुछ उल्टा सीधा बक दिया इधर-उधर तो समझो बस... देख लो यार अब उसे। और ज़रा भीखमपुर वाली जमीन की भी कुछ सोचो, तुम तो एकदम भूल गए उसे, जो जी चाहे करो पर कुछ करो– उस अहीर को चाहे गोली मरवा दो चाहे उठवा लो, पर ये समझ लो कि इलेक्शन से पहले वहाँ पूरे काम्प्लेक्स की नींव भर जानी है, नहीं तो फिर गयी समझना उस ज़मीन को...

...और हाँ ज़रा... पांडे से मिल लेना, कुछ देगा वो, रख लेना चुपचाप। बस... अब ये बताओ कि तुम रहते कहाँ हो, लगता है पेजर देना पड़ेगा तुम्हें, पता ही नहीं चलता तुम्हारा। कल दोपहर से ट्राई कर रहा हूँ। मौसी बता रही थीं– रात से पहले घर नहीं पहुँचते – सुधर जाओ ज़रा... नहीं तो – शादी करवा दूँगा, फिर मत कहना कि भाईजी...'

आगे टेलीफोन पर क्या कहा जाता रहा, उसके पल्ले नहीं पड़ा – सुधर जाओ, हुँह, कौन बिगड़ा, कैसे बिगड़ा, कौन सुधरे–तुम्हें हक ही क्या है ये सब कहने का. ..। वंदना... नाम सुनते ही उसका दिमाग फिर कंधे और कान से जोंक बने कॉर्डलेस पर गया। भाईजी कह रहे थे– 'वंदना भी बता रही थी कि इधर उसने भी तुम्हें कब से नहीं देखा। देखो यार, आ जाया करो रोज़ाना जरा एक चक्कर–कम से कम, कोई देखने वाला नहीं है, रामासरे बाहर से विज्ञप्तियाँ – चिट्ठियाँ सब टाइपिंग कराता

है, अठन्नी का रुपया बताता है, देते हैं, क्या करें। इलेक्शन है।'

हाँ – हूँ के अलावा उसके पास कोई जवाब नहीं था, इन बातों का। इन बातों का – वजहों का मतलब भी क्या था अब उसके लिए, जब था – तब की बात और थी।

'...कल जा रहा हूँ पहाड़–' भाई जी की आवाज़ रिसीवर कानों में फेंक रहा था जबरन– 'पार्टी प्रचार है, साला टिकट फाइनल हुआ नहीं कि ड्यूटी लग गयी, आठ बजे निकलूँगा। वक्त मिले तो आ जाना सुबह।'

वह फिर कुछ बोल नहीं पाया और भाईजी फिर समझ गये, – 'अच्छा चलो, पर परसों केस ज़रूर देख लेना। सत्ताइस को लौटूंगा फिर चलेंगे क्षेत्र में। ठीक... अब सो जाओ, ज़्यादा देर तक जगना ठीक नहीं और सेहत का ध्यान रखो जरा अपनी और... दारू कंट्रोल में... सूखते जा रहे हो।'

नींद ही नहीं आती तो सोए कैसे। और जब नींद नहीं आती है तो वह कुछ सोचना चाहता है, पर सोच भी तो नहीं पाता कुछ ठीक ठीक। शुरू कहीं से होता है और पहुँच कहीं और जाता है पल भर में। वहाँ भी जब तक सोच के पाँव जमें, नया ख़्याल पसर जाता है दिमाग़ भर में। ऐसे में घबरा उठता है, सोचता है कि सोचना बंद कर दे पर फिर सोच के दरवाजे बंद नहीं होते, एक के बाद दूसरा ख्याल पसरता रहता है, सिकुड़ता रहता है, वह कुछ नहीं कर पाता। हाँ, इतना ज़रूर हुआ है इन दिनों कि वह फ़ैसले करने की कोशिश करने लगा है। पहले वह फ़ैसले करना बंद कर चुका था। मानता था कि जीवन को अपनी रवानी में बहने दिया जाना चाहिये, फ़ैसले खुद-ब-खुद होते जाएँगे। पर जीवन अपनी ही रवानी में बह भी कहाँ रहा है। बहे भी तो कैसे–अब यही सोचना चाहता है वह, लेकिन फिर वंदना का ख़्याल उभर आता है, फिर भाईजी...। इन ख़्यालों को कैसे सुलाए, वह कैसे सोए।

नींद न आना तो उन दिनों भी आम बात थी जब वह मेडिकल कॉलेज में था। पर तब रात भर जागने का मतलब था पढ़ना। रूटीन था तब ये। अपनी इच्छा से बनाया गया रूटीन।

अचानक उसे उन्हीं दिनों की अपनी एक कविता की एक लाइन याद आ गयी – ख़्वाब टहल रहे हैं मेरी छत पर... आगे उसे याद नहीं आ रहा। वह फिर खंगालने लगा दिमाग़ को, पर आगे की लाइनें नहीं याद आयीं तो नहीं याद आयीं, हाँ और बहुत कुछ ज़रूर याद आ गया। कितने साल हुए अभी, पर सब कुछ कैसे भूल गया वह। उसे झुँझलाहट हुई खुद पर, तरस भी आया। उसने फिर कोशिश की कविता की आगे की लाइनें पकड़ने की, पर नाकाम रहा। लेकिन इस वक्त वह उस कविता को पूरी पढ़ना ही चाहता था।

यूँ कविता– अविता, पढ़ना-वढ़ना, अब क्या... इन सबसे तो नाता कब का टूट चुका है, फिर आज ये क्या हो रहा है उसे। उसने उठकर शेल्फ खोली – एनॉटमी, फ़िज़ियॉलजी, बॉटनी, केमिस्ट्री... बच्चन, मंटो, प्रेमचंद, राही मासूम रज़ा, जेन आस्टेन... एक पूरा संसार था वहाँ के पाँच खानों में, पर सब पर धूल थी, जाले थे, कई बरसों से उन्हें छुआ भी नहीं गया था, सिवाय सबसे ऊपर रखे निराला रचनावली के चार भागों के – उन्हीं के पीछे तो उसके रिवाल्वर का घर था। वहीं तो पड़ी रहती है कार्ट्रिज।

तमाम नज़र दौड़ाने पर भी उसे वह बड़ी डायरी नहीं दिखी जिसे मेडिकल कॉलेज की लड़कियों ने चुरा लिया था एक बार, और चंद दिनों बाद प्रियंवदा उसे लेकर आयी थी, जब वह कार्डियोवैस्कुलर डिपार्टमेंन्ट के ऊपर की मेहराबों में बैठा आसफ़ी इमामबाड़े को निहार रहा था। प्रियंवदा ने डायरी उसके हाथ में थमाते हुए धीरे से अपना दाहिना हाथ भी उसके हाथ पर रख दिया था। उसके हाथ की गर्माहट, वो छुअन वह सब कुछ कह गयी थी, जो वह कहना चाह रही थी पर कह नहीं रही थी। उसने प्रियंवदा के हाथ पर अपना दूसरा हाथ रखकर हल्के से खींच लिया था और वह बैठ गयी थी उसके पास। फिर दोनों, यूँ ही, कब तक वहीं बैठे रहे पता नहीं चला। ख़ामोशी में डूबे। कभी कभी उतराते भी चंद लफ़्ज़ तो पल भर में ही फिर डुबकी मार जाते– लंबी। हाँ, जब वे उठे तो इमामबाड़े में पर्यटकों की भीड़ ग़ायब हो चुकी थी और इधर-उधर कुछ बल्ब टिमटिमा रहे थे।

सेकंड इयर में अव्वल रहा था वह। उसी साल उसकी कुछ कविताएं भी, जो प्रियम (अब इसी नाम से वह पुकारने लगा था प्रियंवदा को) ने ही पत्रिकाओं को भेजी थी, छपीं और सराही गयीं। उसे दिख रहा था अपना कल, सोच कर ही पुलक उठता वह।

उसी साल भाईजी वापस लखनऊ आ गये थे– युवा पब्लिक पार्टी के महासचिव बनकर। उसी साल देश के प्रधानमंत्री बने एक कवि–चित्रकार–भूतपूर्व राजा ने मण्डल कमीशन की सिफारिशें लागू की थीं। तब कितना हँसे थे वे सब। वह तो कहा करता था– राजा साहब, प्रधानमंत्री बनने के बाद भी राजा बने रहने का मोह नहीं त्याग पा रहे, दिखाना चाह रहे हैं कि देखो हमारा सामंती दिल कितना बड़ा है– हम सबका ख़्याल रखते हैं– खासतौर पर वंचित, दलित शोषितों का और फिर कोई पुछल्ला जोड़ता–क्योंकि वहीं तो अब हमारा ख़्याल रखेंगे।

ख़ैर, तो उसी साल राजा ने देश में मण्डल कमीशन की सिफ़ारिशें लागू की। उसी साल राजा के विरोधियों ने (और साथियों ने भी) देश के सवर्ण युवाओं की भावनाओं से खेला और भावनाओं में बहे इन युवाओं ने आग से खेला और भाईजी उनमें शामिल हो गए जो युवा नेता होने के नाते युवाओं को आग दे रहे थे।

चमार-कहार-कुर्मी-लोध...। पिछले कुछ सालों में उसने बड़े जतन से भुलाया था बचपन का वह ज्ञान। लेकिन न चाहते हुए भी अब उसे वही ज्ञान बार-बार याद आ रहा था। हालाँकि वह खुद को बहुत समझदार समझता था और बड़ी संतुलित सी बातें करता था आरक्षण वगैरह पर। लेकिन वह ये भी पा रहा था कि अब अकसर वह ये जोड़-घटाना करने लगा है कि अगर 'चिकित्साधिकारी' के रिक्त स्थान हों–दस तो अब उस जैसों के हिस्से में कितने स्थान आएँगे और इन स्थानों के लिए उस जैसे कितने होंगे और जिनके लिए आधे स्थान आरक्षित किए गए हैं उनकी संख्या मेडिकल कालेज में कितनी होगी और वगैरह-वगैरह।

इस पूरे गणित से जो नतीजा निकलता उसका अनुपात बेहद गड़बड़ और डरावना लगता उसे।

रोज़ रात उसी के कमरे में बैठक होती। पता नहीं कहाँ-कहाँ से मिश्रा, पांडे श्रीवास्तव, गुप्ता, सूर्यवंशी, चंद्रवंशी, सेंगर, तोमर, अग्रवाल वगैरह आते। भाईजी और उनके ये सिंह–श्रीवास्तव–गुप्तादि रोज़ रात को अगले दिन के लिए 'एक्शन' तय करते और तीसरे दिन अख़बार बताते कि 'एक्शन' हो गया–फलां जगह बस जली और फलाँ जगह कोई खुद...। इन बैठकों में आग बाँटी जा रही थी–बाहर की आग, अंदर की आग, पर उसे ताज्जुब इस बात का था कि भाईजी की नेतागीरी कतई पसंद न करने वाले पापा को इन बैठकों पर कोई ऐतराज़ नहीं था।

मेडिकल कालेज हॉस्टल में भी केवल सिन्हा, सिंह, अगरवाल, शर्मा जैसे नामों की पगड़ीधारी जीव ही बचे थे। एक दोपहर पापा ने कहा – 'अब देखना, मिल चुकी नौकरी, सब रिज़र्व... चलो प्रैक्टिस करना।' तो दूसरी दोपहर जब वह प्रियम को लेने गर्ल्स हॉस्टल पहुँचा तो वहाँ सन्नाटा था, चौकीदार ने बताया – 'लड़कियां गयी हैं विरोध मार्च पर – कालेज से हजरतगंज विधानसभा तक।'

हर कहीं कुछ न कुछ हो रहा था। हर कोई कुछ न कुछ कर रहा था। अख़बार, टेलीविज़न... सभी जगह ख़बरें थी, जो बता रही थीं कि देश भर में आग फैल चुकी है। हर कोई जल रहा है, कोई अंदर से, तो कोई बाहर से।

हर तरफ से उछल रही चिंगारियों ने उसके भीतर की मक्खन-सी रूई को सुलगाना शुरू कर दिया था। भाईजी की बैठकें उसे हवा दे रहीं थीं। ऐसी ही एक रात की बैठक में वह सूर्यवंशियों, चंद्रवंशियों, सक्सेनाओं और गुप्ताओं के बीच पहली बार एकाएक उठ कर खड़ा हो गया – 'मेडिकल कालेज में क्यों नहीं करते आप लोग कुछ' भाईजी के चेहरे पर अचानक गर्व तैर गया, आश्चर्य मिश्रित – 'तुम्हीं बताओ, क्या किया जा सकता है वहाँ...' भाईजी के एक मिश्रा जी तपाक से बोले।

उसके भीतर तब तक आग दहकने लगी थी सो उसकी जबान से भी 'आग' लफ़्ज़

ही निकला – 'आग – पी.जी. लाइब्रेरी में... बहुत आसान है।' फिर वह समझाता रहा – कहाँ से रात में घुसा जा सकता है, कैसे भागा जा सकता है, चौकीदार कहाँ होता है... वगैरह।

भाईजी कुछ क्षण चुप रहे फिर अपनी मोटी होती गर्दन सहलाते हुए बोले – 'कोई है ऐसा तेरी नज़र में, जो ये काम कर सके...'

'मैं खुद कर सकता हूँ।' वह बेसाख़्ता बोल गया।

भाईजी का हाथ रुक गया, गर्दन पर ही – 'तुम! नहीं तुम नहीं, कोई और हो तो बताओ...'

'पर भाईजी, मैं क्यों नहीं, मैं सब जानता हूँ, सब कुछ...' उसके भीतर की आग बाहर आने को आतुर हो गयी थी।

लेकिन अज्जू मैं नहीं चाहता...

भाईजी क्या नहीं चाहते थे, ये जानने में उसे अब कोई दिलचस्पी नहीं थी और इसमें मदद की एक गुप्ता जी ने, यह कहकर – 'वैसे अगर ये कर सकता है तो क्या दिक्कत है, इसकी मदद के लिए कुछ और लड़के भेज देते हैं हम।

भाईजी ने उसे गहरी नज़रों से देखा– 'तू कर लेगा ना अज्जू?'

और वह तपाक से बोला– 'हाँ हाँ, बिल्कुल।'

भाईजी उठे, उसकी पीठ ठोंकी और धीरे से बोले– 'ठीक है।' उनकी आंखों में चमक थी – तारीफ़ की, गर्व की या कुछ और... उसे नहीं मालूम, पर यही चमक उस वक्त उसके लिये अमृत थी।

अगली रात वह और भाईजी के भेजे हुए तीन लड़के गोमती की तरफ वाले गेट से घुसे मेडिकल कॉलेज में। उनके हाथ में सूटकेस थे और सूटकेस में थे पेट्रोल से भरे कैन। आधे घंटे बाद ही अवधी वास्तु इतिहास में दर्ज इमारत में स्थित पी.जी. लाइब्रेरी, जो उत्तर भारत की सबसे समृद्ध मेडिकल लाइब्रेरियों में एक मानी जाती थी, धू-धू कर जल रही थी। और वहाँ से भाग रहे चार लड़कों में से एक, जिसका नाम अजित था, जो इसी लाइब्रेरी में बैठकर शरीर की जटिलताओं से जूझता रहता था,आज अपने इस काम पर सीना फुलाना चाहता था। और सीना फुलाने के लिए अपने इस कारनामें पर एक और नजर डालने की ज़रूरत उसे शिद्दत से महसूस हुई। इसीलिये भागते-भागते वह रुक गया। पीछे मुड़कर देखा पर एक क्षण से ज्यादा वह खड़ा नहीं रह पाया, सिर पकड़कर बैठ गया–ये क्या कर दिया उसने।

इस लाइब्रेरी की किताबें तो सिर्फ किसी यादव, या सिर्फ किसी कुर्मी या सिर्फ किसी पासवान के लिए नहीं थीं। ये तो उसके लिए भी थीं। सभी श्रीवास्तवों, पांडेयों, मिश्राओं के लिये भी थीं। पर अब तो जो होना था, हो चुका था। फ़ायर ब्रिगेड की

आवाज़ भी उसे सुनाई पड़ने लगी थी। वह मनाने लगा जल्दी से जल्दी पहुँच जाए यहाँ फ़ायर ब्रिगेड। अब उसे उठना था – भागना था वहाँ से। लेकिन वह खुद नहीं उठ पाया, उसे उठाया चार मज़बूत पकड़वाले हाथों ने, कुछ इस तरह कि उसकी गर्दन की नस चिटख गयी।

थाने में वह लॉकअप में लगभग फेंका-सा गया। थोड़ी देर बाद, जब प्रिंसिपल साहब वहाँ आए– तब भी उसकी शर्ट और जींस से पेट्रोल की महक उठ रही थी। प्रिंसिपल साहब ने उसे देखा, कंधे उचकाए और चलते बने। सुबह पापा आए, माँ आयीं पर भाईजी नहीं आए। पता चला–पार्टी के काम से कल रात अचानक झांसी जाना पड़ा। अगले दिन उसे जेल भेज दिया गया तब तक भाईजी आ गए थे। फिर ज़मानत भी हो गयी। उसके बाद कोर्ट के चक्कर लगते रहे। बाद में पंद्रह दिन की सज़ा छोड़कर बाक़ी माफ़ी मिल गयी पर मेडिकल कालेज ने उसे निकाल दिया था।

यानी अब वह डॉक्टर नहीं बन सकता था। जेल से घर आने पर जब माँ ने उसे वह चिट्ठी दिखाई जिस पर ऊपर दो मछलियों वाला निशान था और नीचे दस्तख़त– डॉक्टर एस.डी. सरन। तो वह रो पड़ा।

भाईजी उस वक्त घर पर ही थे। उन्होंने समझाया – 'चलो डोनेशन से करा देंगे– बंगलौर – महाराष्ट्र में कहीं – जो हो गया, सो हो गया, अब बचपना छोड़ो।'

पर वह तब तक बच्चा ही तो था, फिर बचपना कैसे छोड़ सकता था, बचपना अपना दिखा भी तो चुका था... जिसकी उम्र को सरकार शादी करने योग्य नहीं मानती, उससे पूरी तरह बचपना छोड़ने की उम्मीद करनी भी नहीं चाहिए।

चार

ये वह दौर था जब देश की राजनीति लगातार करवटें ले रही थी। मुद्दों का राजनीतिकरण हो चुका था और मुद्दों की राजनीति की मौत। ये दौर था – मौत की राजनीति की शुरुआत का। भाईजी इसी दौर की शुरुआत में सक्रिय हुए थे। इसीलिए बाद में उन्हें इस राजनीति के माहिरों में शुमार किया जाने लगा। असल में उन्होंने शुरुआत ही एक मौत की राजनीति से की थी। वह मौत – जिसे याद करके वह आज भी दहल जाते हैं।

इसीलिये वह उस मौत का, उस घटना का ज़िक्र करना या सुनना तक अब पसंद नहीं करते। उन दिनों वह यूनिवर्सिटी हॉस्टल में रहने लगे थे। अहिंसा के पुजारी बापू की याद में बना ये महात्मा गांधी हॉस्टल यूनिवर्सिटी में उन दिनों हिंसा का गढ़ माना जाता था। लेकिन छात्र राजनीति में हत्या जैसे कृत्य तब भी शामिल नहीं हुए थे और हिंसा मारपीट तक ही उतरती थी।

गांधी हॉस्टल में ही पूरन शर्मा रहते थे – पश्चिमी उत्तर प्रदेश की हिंसक लाबी के मुखिया। भाईजी पूरब के थे सो उन्हें दबकर रहना पड़ता था। उन्हीं दिनों, कई वर्षों बाद विश्वविद्यालय छात्र संघ का निलंबन ख़त्म किया गया और चुनाव की घोषणा हुई इसी चुनाव के इंतजार में नौ वर्षों से यूनिवर्सिटी में ज़में पैंतीस वर्षीय पूरन शर्मा को किसी भी हाल में ये चुनाव जीतना था, लेकिन दावा ज़्यादा मज़बूत नज़र आ रहा था, उनसे दो साल जूनियर सरोज सिंह का। पूरब लॉबी के आका थे सरोज सिंह।

इसके साथ ही शुरू हुआ युनिवर्सिटी में पूरब और पश्चिम लॉबी के बीच सीधे टकराव और भारी हिंसा का दौर। यूनिवर्सिटी कैम्पस में उन्हीं दिनों पहली बार पुलिस ने कैम्प किया और पहली बार यूनिवर्सिटी में छात्र-छात्राओं के चेहरे डरे-सहमे दिखाई दिए। लेकिन भला हो राज्य के सत्तापक्ष और विपक्ष के कई नेताओं का, जिनके आशीर्वाद से इस चुनाव पूर्व हिंसा के सिलसिले पर काबू नहीं रह गया किसी का। इसी हिंसा का चरम था गांधी छात्रावास की वह घटना जिसे याद करके इतने साल बाद, इतने सबके बीच से गुज़रने के बावजूद भाईजी अब भी दहल जाते हैं।

बुलंदशहर के एक कपड़ा व्यापारी का दूसरा लड़का था रमेश। भाईजी से उसकी दूरी मात्र तीन कमरों की थी। पूरन शर्मा के लिये कैम्पस में लगे ज़्यादातर बैनरों के लिए कपड़ा अंग्रेज़ी साहित्य में एम.ए. कर रहे रमेश भारद्वाज ने ही उपलब्ध कराया था। शर्मा के लिये हिन्दी परचों का अंग्रेज़ी में अनुवाद भी उसी ने किया था। उसका अनुवाद जितना अच्छा था, उतनी ही अच्छी उसकी लिखावट भी थी। हॉस्टल के कई रोमियो उससे न जाने कितने प्रेमपत्र लिखवा चुके थे।

जाते दिसंबर की उस रात वही रमेश भारद्वाज आग की लपटों में घिरा हॉसटल के बरामदे में दौड़ रहा था। उस रात पूरन शर्मा किसी बड़े नेता के घर बैठक में गए थे और उनके समर्थक भी ज़्यादातर हॉस्टल से बाहर थे। ग्राउन्ड फ्लोर के उस विंग में जहाँ रमेश आग की लपटों में लिपटा दौड़ रहा था, भाईजी सहित तीन चार लड़के ही अपने कमरों में मौजूद थे। जब तब वे उसकी चीख़ सुनते, आग बुझाते और उसे अस्पताल ले जाने का बंदोबस्त करते, रमेश दम तोड़ चुका था। बाद में पोस्टमार्टम रिपोर्ट में पता चला कि आग लगाने से पहले रमेश की गुदा में लाठियां घुसेड़ी गयी थी। क्यों– इस सवाल का जवाब कभी नहीं मिला। पर इस हत्या का सीधा दोष पूरब लॉबी पर गया। पश्चिम लॉबी के गढ़ में घुसकर ऐसी हत्या की गयी तो ये भी समझा जाने लगा कि हॉस्टल में ही कोई इस कांड में शामिल जरूर होगा... और उस रात भाईजी हॉस्टल में मौजूद थे।

इसके बाद जो कुछ हुआ उसके चलते भाईजी को मजबूरन गांधी हॉस्टल के कमरे में ताला लगाकर शास्त्री हॉस्टल में पूरब लॉबी की शरण लेनी पड़ी। इसी बीच उनके गांधी हॉस्टल के कमरे का ताला तोड़ा गया, सामान फेंका गया उसमें पूरन शर्मा का चुनाव कार्यालय बनाया गया। बदले में सरोज सिंह ने बोस हॉस्टल के पश्चिमी लॉबी के एक कमरे पर कब्ज़ा किया और उसे भाईजी को मुहैया करा दिया। बस तभी से भाईजी पूरब लॉबी की अग्रिम पंक्ति में शामिल हो गए।

तो भाईजी ने जिस वक्त राजनीति में कदम रखा था उस वक्त राजनीति में एक नयी जमात की तूती बोलना शुरू हो गयी थी। गड़े मुर्दे उखाड़कर सरकारें उखाड़ने का सिलसिला शुरू हो गया था। पूरब–पश्चिम–उत्तर–दक्षिण–पहाड़–नदी–तालाब की राजनीति चल निकली थी। उन्हीं दिनों सदियों पुरानी सांप्रदायिकता की दीवार को और मजबूत करने का काम युद्धस्तर पर शुरू किया गया तो कुछ नेताओं ने चंद क़दम और बढ़ाए इक्कीसवीं सदी की ओर, और संप्रदायों के भीतर जातियों की दरार गहरी करनी शुरू की।

राजनीति बस अब इन्हीं के इर्द-गिर्द घूम रही थी। मज़बूरी थी उसके लिए, कोई दिशा ही नहीं मिल रही थी। कोई था भी नहीं दिशा देने वाला। किसी को दिशा देने

की ज़रूरत भी नहीं थी। इसलिये एक ही खूँटे के चारों तरफ घूमती इस राजनीति में रोज़ाना हास्यास्पद और घृणित घटनाएँ भी हो रही थीं तो राजनीति के नाम पर सत्ता की दलाली करने वालों की असलियत भी खुले तौर पर सामने आ रही थी। लेकिन जनता को इन सबसे, पता नहीं क्यों, कोई मतलब नहीं था। वह तो निरपेक्ष भाव से बस ताक रही थी सब कुछ।

तो ये राजनीति का नया दौर था, और इस नये दौर में भाईजी उभर रहे थे। नये तेवर के साथ। विश्वविद्यालय की राजनीति में भाईजी के तेवर देखकर ही मनकू सिंह ने उन्हें उठाया था वहाँ से। असल में मनकू सिंह उसी क्षेत्र से सांसद थे, जहां भाईजी का गाँव था। जब भाईजी पर उनकी नज़र पड़ी तब भाईजी छात्र राजनीति में चमकने लगे थे। उधर सत्तादल के सांसद होते हुए भी मनकू सिंह के भीतर अपने चेले-चाटी को लेकर संशय और ख़तरे की भावना ज़ोर पकड़ने लगी थी। हालाँकि वह अपने इन चेलों का पूरा ख़्याल रखते थे पर पता नहीं क्यों उन्हें ये लगने लगा था कि इस बार चुनाव में ये उन्हें गोली दे जाएंगे।

उस बार वह क्षेत्र में गए तो पता चला कि 'सुरजुवा जो लखनऊ बिस्बिद्यालय का बड़का नेता बन गया है, छेत्रै का है।'

बस। यूँ वह लखनऊ बहुत कम जाते हैं। ज़्यादातर दिल्ली या फिर क्षेत्र का दौरा। क्योंकि अपनी सरकार तो दिल्ली में है, लखनऊ में तो है नहीं और फिर लखनऊ के चक्कर अब विधायक-फिदायक लगाए—वह क्यों लगाएं। लेकिन इस बार लौटते में वह लखनऊ रुक गये और अगले दिन सूरज सिंह तलब किए गए।

भाईजी के लिये एक बड़ा मौका था। छात्रसंघ महामंत्री बनने के बाद वह कई पार्टियों के कई छोटे-बड़े नेताओं से मिल चुके थे पर सभी ने छूछे आशीर्वाद और 'मिलते रहना' से ज़्यादा कुछ नहीं दिया था। उस वक्त तक छात्र राजनीति में दलगत राजनीति का हस्तक्षेप बढ़ चुका था, पर भाईजी अपने प्रति पार्टियों और नेताओं का ये रवैया देखकर भौचक थे और थोड़े कुंठित से होते जा रहे थे। ऐसे में मनकू सिंह अपनी तरफ से उन्हें बुलाएं... मनकू सिंह जो सत्ताधारी दल के सांसद हैं और उस पर भी उनके क्षेत्र के सांसद हैं... भाईजी के लिये इससे बड़ा मौका तब तक कोई दूसरा नहीं हो सकता था।

मनकू सिंह ने आख़िर भाईजी के सिर पर हाथ रख दिया— छेत्रै के तो हो और ठाकुर भी तो – मनकू सिंह फुसफुसाये – 'कहाँ चूतिया चक्कर में फँसे हो, काम करो हमारे साथ – दिल्ली आओ यही इतवार।'

दिल्ली में भाईजी मनकू सिंह के नार्थ एवेन्यू के फ्लैट के जिस कमरे में ठहराए गए वह बकौल मनकू सिंह के पी.ए., सबके लिए नहीं खोला जाता था। मनकू सिंह

ने भाईजी को पार्टी दफ्तर में कई लोगों से मिलवाया, दो एक मंत्रियों से भी। भाईजी अभिभूत थे। फिर मनकू सिंह ने उनके सामने अपनी योजना रखी – 'लखनऊ विसबिद्यालय में कराओ एक पूर्वांचल छात्र सम्मेलन, बनारस, गोरखपुर, बलिया, गाजीपुर, इलाहबाद... सब जगह से बुलाओ छात्रों को...

'पर दादा लखनऊ तो पूर्वांचल में है नहीं – भाईजी ने रिरियाती आवाज़ में कहा असल में उन्होंने ख़र्च का, इतनी देर में, पूरा अंदाजा लगा लिया था। छात्रसंघ का सारा फंड चाटा जा चुका था और बाहर से चंदा इकट्ठा कर अगर इस कार्यक्रम में झोंक दिया तो अपनी जेब में क्या आया। इसीलिये भाईजी के दिमाग़ में ये आया कि सम्मेलन के आयोजक तो वही रहें पर आयोजन हो कहीं और।

लेकिन मनकू सिंह की आवाज ने उन्हें कुछ सोचने ही नहीं दिया– 'तो क्या ससुर लखनऊ पच्छुम में है ...अरे भइया भूगोल पर मत जाओ, संस्कृति पर जाओ, इतिहास पर जाओ – वइसे तो लखनऊ न पूरब में न पच्छुम में, बीचोंबीच है एकदम, पर अवध की राजधानी रही है वहाँ, और लखनऊ के उधर पच्छुम के कितने जिले हैं अवध में... तीन चार – सीतापुर, हरदोई, लखीमपुर, उन्नाव... बस गंगा तक, और इधर पूरब में गिन लेओ फइजाबाद, गोडा, बस्ती, रायबरेली, परतापगढ़, जौनपुर, इलाहाबाद... तो बताओ पूर्वांचल हुआ कि पच्छुम...

❑❑

मनकू सिंह की क्षेत्रवाद की राजनीति का सिक्का चल निकला था और साथ ही भाईजी की युवा राजनीति की नयी पारी भी। भाईजी से लखनऊ छूट गया, समिति का कार्यालय बनारस में बनाया गया और मनकू सिंह थे दिल्ली में। तो भाईजी के लिये भी दिल्ली–बनारस ही मक्का-मदीना हो गए।

मनकू सिंह अपने चेले–चाटी की तरफ से अब आश्वस्त हो गये थे। उनकी इस नयी राजनीति में, उनके पुराने समर्थकों के लिये विशेष जगह नहीं थी। इसलिये पुरानों में जो जहाँ था वहीं बने रहने पर मजबूर था, उन्हें उम्मीद थी कि मनकू सिंह इस नयी नदी में पैर जमा लें तो पुरानी धार की तरफ भी आएँगे और तब उनके दिन भी बहुरेंगे– ऐसा मनकू सिंह ने उन्हें समझाया भी था। ऐसे में जो थोड़ा बमकने लगे थे, आड़े – तिरछे होने लगे थे, रीढ़ सीधी करने लगे थे, उनमें से ज्यादातर शांत हो गये थे या शांत कर दिए गए थे। चंद लोग मनकू सिंह से अलग भी हो गए थे पर बहुत थोड़े। जो अभी साथ थे उन्हें मनकू सिंह ने समझाया था– 'ताकत बढ़नी चाहिए, चाहे जैसे बढ़े, अब नया खून अपने साथ है, इसके उबाल का इस्तेमाल करने के लिए पहले इस पर हमें काबू पाना है, इसलिए इनकी ट्रेनिंग करने दीजिए मुझे,

फायदा होगा और हमरा फायदा होगा तो आपका भी होगा। आप लोगों को सुस्ताने का मौका है ये, पर ठंडे मत पड़िएगा क्योंकि ये लड़के तो हाथ पाँव हैं, मनकू सिंह का दिमाग और दिल तो आपै लोग हैं ना तो नये जूते की चर्राहट का जरा मजा लीजिए।'

मनकू सिंह की फौज का रंग अब बदल गया था। उनके दरबार में अब सफेद बालों की जगह काले बालों वाले सिर ज़्यादा थे। उनके सिपहसालार भी बदल गये थे, कुछ पुरानों को छोड़कर, जिन्हें न तो मनकू सिंह छोड़ सकते थे और न ही जो मनकू सिंह को छोड़ सकते थे। भाईजी नये सिपहसालारों में भी प्रमुख थे।

मनकू सिंह आश्वस्त थे। अब भितरघात का खतरा भी उन्हें नहीं सताता था क्योंकि जिनसे ख़तरा था वे ऐसी स्थिति में ही नहीं थे कि कोई सौदेबाज़ी कर सकें और भाईजी जैसे सिपहसालारों को तो फिलहाल एक वर्दी चाहिए थी, एक छत चाहिए थी, एक मंच चाहिए था, जो मनकू सिंह ने उन्हें दे दिया था।

वे खुश थे। वे मनकू सिंह की जगह किसी और को लोकसभा का टिकट देने की माँग आलाकमान से नहीं करने वाले थे। न ही वे क्षेत्र विकास के नाम पर या किसी पुल के निर्माण में कमीशन के मसले पर मनकू सिंह से पंगा लेने, हिस्सा लेने वाले थे न ही हाईकमान को चिट्ठी ही लिखने वाले थे। मनकू सिंह जानते थे कि इन्हें क्या चाहिए और वह सब कुछ उन्होंने उन्हें दे दिया था एक झटके में। ऐसे झटके में कि लड़के झटके से उबर ही नहीं पा रहे थे, नशा ख़त्म होने का नाम ही नहीं ले रहा था।

रोज़ाना अख़बार बता रहे थे कि पूर्वांचल विकास समिति ये कर रही है वो कर रही है, उसके संरक्षक ने लोकसभा में ये माँग उठाने की बात कही है, अध्यक्ष ने शिक्षा मंत्री को ये पत्र लिखा है... वगैरह वगैरह। समिति दौड़ रही थी, दौड़ रहे थे भाईजी के सपने। मनकू सिंह जानते थे ताज़े गन्ने को पेरने से ज़्यादा रस मिलता है– ज़्यादा मीठा भी। और अगले साल ही चुनाव में ये साबित भी हो गया जब मनकू सिंह पहले से ज़्यादा वोटों से जीते।

इस जीत का समिति को इनाम भी मिला– कार्यालय के लिये एक लाख रुपये। भाईजी, मनकू सिंह के दाहिने हाथ बन चुके थे लेकिन केवल क्षेत्र में। भाईजी के सपने तो लखनऊ दिल्ली की तरफ दौड़ रहे थे और मनकू सिंह दिल्ली में भाईजी को ज्यादा घास नहीं डालते थे। ये भाईजी को बहुत खलता पर मन को तसल्ली देते–ग्रासरूट पर काम करके जड़ और दावा पक्का कर लिया जाए।

अब मनकू सिंह की जगह संसद में दूसरी बार पक्की हो चुकी थी पाँच साल के लिए। क्षेत्रवाद का नारा भी चल निकला था उनका, दो संसदीय समितियों में भी घुस

गए थे इसी वजह से। अब बस समय-समय पर पूर्वांचल विकास की टेर लगाते रहना था। और आगे के ख़र्च का इंतज़ाम करना था। लेकिन इन सबके साथ उन्हें अपनी नयी फौज के लिए नये मैदान भी तैयार करने थे वरना या तो बिना कवायद के ये फौज बेकार हो सकती थी, या फिर उनका उबलता खून और बेकाबू जोश ख़तरा भी बन सकता था। तमाम मशविरे के बाद ये तय पाया गया कि पूरे पूर्वांचल में हर ज़िले में युवा सहकारी समितियाँ बनायी जाएँ।

सौभाग्य से मनकू सिंह इस बीच एक प्रतिनिधिमण्डल में हॉलैंड भी हो आये थे और वहाँ फूलों की खेती ने उन्हें बहुत प्रभावित किया था। सो सहकारी समितियों का काम और उद्देश्य भी तय हो गया। काम—फूलों की खेती और उनसे व्यावसायिक उत्पादों का निर्माण एवं विक्रय और उद्देश्य-क्षेत्र के युवाओं में उद्यमिता का विकास और रोजगार के अवसर उपलब्ध कराना। बाद में उद्देश्यों में एक लाइन और जोड़ दी गयी—पिछड़े और दलित युवाओं का सर्वांगीण विकास— प्रशिक्षण एवं रोजगार के ज़रिए। उद्देश्यों में इस लाइन को जोड़ने का केवल एक उद्देश्य था— इससे खेती और कारख़ानों के लिये सरकारी जमीन का पट्टा फौरन मिल जाता।

तो समितियाँ भी बन गयी और ग़ाज़ीपुर, बनारस और जौनपुर ज़िलों में सरकारी ज़मीनें भी मिल गयीं। सूरजमुखी और गुलाब की खेती तथा सूरजमुखी का तेल और गुलाबजल बनाने के संयंत्र लगाने के लिए कर्ज़ भी मिल गया और सभी समितियों मे मनकू सिंह ने अपने सफेद बालों वाले साथियों को शीर्ष पर और काले बालों और खौलते खून वालों को उनके नीचे बिठाकर सबकी लगामें भी मुट्ठी में ले ली। पर भाईजी, जिनके मशविरे से ये योजना बनी थी, कहीं नहीं थे। भाईजी को अच्छा नहीं लगा। मनकू सिंह ये पहले से जानते थे सो बुलाकर समझाया— 'हियाँ तुम्हें बिठाय के अपनी— तुम्हारी हाय-हाय थोड़ी करवानी थी, और फिर तुम कहाँ फँसोगे इन छोटी-छोटी चीजों में। और फिर दूसरों को भी हिलगाना था कहीं वरना गुर्राने लगते चार दिन बाद। तुम्हारे लिए और बहुत काम हैं, बड़े बड़े काम...।'

फिर मनकू सिंह ने भाईजी को बनारस में, ठीक सिगरा, पर एक प्लॉट एलॉट करा दिया बड़ा सा, तो भाईजी बीती बिसारने की कोशिश करने लगे। पर न भूलने की बीमारी तो उन्हें खून में मिली थी। तो मनकू सिंह ने जब उन्हें अपनी पार्टी में प्रदेश युवा शाखा का उपाध्यक्ष बनवा दिया तब भी, और जब मिरजापुर में तेंदूपत्ता का ठेका दिला दिया तब भी भाईजी सब कुछ भूल नहीं सके। सुनहरे सूरजमुखी के तेल और गुलाब जल को भीनी-भीनी महक, जो सोना उगलने लगे थे— सरकारी ख़रीद के चलते, लगातार उनकी आँखों को चौंधिया रहे थे।

❑❑

भाईजी का मनकू सिंह से मोह भंग होने की शुरूआत अभी शुरू ही हुई थी कि राममूरत कांड हो गया। राममूरत यादव बहुत बड़े नहीं तो ठीकठाक हैसियत वाले ठेकेदार तो थे ही। मनकू सिंह के ख़ास लोगों में उनकी गिनती होना अभी हाल में ही शुरू हुई थी। बड़ा ख़्याल रखते थे वह मनकू सिंह का। मनकू सिंह जब भी क्षेत्र में होते, राममूरत के मुगलसराय के पास स्थित फार्म पर कोई न कोई पार्टी जरूर होती, जिसमें पटना-लखनऊ वगैरह से खास 'गेस्ट' आती और ऐसे में अक़सर मनकू सिंह की रातें फार्म पर ही कट जाती।

पहले लौंडों की सोहबत में और फिर इन 'गेस्टों' के साथ रातें गुजार कर मनकू सिंह अपने आपको ज़वान समझने लगे थे पर उन्हें ये नहीं मालूम था कि राममूरत के फार्म पर ऐसी ही किसी रंगीन रात को उनके फोटो खींच लिए गए थे– खजुराहो टाइप – और राममूरत उसे पता नहीं कब तक सेता रहता अगर टोंस पुल वाले ठेके के मसले पर दोनों की तकरार न होती।

असल में राममूरत यादव राज्य के चंद बड़े ठेकेदारों में अपना शुमार कराने का सपना बड़े अरसे से देख रहे थे। मनकू सिंह से उनका मेलजोल भी सपने को सच करने की एक राह थी। और ये राह मंजिल की तरफ ले जाती दिख रही थी टोंस वाले ठेकों से ही। बड़ा काम था ये। अपना सब कुछ दाँव पर लगा दिया राममूरत यादव ने। मनकू सिंह से तय हुआ – मुनाफा फिफ्टी-फिफ्टी। मनकू सिंह को लगानी एक पाई नहीं थी और करना सिर्फ इतना था कि सेतु निर्माण निगम के एम. डी. और चेयरमैन राममूरत को काम किसी भी तरह दे दें। दिक्कत कोई नहीं थी, मनकू सिंह ऐसे सैकड़ों काम करा चुके थे और इस बार तो चेयरमैन मनकू सिंह के दामाद ही थे और एम.डी. का क्या, वह तो आई.ए.एस. अफसर था और केवल दाम से मतलब रखता था।

तो सब कुछ पक्का हो गया, राममूरत आश्वस्त कि दस बीस करोड़ के काम के पीछे भागने के दिन गए। लेकिन पता नहीं कहाँ से स्कीम लीक हो गयी एक बहुत बड़े ठेकेदार–कम-माफिया सरगना-कम-विधायक को। इस ठेके के लिये वह भी कुछ भी करने को तैयार था। यूँ उसे विश्वास था कि ये काम उसे ही मिलेगा लेकिन जब उसे पता चला कि मनकू सिंह ये खेल करा रहे हैं और ठेका राममूरत जैसे नामालूम किस ठेकेदार के हाथ में जा रहा है तो वह भी मनकू सिंह के पास पहुँच गया। ये काम उसके लिये प्रतिष्ठा का प्रश्न बन गया था।

उसने प्रस्ताव रखा–सिक्स्टी-फोर्टी, क्या फर्क पड़ता है एक काम में। और फिफ्टी की जगह सिक्स्टी पर मनकू सिंह का मान जाना स्वाभाविक था। यूँ मानने का एक

कारण और था, इस बड़े ठेकेदार कम माफिया कम नेता से डर। मनकू सिंह राममूरत यादव को भूल गए—अपनी पुरानी पार्टी की तरह।

राममूरत यादव बड़ा बलबलाए, जब ये खबर उन तक पहुँची। हाँफते-काँपते जब वह मनकू सिंह के पास पहुँचे तो मनकू सिंह ने समझाया—'इस बार सबर कर लो, अगली बार तुम्हारा...।' पर राममूरत अड़े हुए थे, और मनकू सिंह मजबूर थे— 'ज़िंदा रहना ज़रूरी है कमाने-खाने के लिए।'

राममूरत ने संबंधों का, दोस्ती का वास्ता दिया तो कह दिया मनकू सिंह ने — 'धंधे में कोई दोस्त नहीं।'

मनकू सिंह के तेवर देखकर राममूरत के पास अपना तुरूप का पत्ता खोलने के अलावा कोई चारा नहीं था— 'मेरे पास आग है मनकू सिंह, बरबाद कर दूँगा तुमको...' और सब कुछ बक दिया राममूरत ने, पर मनकू सिंह पर मानों कोई असर ही न हुआ हो, बमक उठे वह— 'जाओ राममूरत, बड़ी रंडियाँ देखी हैं और बड़े भड़ुए तुम जैसे... जो चाहो कर लेना... बड़का ठेकेदार बनते हो...' पर भीतर से काँप गये थे मनकू सिंह— एक तरफ कुआँ एक तरफ खाई। अगले दिन ही भाईजी को बुलवाया उन्होंने। इस काम के लिये सबसे मुफीद भाईजी ही लगे थे। पूरा किस्सा वह और किसी को नहीं सुना सकते थे, पर भाईजी को सुना गए फिर बोले— 'कुछ करो सूरज, हमें वो फोटुएँ चाहिए... सारी सहकारी समितियाँ तुम्हारी... करो कुछ।' गुलाब और सूरजमुखी के सोने पर तो भाईजी की नजरें गड़ी ही थी, वह तैयार हो गए— 'फोटू मिल जाएँगी, निगेटिव भी...' पर मनकू सिंह ने एक और शर्त लगा दी— 'राममूरत का काम तमाम कर दो।'

गुलाब और सूरजमुखी एकाएक मुरझा गये। भाईजी को ऐसे कामों का कोई अनुभव नहीं था पर रास्ता भी मनकू सिंह ने फौरन सुझा दिया क्योंकि वह जितना भन्नाये लग रहे थे उनका दिमाग़ उतना ही ठंडा था— एक तीर से दो शिकार— आइडिया कौंधा उनके दिमाग में— 'गोपाल से कराओ ये काम, साला बड़ा उछलने लगा है, इसी बहाने पायजामें मे आ जायेगा...।'

'पर... वो तो आपके सगे साले हैं...' भाईजी चकित थे।

'तो क्या हुआ, दो बार बचा भी तो चुका हूँ, नहीं तो लटक गये होते फाँसी पर साले साहब...' मनकू सिंह निरपेक्ष थे।

'किसी और को पकड़ें...' भाईजी अभी पचा नहीं पा रहे थे, मनकू सिंह जितना अनुभव जो नहीं था।

'बाहर वाले को...' फिर बमक उठे मनकू सिंह— 'बउरा गये हो का... ऐसे कामों के लिये बेहद अपनों की जरूरत होती है, बाहर वालों का क्या भरोसा...।'

'पर गोपाल भाई कहीं फँस गये तो...' भाईजी अब भी अड़े हुए थे।

'फँस गये तो... तो क्या, हम उनसे अपना रिश्ता अभई तोड़े लेते हैं, कल एक विज्ञापन छपवा देंगे उस पंडित के अख़बार में... और ख़रीद लेना सारे अख़बार प्रमोद सुकुल से... और फिर गोपाल जी पकड़े गए तो उन्हें उनका मुआवजा–मेहनताना भी देंगे हम... और फिर वो हमारा नाम तो कहीं लेने वाले हैं नहीं, क्योंकि उनसे ये काम हम नहीं, तुम करा रहे हो... हमारा नहीं, तुम्हारा काम है ये...।'

चकरा गये भाईजी–कैसा आदमी है ये। सीधे-सीधे मुँह पर कह रहा है कि गोपाल पकड़ा गया तो मुझसे पहले तुम फँसोगे और नरम भी पड़ गए– 'फिर भी सोच लीजिए आप... कोई ऊँच नींच हो गयी तो... साले हैं आपके, और कितने करीब हैं...'

'करीब हैं... हाँ ठीक कह रहे हो। पर सूरज... ये करीबी लोग, अपने लोग–ऐसे लोग...इसीलिये होते हैं। ऐसे एक दो लोगों को करीब रखना ज़रूरी होता है। जो आपके लिए कभी भी कुछ भी कर सकें– बस इन्हें एहसास दिलाते रहो कि उनसे ज़्यादा करीबी तुम्हारा कोई नहीं... बस... ये करीबी लोग करीब नहीं होते, अपने तो होते हैं पर अपने नहीं होते, होना भी नहीं चाहिए, हों भी तो मानो मत... वरना आम आदमी में और हममें क्या फर्क रह जाएगा... गाँठ बाँध लो इसे... हर जगह काम आएगी ये बात... खासतौर पर राजनीति में – यहाँ कोई किसी का नहीं होता भइया, कोई किसी का नहीं होता...। हम ऐसे धंधे में हैं जहाँ अपनी परछाई क्या, खुद आदमी खुद का नहीं होता, समझे... अब चूतियापंथी की बातें सोचना छोड़ो और गोपाल जी को काम समझा दो... मेरा जिक्र कहीं नहीं करना, फोटुएँ पहले तुम खुद अपने तरीके से उड़वा लेना, ठीक...। वइसे गोपाल जी को कुछ पता भी चल गया तो अपने जीजा को फँसाकर अपनी अकेली बहन का घर थोड़े ही बरबाद करेंगे...' और ठठा पड़े मनकू सिंह।

भाईजी को राजनीति में आए चंद बरस गुजर चुके थे पर उन्हें लग रहा था कि उनकी दीक्षा आज ही हुई है, गुरुमंत्र अभी-अभी मिला है। और भाईजी सपना देखने लगे दिल्ली का।

पाँच

सपने तो वह भी देखना चाहता था, पर सपनों भरी चुहल, चुहल भरे सपने... सब सपना हो गये।

उसे लगता, जिस लाइब्रेरी में उसने आग लगायी थी, उसी लाइब्रेरी की चुप्पी— धुँआ बनकर वहाँ से उठी और उसके घर में पसर गयी है। अब माँ-पापा लड़ते तक नहीं। कहाँ रोज लड़ते थे दिन में कम से कम एक बार, फिर मनाते थे एक दूसरे को।

अन्नू और विन्नी यानी भाई-बहन भी एकदम से कुछ ज़्यादा गंभीर हो गये थे। उसके सामने तो और भी ज़्यादा। दोनों कहीं खिलखिला रहे होते और वह पहुँच जाता तो दोनों मुँह दबा लेते। भाई ने एक बार भी, उसके वापस आने के बाद, उसकी किसी कमीज़ को हाथ नहीं लगाया था। पूरे घर में बातचीत होती सिर्फ बेहद ज़रूरी सी। पापा ने तो उसके घर आने के बाद केवल एक बार उससे बातचीत की थी, बातचीत क्या—चंद गिने हुए अल्फ़ाज़ कहे थे, वह भी बिना उसकी तरफ देखे।

और माँ— माँ... तो जैसे अंदर ही अंदर घुल रही थी। कभी बैठे-बैठे रोने लगती, तो कभी सब्ज़ी काटते-काटते बेहोश हो जाती। पर बोलती कुछ नहीं। केवल उससे ही नहीं, किसी से भी नहीं बोलती पापा से भी नहीं। अक़सर वह पाता कि माँ उसे छिपी-छिपी नज़रों से देख रही है। उस समय उनकी नज़रों में जाने क्या होता कि उसकी इच्छा होती कि वह जाकर उनकी गोद में सिर छिपा ले पर उसकी हिम्मत इस इच्छा का साथ देने से इनकार कर देती।

उसके पास करने को कुछ नहीं था। कुछ दिन उसने यूँ ही बिता दिये, घर में ही— अपने कमरे में चुपचाप पड़े रहकर। फिर ख़्याल आया कि ऐसे कब तक चलेगा अब जो होना था हो गया...।

वह चाहता कोई उसके साथ बैठे जिससे वह बतियाये देर तक, सब कुछ। जिसके सामने वह माने कि उसने अपने जीवन की सबसे बड़ी भूल कर दी है। और उसे इस पर पछतावा है, पर कोई— कौन, किससे बतियाये वह। उसे बार-बार ख़याल आता प्रियम का— वह समझेगी सब कुछ। फिर सोचता, लेकिन उस हादसे के बाद

वह एक बार भी मिलने नहीं आयी, क्यों...? फिर समझाता मन को– होगी कोई वजह, लेकिन वह समझेगी मुझको।

इसी हाँ-ना के बीच एक दिन उसने बाइक उठायी और पहुँच गया मेडिकल कॉलेज के गर्ल्स हॉस्टल। चौकीदार से प्रियम को बुलवाया, चौकीदार संदेश दे आया। इंतज़ार लंबा होने लगा तो चौकीदार से फिर कहा, चौकीदार फिर अंदर चला गया, और लौटा तो बताया– 'मिली नहीं।'

उसने पूछा– 'पहले तो कहा था ना'–चौकीदार बीड़ी जलाने लगा और बीड़ी जलाकर बोला–'पहिले भी वो थोड़ी मिली थी, उनके कमरा मे कहि आये थे।'

अगले दिन फिर मेडिकल कॉलेज पहुँच गया वह। आर्थोपेडिक्स के बाहर ही प्रियम मिल गयी। उसे देखते ही उसके पास आ गयी। उसे इतने दिनों बाद भीतर कुछ हल्का होता महसूस हुआ। प्रियम उसे कैंटीन में न ले जाकर, कैम्पस के बाहर कॉफी बार में ले गयी। इस बीच दोनों ख़ामोश रहे पर कॉफ़ी बार में जब दोनों ने चुप्पी तोड़ने की कोशिश की तब उसे लगा कि यहाँ भी कुछ बदल गया है।

प्रियम, वह प्रियम नहीं रही, जो थी। साफ पता चल रहा था कि वह एक औपचारिकता निभा रही है, क्योंकि उस रिश्ते को, जो उनके बीच था, एक झटके से वह नहीं तोड़ सकती थी, इतनी संवेदनशील थी वह। पर ये भी साफ हो गया था कि अब इस रिश्ते को वह और निभाने में भी कोई विश्वास नहीं रखती थी।

मन मान नहीं पाया, क्योंकि जब उसने दो दिन बाद फिर मिलने की बात कही ते प्रियम ने बेहिचक मान लिया। दो दिन बाद लेकिन मन को मानना ही पड़ा– वही जो सच था, साफ था– जब प्रियम ने रीवर साइड रेस्त्रां में उसके हाथ से अपना हाथ वापस खींचते हुए कहा– 'कहाँ चले गये तुम, क्या कर डाला तुमने, मैंने कभी सोचा भी नहीं था कि तुम ऐसे होगे। अब तुम पहले सोचो अपने कैरियर के बारे में, सब कुछ नये सिरे से... पर पता नहीं तुम सोच भी पाओगे कुछ या नहीं, क्योंकि शायद सोचने लायक अक्ल तो तुममे रह नहीं गयी है अब...।' फिर उसने प्रियम से मिलने की कोशिश कभी नहीं की। प्रियम ने भी कभी नहीं चाहा।

❑❑

कबीरदा से मुलाकात उन्हीं दिनों हुई थी। कबीरदा ने भाईजी को ही तलाशते हुए उसके घर फोन किया था। फोन उसी ने उठाया। भाईजी वहाँ नहीं थे।

'मैं अजित बोल रहा हूँ' सुनते ही कबीरदा फौरन पहचान गए थे फिर देर तक उसी से बातें करते रहे– 'क्या करते हो आजकल, क्या करना चाह रहे हो...' फिर कुछ इधर-उधर की। फिर उन्होंने कहा– 'कल आ सकते हो मेरे दफ्तर, शाम को

साढ़े आठ बजे, एक-एक चाय पिएँगे, थोड़ी देर गप मारेंगे।' उसे बड़ा अच्छा लगा।

अगली शाम जब वह कबीरदा के दफ्तर पहुँचा तो कबीरदा ख़बर लिखने में ही मशगूल थे। उसे देखते ही उन्होंने अपनी ख़बर पर, जहाँ थे वहीं विराम लगा दिया। उसने कहा– 'नहीं, आप पूरा कर लीजिए।' लेकिन कबीरदा ने कहा– 'ये तो कल के लिये है–एक्स्क्लूसिव। सुबह लिख लूँगा।' उसे और अच्छा लगा।

कबीरदा ने कुर्सी छोड़ते हुए पूछा– 'चाय ही पियोगे या शराब।' वह अकबका गया, ऐसा सीधा सवाल उसने कम ही झेला था। कबीरदा समझ गए– 'चलो आज चाय ही पीते हैं' वहाँ से निकलकर बाहर कैंटीन तक पहुँचते-पहुँचते कबीरदा अजित से अज्जू पर आ गये थे।

और इतने दिनों बाद वह पहली बार मुस्कुरा रहा था, भीतर-बाहर हर कहीं से।

कबीरदा ने बीती बातें ज़रा भी नहीं छेड़ी। न ही भविष्य की पूछताछ की, न ही लेक्चर दिया। बस अपने बारे में बताते रहे– अपने घर, बीवी बच्चों के बारे में, फिर बात साहित्य पर पहुँच गयी और बहस का रूप ले लिया। एक घंटे बाद जब कबीरदा की कैंटीन से वह निकला तो उसे याद नहीं था कि वह मेडिकल कॉलेज से निकाला जा चुका है। और पिछले लगभग एक महीने से वह लगातार यही भूलने की कोशिश कर रहा था। कबीरदा ने कल फिर आने की दावत दी थी और वह कल का बेसब्री से इंतज़ार करने लगा।

कबीरदा से फिर किताबें मिलने लगीं उसे, भंडार था उनके पास। उसने तो केवल हिन्दी के साहित्य को जाना था या फिर अंग्रेजी के एंग्लो–सैक्सन साहित्य को। पर अफ्रीकी और लातिन अमेरिकी साहित्य से उसका परिचय कबीरदा ने ही कराया। कबीरदा ने उससे एक लेख भी लिखवाया और वह उनके अख़बार में छपा भी।

इन्हीं दिनों उसने घर पर पापा को माँ से कहते सुना– 'रत्नागीर मेडिकल कालेज में एडमीशन हो रहे हैं, पूछना उससे–लेगा।'

माँ कह रही थी– 'कैसे हो रहे हैं एडमीशन...।' पापा बता रहे थे– 'कैपीटेशन फीस है – सत्तर हज़ार रुपये...।' माँ चकरा गयी थी– 'कहाँ से लाओगे...' और पापा खीझ उठे थे– 'कहीं से भी, पर पहले पूछो तो, जायेगा या नहीं...' उसने उसी क्षण सोच लिया– 'नहीं' और जब माँ ने पूछा तो उन्हें अपना फैसला बता दिया। उसके बाद पापा ने उससे खुद बात करने की कोशिश की, पर वह एक बार 'नहीं जाना' कहकर चुप हुआ तो चुप ही रहा। पापा पूछते रहे – 'क्या करोगे... क्या चाहते हो...' समझाते रहे– 'अभी बहुत कुछ हो सकता है' पर उसके गले कुछ नहीं उतरा।

फिर एक रात माँ ने उसके कमरे में पहले की तरह ही उसके सिर में तेल लगाते हुए एक और कोशिश की– 'चले जाओ यहाँ से दूर, सब ठीक हो जायेगा।'

पर उसने सोच लिया था– नहीं तो नहीं। हालाँकि मेडिकल की पढ़ाई उसके जीवन की सबसे बड़ी तमन्ना थी, जो अब भी बरकरार थी पर वह अब ख़ुद को उसके लिये तैयार नहीं पा रहा था। पता नहीं क्यों?

वह इसकी वजह तलाश रहा था कि एक शाम कबीरदा ने उससे पूछा– 'पढ़ाई कब शुरू कर रहे हो फिर से।'

उसे ऐसे सवाल की कोई उम्मीद नहीं थी कबीरदा से, सो जवाब भी नहीं सूझा। उसे चुप देखकर कबीरदा भी चुप रहे थोड़ी देर, पर शायद उस दिन वह कुछ सोचकर, तय करके आए थे इसीलिये तो उनका दूसरा सवाल उसे सीधे हथौड़े की चोट की तरह लगा– 'तुमने जो किया उसे क्या मानते हो। इस बार वह चुप नहीं रहा, उसके मुँह से बेसाख़्ता निकल गया– 'एक बड़ी भूल।'

कबीरदा को सिरा मिल गया था– 'भूल मानते हो ना, तो ये भी मानोगे कि तुम्हारी इस भूल ने ही तुम्हें भीड़ से अलग ला खड़ा किया...' वह चुप रहा।

तो भूल से ही सही, भीड़ से बाहर निकलने के बाद फिर भीड़ में क्यों शामिल होना चाहते हो, फिर से पढ़ाई शुरू करो। ज़रूरी नहीं कि मेडिकल ही, यूनिवर्सिटी में दाखिला ले लो, और भूल का पश्चाताप अगर करना चाहो तो भीड़ से अलग खड़े रहो– पर अब इस तरह कि भीड़ पत्थर न मारे, गालियाँ न दे, तुम्हारे घर में मुर्दनी न छायी रहे... अब इस तरह खड़े हो कि तुम्हारे माँ-पापा फिर तुम्हें लेकर सपने पालने लगे, और उसके लिये तुम्हें खुद एक सपना पालना होगा।'

वह एकटक कबीरदा को देख रहा था, जो बेहद अच्छी अच्छी बातें करते करते एकाएक चुप हो गए थे। उनका चुप होना उसे अच्छा नहीं लग रहा था। कबीरदा ये भाँप गये थे और सिगरेट निकालकर सुलगाने और एक लम्बा कश लेने के बाद फिर शुरू हो गए थे– 'एडमीशन ले लो, कम से कम ग्रेजुएशन कर लोगे तो तमाम रास्ते खुल जायेंगे। मेरे यहाँ भी कुछ व्यवस्था बन सकती है, पर शुरू करो, तुम भीड़ में गुम होने के लिए नहीं हो।'

यूनिवर्सिटी में उन दिनों एडमीशन चल रहे थे। वह अगले दिन ही फार्म ले आया और उसी दिन जमा भी कर दिया। तीन चार दिन बाद एक दिन विन्नी ने बताया 'दादा, तुम्हारे, कबीरदा का फोन आया था परसों-नरसों।

उसने पूछा– 'क्या कह रहे थे।'

विन्नी बोली– 'पता नहीं, पर पापा से बहुत देर तक बात होती रही।' उसे समझ में नहीं आया था उस वक्त कि पापा की कबीरदा से क्या बात हुई होगी पर उसे बी.ए. में दाख़िला मिल गया था और वह यूनिवर्सिटी जाने लगा था।

उस शाम कबीरदा के साथ वह तीसरी बार शराब पी रहा था। इस बार प्रेस क्लब

में नहीं। कबीरदा उसे अपने घर ले गए थे और अपनी पत्नी से मिलवाया था, –मिलवाया क्या था, बस नाम बताया था– 'ये है अज्जू...' और कबीरदा की पत्नी को बाकी सब मालूम था। यहाँ तक कि अन्नू और विन्नी के बारे में भी, ये भी कि उसे प्याज़ की पकौड़ियाँ पसंद है तभी तो बोलीं– 'अच्छा हुआ आज प्याज़ लेती आयी नहीं तो दो दिन से घर में प्याज़ नहीं था, तुम्हें पकौड़ियाँ कैसे खिलाती...।' और फिर अपना डेढ़ साल का बेटा सीधे उसे थमा दिया– 'थोड़ी देर सँभालो इसे, तभी पकौड़ियाँ बन पायेंगी...' उसे आश्चर्य हुआ, अच्छा भी लगा। लगा रोज़ आता हो उस घर में।

वह और कबीरदा– दोनों पी कम रहे थे, पकौड़ियाँ ज़्यादा खा रहे थे। और बातचीत इधर उधर भटक रही थी– प्याज़ नमक से राजश्री प्रोडक्शन्स की नयी फिल्म के बीच, कबीरदा के एडीटर से उनकी शादी के किस्सों तक और उसमें चौके से ही शामिल थीं कबीरदा की पत्नी। अचानक कबीरदा ने भटकना बंद कर दिया– 'यूनिवर्सिटी जाने लगे हो, अब...?'

'अब क्या...?' वह कुछ समझा नहीं।

'अरे भाई अब क्या करोगे?' कबीरदा ने थोड़ा और साफ किया।

'क्या करेंगे कबीरदा... पढ़ाई... और क्या, जबसे क्लास शुरू हो गये हैं रेगुलर जा रहे हैं।'

वह अपनी समझ से कबीरदा के सवाल का जवाद दे चुका था। पर कबीरदा का सवाल तो कुछ और ही था– 'वो तो ठीक है, अच्छी बात है.. पर मैंने कहा तुमसे– तुम भीड़ का हिस्सा बनने के लिए नहीं हो...।'

'तो... तो क्या करूँ...।' उसे समझ नहीं आ रहा था कि कबीरदा क्या चाहते हैं उससे। वह कुछ खीझ-सा उठा था।

लेकिन कबीरदा पर उसकी खीझ पढ़ने के बाद भी कोई असर नहीं हुआ– 'देखो अज्जू, मुझे लगता है तुममें समझ है, ज़ज़्बा है उसका इस्तेमाल करो... कितना अच्छा लिखते हो तुम– वो जो आर्टिकल तुमने लिखा था, जो हमारे यहाँ छपा था उसकी सभी ने काफी तारीफ़ की थी... कई चिट्ठियों में भी उसका ज़िक्र है। इसीलिये कह रहा हूँ, तुम भीड़ में शामिल हाने के लिये नहीं हो... पहचान बनानी है तुम्हें...।'

'तो ठीक है मैं आपके अख़बार में रेगुलर लिखने को तैयार हूँ...' यूँ वह काफी दिनों से ऐसा ही कुछ सोच रहा था पर कबीरदा ने फिर उसे उलझा दिया– 'नहीं, वहाँ नहीं, वहाँ लिखने वालों की लाइन है– लम्बी... और फिर वहाँ लिखने से वह नहीं होने वाला, जो मैं चाहता हूँ कि तुम करो... मेरे ख्याल से तुम्हें यूनिवर्सिटी में कुछ करना चाहिए। मैं चाहता हूँ– कैम्पस अख़बार। तुम्हें मालूम है जब मैं

यूनिवर्सिटी में था तो मेरा सपना था एक कैम्पस अख़बार। देखता था मैं कि केमिस्ट्री वालों को फार्मूलों से बाहर निकलने की फुर्सत नहीं है, तो जूलॉजी वाले कीड़े-मकोड़ों, मनुष्यों के शरीरों से ज़्यादा कुछ नहीं जानना चाहते... इतिहास वालों को मौर्य–कुषाण ख़ानदानों से आगे की नहीं सूझती... बस... और जो न पढ़ने के लिए यूनिवर्सिटी आते थे उन्हें लड़कियाँ– भाँग-गाँजा शराब से आगे किसी चीज़ में दिलचस्पी नहीं थी। अपनी ख़बर तक नहीं थी, अपने आसपास की तो छोड़ो और दूर की ख़बर तो दूर की बात थी... तो मेरा सपना था कैम्पस अख़बार पर मजबूर था, यूनिवर्सिटी में क्लास करके सीधे बजाजे जाता था और ढ़ाई सौ रुपये महीने पर कपड़े काटता था, फिर शाम को दुकान बंद होने के बाद और सुबह यूनिवर्सिटी जाने से पहले एक-एक ट्यूशन पढ़ाता था पच्चीस-पच्चीस रुपये की। महीने में तीन सौ रुपये मिल जाते थे और भाई-माँ और मेरा तीनों प्राणी का खर्च किसी तरह चल रहा था। ऐसे में कैम्पस अख़बार की सिर्फ सोच कर रह गया, फिर बी.ए. के बाद जब लिखना शुरू किया और अख़बारों के चक्कर लगाने लगा तो फिर ज़ोर मारा पर एम. ए. करते करते अख़बार में ही नौकरी मिल गयी और यूनिवर्सिटी छूट गयी।...'

'अब तुम पूरा करो मेरा सपना अगर कर सको तो...। निकालो कैम्पस अख़बार– जिससे इतिहास, भूगोल, फिज़िक्स के अलावा भी लोग जाने वो सब जो उन्हें जानना चाहिए, जो बताए उन्हें कि वास्तव में वे क्या हैं और क्या होना चाहिए उन्हें... और इसके लिए उन्हें क्या करना होगा... उन्हें मालूम चले कि उन्हें कहाँ हस्तक्षेप करना चाहिए, कहाँ नहीं। उन्हें मालूम हो कि उनके हस्तक्षेप का अर्थ क्या है। उसके परिणाम क्या होंगे। उनके जोश को, उमंगों, सपनों को एक दिशा मिले, सकारात्मक... करो तुम।'

चुप हो गये कबीरदा। कबीरदा से उसका परिचय बहुत पुराना नहीं तो अब नया भी नहीं रहा था और इतने दिनों में उसने पहली बार कबीरदा को एक साथ इतना कुछ बोलते सुना था। वह देख रहा था कि उनकी पत्नी, जो चौके से निकल कर वहीं उनके सामने आ बैठी थी, उनकी भी आँखें बता रही थीं कि वह कुछ नया-सा देख रही हैं। शायद कबीरदा को भी ये नयापन समझ में आ गया था। इसीलिये तो वह चुप हुए थे अचानक। उसे साफ पता चल रहा था कि कबीरदा को अभी बहुत कुछ बोलना है पर वह तब तक अब नहीं बोलेंगे जब तक कोई और नहीं बोलेगा।

लेकिन वह कबीरदा की बात मानने को पूरी तरह तैयार नहीं हो पाया था और कबीरदा को आगे बोलवाने के लिए उसे ही कुछ कहना था, क्योंकि वह एकटक उसे देख रहे थे सो वह बोल पड़ा– 'नहीं कबीरदा, मैं नहीं पड़ना चाहता अब इन सबमें, मेरे बस की नहीं है ये पोलिटिक्स...।'

'पोलिटिक्स...?' कबीरदा का चेहरा लाल हो गया– 'क्या होती है पोलिटिक्स, कोई नहीं जानता आज, क्योंकि कहीं रह ही नहीं गयी है पोलिटिक्स... पर चिल्लाते सब हैं – पोलिटिक्स-पोलिटिक्स... मीडियॉकर हैं सब-तुम भी हो... क्योंकि तुम भी भागते हो तुम भी नहीं जानते पोलिटिक्स क्या है। एक्टिविज़्म और पोलिटिक्स में फ़र्क क्या है– सत्ता पाना और सत्ता का खेल खेलना ही लोग पोलिटिक्स समझते हैं। जो कुछ ग़लत है उसे ही पोलिटिक्स बताते हैं सब... हर चीज़ के लिये साली राजनीति ज़िम्मेदार...। अफसर काम न करे, राजनीति दोषी, बाबू घूस माँगे, राजनीति दोषी, महँगाई बढ़ गयी, राजनीति को गरियाओ... जब किसी से बात करो, रोता मिलेगा। जिसे देखो कहता है– सारे नेताओं को चौराहे पर खड़ा करके गोली मार देना चाहिए... अरे भइया क्यों... और अगर यही राजनीति है भी तो क्यों है ऐसी? क्यों है ऐसे नेता, किसने बनाए नेता? क्यों नहीं समझते वो अपनी जवाबदेही, कभी जवाब माँगा भी... एक वह है क़ानून की देवी आँख पर कपड़ा बाँधे, एक ये है भारत की जनता, मुँह में कपड़ा ठूँसे...। खुद तो घर से वोट देने नहीं निकलेंगे, और फिर चिल्लाएँगे सब कि एसेम्बली में, पार्लियामेंट में, चोर डाकू पहुँच रहे हैं। अरे करो कुछ खुद भी... रोते रहने से, मुँह में कपड़ा ठूंसे रहने से काम नहीं चलेगा। यही चाहता हूँ मैं कि शुरू हो इसी का सिलसिला... हर शख्स विचलित है यहाँ। ये विचलन साथ आए– एक आवाज़ बने... और ये सिलसिला शुरू करने की यूनिवर्सिटी से बेहतर कोई जगह हो ही नहीं सकती। क्योंकि वही ऐसी जगह है, वहीं ऐसी उम्र... जहाँ चीज़ें समझ में आने लगती हैं और आदमी टूटा भी नहीं होता। पर... ।'

फिर चुप हो गये कबीरदा। लेकिन इस बार वह बोलना चाहता था। उष्मा और ऊर्जा समेटनी थी उसे जो उसके भीतर से निकल रही थी, जो उसके चारों ओर पसर रही थी लेकिन इससे पहले कि वह कुछ बोले सिगरेट जलाते हुए कबीरदा ने अधूरा छोड़ दिया अपना वाक्य फिर पकड़ लिया... 'पर छोड़ो, तुम नहीं करना चाहते तो न सही, वैसे तुमसे होगा भी नहीं...। मैं ही क्या कर पा रहा हूँ इतने बड़े अख़बार में।'

इस बार बीच में आ गयी उनकी पत्नी– 'क्या तुम भी... अरे बस भी करो... क्या इसीलिये लेकर आए थे उसे घर...' पर उसने बात काट दी– 'नहीं भाभी, कबीरदा ठीक कह रहे हैं, मैं उनका कॉन्सेप्ट नहीं समझा था पर सहमत तो पहले भी था और अब भी हूँ। कबीरदा, मैंने एक ग़लत शब्द इस्तेमाल किया था पर वह शब्द उसी रेफरेंस में था जिसे रेफरेंस मे आमतौर पर इस्तेमाल किया जाता है। मुझे

मालूम है कि एक्टिविज़्म एक अलग चीज़ है और एक्टिविस्ट तो मैं हूँ ही– कविता लिखना एक्टिविज़्म ही तो है, कविता क्या कुछ भी लिखना... और मैं मानता हूँ कि हर आदमी के भीतर एक एक्टिविस्ट होता है, किसी का बाहर आ जाता है तो किसी का नहीं आ पाता, बस इतना फ़र्क होता है।... कबीरदा मैं दिखाऊँगा आपको कि कर सकता हूँ मैं कुछ...।'

'अच्छा चलो अब गिलास ख़ाली करो तो नया बनाएं।' कबीरदा फिर एकदम सामान्य हो गये थे बिल्कुल वैसे ही, जैसे नमक या प्याज़ या राजश्री प्रोडक्शंस की फिल्मों पर बतियाते वक़्त थे।

❑❑

हाथ से लिखे उस अख़बार का नाम 'कैम्पस' था। यूनिवर्सिटी में सोमवार की सुबह आर्ट्स फैकल्टी के डीन के दफ्तर के बाहर वाले नोटिस बोड पर उसकी असल प्रति चिपकी हुई थी। जिसमें विभिन्न रंगों की स्याही और अख़बारों की कतरनों का इस्तेमाल किया गया था उसे आकर्षक बनाने के लिए। साइंस कैंटीन, टैगोर लाइब्रेरी, रजिस्ट्रार ऑफिस, कैशियर ऑफिस, कॉमर्स बिल्डिंग और गेट नंबर तीन पर उसकी ज़ीरॉक्स प्रतियाँ थीं। और हर कहीं कचहरी की बाबूगीरी से आई.ए.एस. अफसर तक बनने के अलग-अलग ख़्वाब पाले वे लड़के जिन्हें किसी भी अख़बार में 'किशोरी के साथ बलात्कार' की ख़बर पढ़ने में सबसे ज्यादा मज़ा आता था और आमिर ख़ान जैसा पति और दो बच्चे और ढेर सारा पैसा पाने से लेकर यूनिवर्सिटी में प्रोफेसर बनने के ख़्वाब में रही वे लड़कियाँ जिन्हें 'पूजा भट्ट ने नया ब्वायफ्रेंड तलाशा' 'हज़ार गुण हैं मुल्तानी मिट्टी में' और 'दांपत्य में दरार का कारण है शक' जैसे शीर्षक अख़बार या पत्रिकाओं की तरफ आकर्षित करते थे, केवल उत्सुकतावश हाथ से लिखे एक अख़बार और उसकी ज़ीरॉक्स प्रति के सामने खड़े थे।

बुधवार की शाम तक लगभग सभी जगह 'कैम्पस' के कुछ अवशेष ही बचे थे। जहाँ पूरी प्रति थी वहाँ उस पर कहीं पैंसिल से, कहीं खैनी वाले चूने से और कहीं पान की पीक से चित्रकारी की गयी थी। हालाँकि एक दो जगह बृहस्पतिवार को भी 'कैम्पस' साफ सुथरा और सम्पूर्ण पाया गया। तो अगले सोमवार जो कैम्पस का नया संस्करण आया उसमें नीचे लिखा था– संपर्क– अजित सिंह, बी.ए.–1, 212, राजेन्द्र नगर। फोन– 421593। और सोमवार की शाम जब वह घर पहुँचा तो अन्नू, विन्नी और माँ तीनों के मुताबिक उन्होंने कुल 23 लोगों को बताया था कि वह घर पर नहीं है और ज़्यादातर फोन करने वालों ने बताया था कि वे यूनिवर्सिटी में पढ़ते हैं।

मंगलवार को प्रॉक्टर के दफ्तर से फोन आया था कि ऐसी सामग्री प्रदर्शित करने से पहले अनुमति क्यों नहीं ली गयी। उसे लगा, ये है पहला प्रतिरोध क्योंकि इस बार एक अख़बार की कतरन बता रही थी कि फिलीपींस के एक विश्वविद्यालय में जब फीस बढ़ाई गयी तो हर छात्र-छात्रा नियमित तौर पर कक्षाओं में जाने लगे और शिक्षकों को पूरी कक्षा को पूरे समय पढ़ाने पर मजबूर होना पड़ा। उसने कबीरदा से मशविरा किया। कबीरदा ने कहा प्रॉक्टर से मिल लो। जब वह प्रॉक्टर से मिलने गया तो उसकी आशंका के विपरीत प्रॉक्टर ने उसे बधाई दी, और वहीं बिठाकर एक चिट्ठी लिखवायी और उस पर फौरन अनुमति दे दी।

जे.के. भवन में उस हफ्ते एक नौजवान लेक्चरार को एक छात्र के साथ आपत्तिजनक अवस्था में पाया गया था। और उस लेक्चरार को केवल पैंट में ही खींचते हुए लड़के सड़क पर ले आए थे। सामने जियोलोजी विभाग था, बायीं तरफ। दायीं तरफ सूखी, कूड़े से पटी नहर और उसके बगल में सूखी घास वाला पार्क, जिसमें सूखे चेहरों वाले कुछ लड़के या तो लड़कियों के साथ नोट्स की अदलाबदली कर रहे थे या फिर बस में बिना टिकट सफर करके बचाए पैसों से ख़रीदी सिगरेटें छिप-छिप कर फूँक रहे थे। तमाशा देखकर सब जुट गए और नौजवान लेक्चरार की ज़बरदस्त पिटाई की गयी, पीटने वालों में एक बड़ी संख्या उसी के विभाग के ऐसे छात्रों की थी, जो उससे जलते थे क्योंकि वह लेक्चरार लड़कियों में काफी लोकप्रिय था।

उस हफ्ते पहली बार 'कैम्पस' की लीड ख़बर ये घटना थी। पहली बार इसी विश्वविद्यालय की ख़बर ने उस अख़बार में जगह बनायी। ख़बर—लेक्चरार की पिटाई या लड़की के साथ उसके क्रियाकलाप या उसका चरित्र नहीं था। ख़बर में आह्वान किया गया था—शिक्षक-विद्यार्थी संबंध पर बहस होनी चाहिए। चूँकि लड़की ने कुलपति के सामने ये बयान दिया था कि वह उस युवा लेक्चरार से प्रेम करती है और जल्दी ही दोनों शादी करने वाले हैं और वह उसके साथ कुछ भी आपत्तिजनक नहीं कर रहा था और कुछ लड़के जो उसे छेड़ते थे उन्होंने लेक्चरार के कमरे में घुसकर उनकी शर्ट उतार दी थी और उसके साथ भी बदतमीज़ी की थी, सो लेक्चरार महोदय तो बच गए थे पर लड़की का यूनिवर्सिटी आना दूभर हो गया था।

इसी पर 'कैम्पस' ने टिप्पणी की थी। इस बीच यूनिवर्सिटी के बुड्ढे छात्र नेताओं ने भी इस मुद्दे को लपक लिया था और लगातार युवा लेक्चरार के निलंबन की माँग कर रहे थे। असल में इस मुद्दे पर उनकी हाय-हाय का एक कारण उनकी कुंठा भी थी। यूनिवर्सिटी में कल का आया लेक्चरार ऐश करे और पंद्रह-पंद्रह साल से यूनिवर्सिटी में जमे, इन छात्र नेताओं की परछाई से भी लड़कियाँ घबराएँ, ये न पचने

वाली और कुण्ठित करने वाली ही बात थी।

तो ऐसे में, जब पूरा विश्वविद्यालय आंदोलित था, लेक्चरार को निलंबित करने के लिए हर तरफ हाय-हाय हो रही थी, घटना के वक्त लड़की की कथित अवस्था का आँखों देखा वर्णन करके चटखारे लिए जा रहे थे– आहें भरी जा रही थीं, तभी एक तरफ लड़की का बयान आया और दूसरी तरफ कैम्पस में बहस का आह्वान, जिसमें तमाम सवाल उठाए गए थे। मसलन पिटाई करने वाले छात्रों में ज़्यादातर वे ही क्यों शामिल हैं जिनको देखकर ही लड़कियाँ रास्ता बदल देती हैं या जब तक लड़की कोई शिकायत नहीं करती लेक्चरार का निलंबन क्यों हो या शिक्षकों का छात्र-छात्राओं के प्रति और छात्र-छात्राओं का शिक्षकों के प्रति व्यवहार क्या हो इसका कोई नियम क़ानून क्यों बनाया जाए जब ये शाश्वत संबंध है स्नेह और आदर का... या ऐसी घटनाएं जो दबा दी जाती हैं उन्हें क्यों न खोला जाए... वगैरह।

बस उसी दिन शाम को फोन आया– 'अजित कहाँ है?'

माँ ने बताया– 'घर पर नहीं है, कौन बोल रहे हो...'

ज़वाब मिला– 'कह देना साले से, उसके बाप का फोन था, ढेर नेतागीरी न झाड़े वरना टाँगे चीर कर फेंक दी जाएँगी।'

माँ सन्न रह गयी, ये फिर क्या करने लगा अज्जू। इससे पहले कि वह सामान्य होतीं फोन फिर बज उठा।

इस बार विन्नी ने फोन उठाया। उधर से आवाज आयी, बेहद नम्र– 'नमस्कार जी, जे अजित भाई हैं क्या, जरा बात करा दीजै।'

उसने बता दिया, 'नहीं दादा तो घर पर नहीं है, आप कौन बोल रहे हैं।'

उधर से बताया गया– मेरा नाम रंजन त्यागी है, उपाध्यक्ष हूँ विश्वविद्यालय का, अपने दादा जी से कह दीजेगा कि वो अपना काम करें हमें अपना करने दें।'

माँ को बेटी ने बताया और बेटी को माँ ने। दोनों सन्न थे। तय हुआ– भाईजी को बुलाया जाए। घर में और कोई था नहीं और कोई होता तब भी उन दोनों को ऐसे समय पर भाईजी ही सबसे मुफीद लग रहे थे क्योंकि उनके सामने इन त्यागियों-फ़्यागियों की बिसात ही क्या थी। पर भाईजी घर पर नहीं थे। फोन उठाने वाले ने बताया– 'अपनी मौसी के यहाँ गए हैं।' तो दोनों को सुकून मिला थोड़ा।

भाईजी के आने तक वह वापस नहीं लौटा था। भाईजी ने आते ही मौसी के पैर छूने के साथ-साथ जल्दी से कुछ खाने की फरमाइश कर डाली तो माँ चौके की तरफ बढ़ गयी और जब तक वह पराठा-सब्ज़ी लेकर वापस आतीं, विन्नी सब कुछ भाईजी को बता चुकी थी और भाईजी फोन पर जुट गए थे– 'हाँ रंजनवा से कहिएगा कल दफ्तर आ जाए... और आप सुबह ज़रा ये पता करते आइएगा किसी प्रेस से कि चार पेज का एक साप्ताहिक छापने का कितना लेगा।'

भाईजी के आने से और फोन पर बात करने से माँ और विन्नी दोनों आश्वस्त हो गए थे और जब भाईजी पाँचवाँ पराठा तोड़ रहे थे और विन्नी ये कहते हुए उन्हें टोक रही थी कि 'भाईजी कल से खाना नहीं खाया क्या' तभी वह घर में दाख़िल हुआ। कुछ उड़ा-उड़ा चेहरा लिए हुए। सब लोग समझ गए सब कुछ ठीक नहीं है।

माँ ने पूछा— 'कहाँ थे?'

'कबीरदा के पास' उसका सिर झुका ही रहा और वह सीधे अपने कमरे में घुस गया।

फिर भाईजी ने आवाज दी— 'क्या अज्जू, अरे भाई क्या लिख दिए हो अपने इंडियन एक्सप्रेस में...। मार चर्चा है...।'

वह बाहर आ गया, 'चर्चा नहीं भाईजी, सिरदर्द। सिरदर्द हो गया लोगों के— सब एक सुर में चिल्ला रहे थे, ये एक अलग सुर क्या लगा, पकड़ लिया हनुमान सेतु पर...' भाईजी को कुछ पूछना ही नहीं पड़ा... 'कहने लगे ऐय्याश टीचर की वक़ालत करते शर्म नहीं आती, पूरी यूनिवर्सिटी चिल्ला रही है निलंबन हो, ये अलाप रहे हैं पहले बहस हो... अबे सवाल उठाने हैं तो राम जेठमलानी के पास जा, बड़ा आया है सवाल ये है... सवाल वो है... अरे वो छिनाल क्या शिकायत करेगी साली...' भाईजी बड़े ध्यान से सुन रहे थे। बाकी कोई वहाँ था नहीं, दोनों पुराने दिनों की तरह अकेले थे। भाईजी ने चेहरे पर गंभीरता और चिंता ओढ़ ली थी— 'अच्छा ये बताओ— थे कहाँ अब तक तुम...।'

'कबीरदा के पास गया था। उन्हें भी बताना था सब।'

'तो... क्या कहे वो...।' भाईजी उसे उसके कमरे में खींच ले गए।

'वो कहने लगे घबराने की कोई बात नहीं, विरोध तो होगा ही।' भाईजी आश्वस्त हो गए— 'सही कह रहे थे कबीर, विरोध तो हुइबे करेगा। हर चीज में होता है और विरोध नहीं होगा, विपक्ष नहीं होगा तो पक्ष कहाँ बचेगा, सोचो ज़रा एसेम्बली में, पार्लियामेन्ट में अगर विपक्ष न हो तो... क्या स्थिति होगी, वही मध्य युग ना। तो विरोध तो हुइबे करेगा पर लिखा क्या है तुमने ये तो दिखाओ।'

उसने मेज पर रखी एक कॉपी उनके सामने कर दी और भाईजी ने तल्लीनता से उसे पढ़ डाला। लेख पढ़ने के बाद कैम्पस की वह प्रति उलटते-पलटते हुए बोले— 'कोशिश तो तुमने न्यूट्रल होकर लिखने की है पर निलंबन-निलंबन चिल्लाने वालों को ये विरोध ही लगेगा।'

'पर भाईजी मैं न तो उस लेक्चरार के समर्थन में हूँ, न ही इन नेताओं के। मैंने तो बस ये कहा है कि एक बहस होनी चाहिए संबंधों को लेकर— देखिए मैंने लिखा है— लड़के जब टीचर के घर शराब लेकर जाते हैं, टीचर जब लड़कों के साथ हॉस्टल

में ही शराब पीते हैं तब हंगामा क्यों नहीं होता। तब किसी को कोई एतराज क्यों नहीं होता जब टीचर्स क्लब में बैठे टीचरों के साथ लड़के भी अक़सर पपलू खेलते और गंदे-गंदे जोक्स सुनते पाए जाते हैं...'

'नहीं, बिल्कुल ठीक लिखा है तुमने, पर कुछ ज़्यादा ही लिख गए हो, हो सकता है कल को प्रॉक्टर साहब भी तुम्हारी परमीशन कैंसिल कर दें, तब... तब क्या करोगे? इसीलिए हमेशा धीरे-धीरे बढ़ना चाहिए, हाथ बचाकर चलना चाहिए। पर चलो, अब जो हो गया सो हो गया। अच्छा देखो यहाँ भी लड़कों ने फोन करके तुम्हें धमकियाँ दी हैं, मौसी के साथ बदतमीज़ी से बात भी की किसी ने। वैसे एक तो रंजन त्यागी थे विन्नी को उन्होंने बताया भी। पर तुम चिंता मत करो रंजन त्यागी को मैंने कल बुलवाया है, बड़ी इज़्ज़त करता है मेरी। समझा देंगे। कल वैसे तुम भी आ जाना दफ्तर में।'

'पर क्लास है कल...।'

'एक दिन क्लास छोड़ दोगे तो फेल नहीं हो जाओगे। अब जब इस तरह के काम शुरू किए हैं तो कभी-कभी जैसे विरोध झेलना होगा वैसे ही कभी-कभी क्लास भी छोड़नी होगी। कल आ जाना ग्यारह बजे... मौसी, जा रहे...।'

भाईजी ने वहीं से हाँक मारी और कमरे के बाहर हो गए।

❑❑

भाईजी एक कागज़ पर कुछ हिसाब-किताब कर रहे थे और उनके सामने रंजन त्यागी बैठा था। कमरे की अन्य सभी कुर्सियाँ और कोने में पड़ा सोफा– सब भरे हुए थे। हर कहीं लड़के। कमरे के दरवाजे पर वह ठिठक गया पर भाईजी ने फ़ौरन उसे देख लिया– 'अरे आओ अज्जू आओ...' और भाईजी के सामने रंजन त्यागी के बगल वाली कुर्सी पर बैठा एक तराशी दाढ़ी वाला लड़का खड़ा हो गया कुर्सी छोड़कर, भाईजी के कहने से पहले ही–और रंजन ने घूमकर उसे देखा तो लाल होने लगा पर भाईजी ऐसे बने रहे जैसे उन्हें कुछ मालूम ही न हो।

'रंजन, ये मेरा छोटा भाई है अज्जू– अजित सिंह।' भाईजी का स्वर बेहद सामान्य था, जैसा आमतौर पर परिचय कराते वक्त किसी का होता है बिल्कुल वैसा ही। किसी लड़के ने पहचान लिया उसे, 'अरे अध्यक्ष जी ये तो वही हैं ना, मेडिकल कॉलेज केस वाले...।'

'हाँ, हाँ वहीं', भाईजी के स्वर में अब गर्व तैर आया और उसकी इच्छा हुई उस लड़के का मुँह तोड़ दें और रंजन तो एकटक उसे ही देख रहा था।

'भाई रंजन ये अज्जू के लिए ही पूछ रहा था मैं:.. तुम तो देखे होगे इसका अख़बार, हाथ से लिखकर, कतरन चिपका कर बनाता है। तभी मैं सोच रहा हूँ कि

छपवाना शुरू कर दूं चार पेज का, ज़्यादा लोगों तक पहुँचेगा– बताओ– तुम्हारा तो प्रेस चलता है, कितना पैसा ख़र्च होगा।'

रंजन कुछ बोले इससे पहले ही वह कहना चाहता था कि वह नहीं चाहता छपा अख़बार, हाथ से लिखे में जो बात है वह छपे में कहाँ, पर भाईजी ने आंख के इशारे से उसे चुप करा दिया। रंजन मेज़ पर पड़े पेपरवेट से खेलता रहा फिर बोला– 'मैंने देखा है इनका अख़बार, मुझे नहीं पता था कि ये आपके भाई हैं, पर अध्यक्ष जी सच कहूँ इस बार बड़ा उल्टा-सीधा लिखा है इन्होंने...।'

भाईजी अब उसकी तरफ घूमे– 'क्या भाई, क्या लिख दिए हो इस बार, हमें तो अभी तक दिखाए भी नहीं ताज़ा प्रति...।' वह समझ गया भाईजी का खेल– 'वो भाईजी वही जे.के. वाला केस, वैसे मैंने उस केस पर कुछ नहीं लिखा है पर उस केस के बहाने एक बहस होनी चाहिए शिक्षकों और छात्र-छात्राओं के सम्बन्धों पर– ये ज़रूर लिखा है।'

'अच्छा चलो, जो लिख दिया सो लिख दिया लेकिन जरा ध्यान रखा करो पता नहीं कौन चीज़ किसको बुरी लग जाए, अब देखो यही बात रंजन भाई को अच्छी नहीं लगी। पर रंजन, ये बात तुम्हारी अच्छी लगती है मुझे, आदमी को स्पष्टवादी होना चाहिए, ख़ैर तो ज़रा इस्टीमेट बताना फिर सोचा जाएगा आगे अख़बार के बारे में... और हाँ अभी जरा मदद करते रहा करो इसकी, ये तो कहीं बताता नहीं कि मेरा भाई है, वैसे ये भी अच्छी बात है, पर मैं बता देता हूँ... वैसे जो लिखा है इसने, जरा सोचो, बात तो मज़बूत है, तुम भी उठा लो ना ये मसला– निलंबन की माँग के साथ-साथ बहस की बात भी करो– बुद्धिजीवी टाइप के लोगों पर असर पड़ेगा और तुम अज्जू ऐसा करो कि अपनी बहस वाली बात पकड़े रहो अगले हफ्ते, और उसमें ये सवाल भी उठाओ कि निलंबन अब तक क्यों नहीं हुआ या क्या कार्रवाई हुई... या अगर कोई जाँच-वाँच शुरू हो गयी हो तो कहो कि छात्रों की भावनाओं का आदर क्यों नहीं किया जा रहा निलंबन क्यों नहीं हो रहा... वैसे हम भी एक बयान जारी करते हैं उस पर आज ही। उसे भी छाप देना, अच्छा भी है आज यहाँ सभी जिलों से ये सब लोग आए हैं। सब अपने-अपने यहाँ वह बयान छपवा लेंगे और फिर...' वह कहना चाह रहा था कि बयानबाज़ी नहीं करेगा वह 'कैम्पस' में पर रंजन के सामने नहीं कह पाया।

रंजन फिर 'ठीक है अध्यक्ष जी' कहकर भाई के पैर छूकर और उससे हाथ मिलाकर चला गया और उसके जाते ही भाईजी ने लड़कों को इशारा किया तो सब एक साथ बाहर चले गए। भाईजी चहके– 'कैसी रही, ठीक हो गया ना सब। अब ई रंजनवा जाके पूरे कैम्पस में बताएगा कि तुम मेरे भाई हो बस और फिर बयान भी मेरा छप जाएगा अगले हफ्ते तो...।'

'पर भाईजी,' उसने बात काट दी 'मैं किसी नेता का बयान नहीं छापना चाहता कैम्पस में, वह छात्रों का...।'

'किसी नेता'...।' भाईजी चिहुँक पड़े— 'मैं किसी नेता हो गया तुम्हारे लिए... अबे मैं तुम्हारा भाई हूँ— बड़ा, तुम तो मेरे लिए... मेरे सबसे प्रिय हो, याद है ये जो दुनिया भर मुझे भाईजी-भाईजी कहती है, ये सबसे पहले किसने कहा था—तुमने। ये नाम मेरा तुम्हीं ने तो दिया। मैं तो तुम्हारा भाईजी हूँ सबसे पहले— ये 'किसी नेता' कब से हो गया—बेवकूफ अपने भाईजी का बयान नहीं छापेगा— अरे कोई ऐसी बात तो कह नहीं रहे जो तुम्हारे खिलाफ हो— वही कहेंगे जो तुम कह रहे हो, तुम भी बस... हद कर देते हो कभी-कभी, जी करता है एक लगाऊँ, बुद्धि ठिकाने आ जाए... अब ये मत कहना कि मैं तुम्हें पीट नहीं सकता क्योंकि तुम किसी नेता से पिटना नहीं चाहते, पगला गए हो बिल्कुल, हाँ...।'

वह सिर झुकाए बैठा रहा, और कर भी क्या सकता था उसे लगने लगा था कि वह सचमुच ग़लत कह गया बिना समझे-बूझे। आखिर वह भाईजी ही तो हैं उसके। कितनी पीड़ा हुई होगी उनको ये उनके एक-एक लफ़्ज से टपक रहा है— 'नहीं भाईजी मैं जो कह रहा था आपने पूरा कहने ही नहीं दिया, मैं आपके लिए थोड़े ही कह रहा था, मैं तो कह रहा था कि आपके बाद फिर दूसरे नेता भी अपने बयान भेजेंगे तो उनका छापने के लिए...।'

'वही तो मैं भी कहना चाहता हूँ तुमसे, अरे तुम बताते क्यों नहीं सबसे कि तुम मेरे भाई हो, बताया तो करो फिर कोई टिपिर-टिपिर करे तो कहना... जब तुम बता दोगे कि तुम मेरे भाई हो और ये अख़बार तुम्हारा—कैम्पस, भाईजी का अख़बार है तो...।' भाई के ये कहते ही वह सन्न रह गया। उसकी आँखें सीधी भाईजी की आँखों पर पहुँच गयी।

भाईजी समझ गए मसला नाज़ुक है और भाई तो और भी ज्यादा नाजुक— जो वह बरसों से जागते हैं, सो सँभाल गए बिना रुके— 'भाईजी के भाई का अख़बार है, जिसमें यूँ तो भाईजी का कोई दख़ल नहीं पर अगर उसे लेकर किसी ने कोई लफड़ा किया तो वह लफड़ा सीधे भाईजी से होगा, बता दो ये सबसे, वैसे अब तो रंजन ग ही बता देगा पर ज़रूरत पड़ने पर तुम भी कह दिया करो, सब शांति से होता रहेगा। चाय पिओगे या ठंडा... अरे शंकर...।'

भाईजी ने मेज़ पर रखी रिमोट वाली घंटी का बटन दबा दिया जो पता नहीं कहाँ बजी पर बजी ज़रूर क्योंकि शंकर नाम का जीव हाँफता हुआ एक मिनट में हाज़िर हो गया। भाईजी के पास ऐसे रिमोटों की संख्या बढ़ रही थी। वह सतत प्रगति के पथ पर अग्रसर थे।

छः

'दादा फोन... ।' विन्नी ने उसे जगाकर कॉर्डलेस आगे बढ़ा दिया।

'किसका है।' उसकी आँखें नहीं खुल रही थीं।

'वं-द-ना' विन्नी ने लगभग फुसफुसाते हुए एक-एक अक्षर पर ज़ोर दिया। उसकी आँखें मुस्करा रही थी।

'हलो अज्जू, अभी तक सो रहे हो...' वंदना की आवाज में कुछ हिकारत-सा था।

'हूँ... नहीं जग गया हूँ, बताओ... ।' इस हिकारत को उसने भी पढ़ लिया पर रिएक्ट नहीं किया।

'क्यों, तुम्हें तो यहाँ पहुँचना है ना, भाईजी आठ बजे निकल जाएँगे..'

'नहीं मैं, नहीं आ रहा हूँ।'

'क्यों...'

'बात हो गयी है मेरी उनसे...'

'वो तो मुझे भी पता है, पर क्यों... क्यों नहीं आ रहे हो, क्या हो रहा है तुम्हें. .. भाईजी कितना भरोसा करते हैं तुम पर और तुम हो कि...'

अच्छा तो अब तुम बताओगी मुझे कि भाईजी भरोसा करते हैं तुम पर—उसने बस सोचा।

'अच्छा चलो बात हो गयी है तब भी, मुझसे मिलने भी नहीं आओगे? कितने दिन हो गए इत्मीनान से मिले, वैसे मैं ही ज़रा बिज़ी थी इधर, पर आज से फ्री हो रही हूँ कम से कम कल तक के लिए... आओ ना...'

हाँ अब भाईजी से जो समय बचेगा वह मेरे हिस्से में आएगा— उसे जी में आया कह दे ये बात, ये भी कह दे कि क्या अब भाईजी अकेले काफी नहीं रहे उसके लिए— ये भी कि वह जूठन को हाथ नहीं लगाना चाहता—पर कह सिर्फ इतना पाया नहीं, 'मैं बिजी हूँ, बहुत काम है आज... ।'

'हाँ, हाँ, मुझे मालूम है बहुत काम तुम्हारे, सड़कों पर आवारागर्दी करते फिरोगे या फिर अपने उस लफंगे दोस्त—मधुर के साथ शराब पिओगे किसी ढाबे में बैठकर, फिर पीकर इधर-उधर झगड़े करोगे या फिर पहुँच जाओगे पत्रकार महोदय के पास

... लेक्चर सुनने हुँह...।' वंदना ने फोन पटक दिया उसने साफ सुना। भीतर बहुत कुछ फूटा मैग्मा-सा पर उसे बाहर नहीं आने दिया उसने। चुपचाप ड्रार से एक सिगरेट निकाली और बाथरूम में घुस गया।

अंदर सिगरेट सुलगाते हुए उसने भूलना चाहा— थोड़ी देर पहले की बातचीत। पर नाकाम रहा। क्या सचमुच अब वह एक शराबी रह गया है— सोचने लगा वह— एक शराबी, आवारा, पीकर दंगा करने वाला... नहीं कतई नहीं, काम भी तो करता है वह, पर कैसे काम किसके काम... भाईजी के काम? गुण्डा बन गया है वह किराए का गुण्डा, जिसे भाईजी किराया भी नहीं देते ढंग से केवल हवाला देते हैं— भाईजी का भाई होने का... या कभी-कभी बहला देते हैं, थोड़े दिन के लिए जिप्सी देकर या फिर कभी बेबी...

लेकिन क्या उसने चाहा है कभी ये सब...? फिर क्यों करता है। अगर उसने, जो आज है वह नहीं होना चाहा तो कैसे बन गया? कोई किसी की मरज़ी के बिना उससे कोई काम कैसे करा सकता है। पर भाईजी तो भाईजी थे वह तो उससे सारे काम उसी की मरज़ी से कराते रहे। मीठा बोल बोल कर। और हर काम वह करता रहा।

क्या हो गया था उसे— अपनी बुद्धि क्या उसने बेच खायी थी, बेच नहीं खायी तो क्या भाईजी के पास गिरवी रख दी थी और क्या अब कभी छुड़ा भी नहीं सकता। क्यों नहीं छुड़ा सकता है— छुड़ा सकता है, बिल्कुल छुड़ा सकता है। बल्कि छुड़ा ही लिया है पर उसे 307 वाले चौधरी वाले मामले से भी तो छूटना है और वहाँ से सिर्फ भाईजी ही छुड़ा सकते हैं। वादा भी किया है उन्होंने कि छुड़ा लेंगे— पर अगर उसका यही रवैया रहा तो... पर उसे हो क्या गया था... उंह, साली सिगरेट तो सिगरेट फिल्टर भी और उँगलियाँ भी...सब जल गए।...

उसने सिगरेट कमोड में गिरा दी। उसे लगा वह भी इसी सिगरेट की तरह है कमोड में पड़ा हुआ। पानी की लहर आएगी— भाईजी की तरह और उसे जिधर चाहेगी बहा ले जाएगी। शोला बनी सिगरेट छन्न से जैसे बुझी है वैसे ही बुझा दिया है भाईजी ने उसको। उसका मुँह कड़वा गया सिगरेट के कसैलेपन से। कसैलापन-कड़वाहट-सिगरेट की या वंदना की। वह तय नहीं कर पाया।

वंदना कब उसके लिए कड़वाहट बन गयी वह तय नहीं कर पाया पर ये बता सकता है कि कैसे धीरे-धीरे उसके जीवन की वह मिठास कड़वाहट में बदल रही थी। जीवन की मिठास जो मीठा-मीठा ही बोलकर कड़वाहट में बदल दी थी भाईजी ने। अब कहीं मिठास नहीं। भाईजी के लिए उसके भीतर कड़वाहट, उसके लिए शायद भाईजी के भीतर कड़वाहट, घर में एक शाश्वत कड़वाहट, बाहर हर तरफ आँखों में

गड़ती कड़वाहट, वंदना के लिए उसके भीतर, उसके लिए वंदना के भीतर कड़वाहट... या कुछ भी नहीं।

❑❑

यूँ कड़वाहट तो पहले दिन भी थी वंदना के भीतर। वह मधुर के साथ था साइंस कैंटीन में, सामने एक 'कैम्पस' चिपका हुआ था। उसी पर बहस हो रही थी। कई और लड़के भी उन दोनों के साथ थे कि एकाएक वंदना आ गयी थी और सीधा सवाल दाग दिया था– 'ऐसे परचे निकालने से, बहस करने से क्या हासिल होता है, क्या कर रहे हैं आप, फीस बढ़ गयी है इस साल से, क्या किया इसने, इस 'कैम्पस' ने...।'

वह एकटक देख रहा था। इस ज़ोर-ज़ोर से साँसें लेकर ज़ोर-ज़ोर से बोलती लड़की को जो सचमुच खूबसूरत थी, थोड़ी सांवली सी, जिसके साँवलेपन के नीचे एक लाल परत झाँक रही थी। आंखे कुछ कहने को आतुर। एकाएक कोई जवाब नहीं दे पाया वह। असल में पूरी बात वह सुन ही नहीं सका था। वह तो केवल देख रहा था। उसकी केवल आँखें एकाग्र थी बाक़ी सब कुछ अस्थिर हो गया था।

इसीलिए जवाब दिया मधुर ने– 'क्यों नहीं किया, पर वही किया जो हम ठीक मानते हैं। हमने एक लिस्ट छापी अलग–अलग यूनिवर्सिटीज की फीस की... कहाँ कितनी फीस है और चूंकि सच ये है कि हमारे विश्वविद्यालय से कम फीस पूरे स्टेट में केवल दो यूनिवर्सिटी की है और यहाँ फीस बढ़ने के बाद भी हम वहीं है यानी नीचे से तीसरे नंबर पर ही, तो हमने फीस बढ़ोत्तरी का विरोध तो नहीं किया है ये ज़रूर कहा कि फीस बढ़ी तो छात्रों को सुविधाएँ भी बढ़नी चाहिए और कौन-कौन सी सुविधाएँ फौरन बढ़ानी चाहिए ये भी...।'

'पर सुविधाएँ बढ़ी? नहीं ना...।' वंदना की आवाज में अब भी तुर्शी थी।

अब तक वह सँभल चुका था तो इस बार जवाब उसी ने दिया– 'ठीक कह रही है आप, लेकिन 'कैम्पस' के पास जादू की छड़ी नहीं है और न ही कैम्पस नेता है और न हम नेतागीरी कर रहे हैं। हम तो बस आप लोगों के सामने बात रखते हैं, फैक्ट्स रखते हैं, विचार रखते हैं। उसपर आगे आप लोग बढ़िए, कैम्पस आपका साथ देगा।'

तब तक कैंटीन वाला लड़का चाय पकड़ा गया था। उसने अपना गिलास वंदना की तरफ बढ़ा दिया– 'लीजिए चाय पीजिए।'

'नहीं, नहीं, आप पीजिए, आपके लिए लाया था वह।' अब वंदना का सुर सामान्य हो रहा था। फिर दोनों ने आधी-आधी चाय पी थी और उस चाय की मिठास दोनों

की ज़ुबान के ज़रिए उसी दिन कहीं भीतर उतर गयी पर उभरी बाद में।

'कैम्पस' के काम में उसकी मदद का प्रस्ताव किया था वंदना ने। यूँ मदद का हाथ इससे पहले भी कई लोगों ने बढ़ाया था पर मधुर को छोड़कर उसने किसी को भी अपने इस काम में शामिल नहीं किया था और न ही करना चाहता था। लेकिन वंदना को वह न नहीं कह सका था। मुलाक़ातें यूँ ही वाली, और कभी काम के बहाने बढ़ने लगी थी और लड़ने-झगड़ने, रूठने-मनाने तक पहुँच गयी थी।

उसे लगने लगा था कि प्रियम की कमी पूरी हो रही है। वह अब प्रियम को न याद करने में सफल होने लगा था। जिंदगी भी अब उतनी बुरी नहीं लगती थी उसे, जितनी वह कुछ दिन पहले समझने लगा था। 'कैम्पस' का काम बँट गया था। अख़बारी कतरनें मधुर छाँटता था और साज-सज्जा की ज़िम्मेदारी वंदना ने ले ली थी। उसे अब केवल मुख्य लेख लिखना होता था और ज़रूरत पड़ने पर मधुर और वंदना की मदद करना और सामग्री और सज्जा को अंतिम रूप देना होता था।

उन्हीं दिनों, अरसे बाद वह फिर एक कविता लिख गया। दूसरे दिन उसने वह कविता वंदना के सामने कर दी– 'कैसी है।'

वंदना ने पढ़ी पूरी कविता, एक बार, उसे देखा बेहद गहरी नजरों से, फिर कविता पढ़ी और बोली– 'इसे मैं रख लूँ।'

उसने वंदना के हाथ से कागज़ ले लिया, कविता के ठीक ऊपर लिखा– 'तुम्हारे नाम' और वापस वंदना को थमा दिया–'रख लो।'

दूसरे ही दिन वंदना ने उसे एक लिफ़ाफ़ा थमा दिया। उस पर लिखा था–तुम्हारे लिए।

वह उसे खोलने लगा तो वंदना ने रोक दिया–'अभी नहीं बाद में।' लेकिन वह ज़्यादा देर रोक नहीं पाया खुद को। वंदना जानती थी, इसलिए उस रोज़ वह हमेशा के मुक़ाबले– क्लास है–कहकर थोड़ा जल्दी ही चली गयी। भीतर एक चिट्ठी थी– भीगी, मीठी, महकती, लरजती, शर्माती, बताती, पूछती-सी। वह एक साँस में पूरी पढ़ गया। फिर लगा–नहीं पढ़ा। सो फिर पढ़ा। फिर फिर पढ़ा। उसे समझ में नहीं आ रहा था कि वह क्या करे सो वह उस दिन अपनी क्लास में भी नहीं गया। बस घूम-घूम कर चिट्ठी पढ़ता रहा, पोलिटिकल साइंस के बरामदे में, न्यू लॉ बिल्डिंग के बाहर, अशोक वाटिका में खड़ी स्कूटरों पर बैठकर। अस्सी मिनट काटने दूभर हो रहे थे उसके लिए और वंदना का क्लास ख़त्म होने से पहले ही वह उसके क्लास के दरवाज़े के बाहर था।

वंदना ने देख लिया था उसे। वह मुस्कुरा रही थी पर वह मुस्कुरा भी नहीं पा रहा था। क्लास ख़त्म होने पर वह बाहर आयी– अब भी मुस्कुरा रही थी वह। लेकिन

वह अब भी मुस्कुरा नहीं पा रहा था। हाँ, उसकी शर्ट की जेब से झाँक रहा वह लिफ़ाफ़ा ज़रूर मुस्कुरा रहा था जिस पर लिखा था– तुम्हारे लिए। दोनों आमने सामने थे। वंदना ने पूछा– 'क्या हुआ।' और वह मुस्करा पड़ा। फूट पड़ी उसकी सकुचाती मुस्कराहट, जो भीतर उथल-पुथल मचाए थी। बेहद हल्का हो गया वह। हवा की तरह। साथ चलते हुए उसने अपना बेहद ठण्डा हाथ बढ़ाकर धीरे से वंदना की बेहद गरम हथेली से जोड़ दिया।

उसी दिन डिस्कस हो गए थे दोनों के सपने और पंख फड़फड़ाते सपनों के पन्नों पर दोनों ने दोनों के नाम लिख दिए थे– टैगोर लाइब्रेरी के सामने घास पर बैठे हुए। करीब सवा घंटे बाद जब किसी ने वंदना के साथ उसे बैठे देखकर दूर से उसे आवाज़ दी थी और भद्दी से खीं-खीं की थी तब दोनों वहाँ से उठे थे। तमाम सपने अभी भी बंद रजिस्टरों में दबाए और ये तय करते हुए कि कैम्पस अब केवल उसका नहीं, वंदना का भी है।

उसने अपने सब कुछ में वंदना का साझा उसी दिन तय कर लिया था और मान लिया था कि वंदना ने भी वैसा ही किया है। लेकिन उसे ये नहीं मालूम था कि नितांत वैयक्तिक भी कुछ होता है जो उसके पास न सही, वंदना के पास है और जो कुछ नितांत वैयक्तिक होता है वह प्रसाद नहीं होता कि बाँट कर खाया जाए। प्रेम का प्रसाद भी नहीं।

यूँ खुश तो वंदना भी थी। बहुत खुश। क्योंकि एक बार फिर वह जीती थी। उसे तो जीतना था सब कुछ–सारी दुनिया। चाह थी चाँद को मुट्ठी में भर लेने की। पहली मंज़िल पर दो कमरों वाले उस सरकारी फ्लैट में किसी ने सपने में भी वे सपने नहीं देखे थे जो वह देखती थी। रोज़ाना–हर पल। सपनों में टहलते हुए भी उसके पाँव जमीन पर ही रहते।

सिंचाई विभाग में एकाउन्टेन्ट के.पी. गुप्ता ने कभी सोचा भी नहीं था कि उनकी छोटी बेटी, कमीशन के दम पर चलने वाले उस घर के ख़र्च में वह सब नहीं पा सकती जो वह चाहती है। उन्हें तो लगता था कि घर में सब कुछ ठीक-ठाक है, बल्कि अच्छा है। सब अच्छा खाते हैं– अच्छा पहनते हैं, लड़कियों को शादी के लिए भी ख़ासी रकम इकट्ठा है, सो न उन्हें कोई चिन्ता है न उनकी बीबी को और चूँकि लड़कियों को भी ये मालूम है कि बैंक में उनके नाम से कितनी रकम जमा है और उसमें लगातार इज़ाफा हो रहा है, इसलिए उन्हें भी कोई चिन्ता नहीं होगी। समय आते ही सही लड़का उनके लिए ख़रीद ही लिया जाएगा। यानी उनकी समझ से संतुष्ट और खुश हैं।

उनकी ये समझ उस दिन उलझी जिस दिन वंदना ने ऐलान किया कि वह महिला

महाविद्यालय में एडमीशन नहीं लेगी। अपनी बहनों की तरह वह सलवार कुर्ता पहनकर बहन जी बनकर संस्कृत–समाजशास्त्र से बी.ए. नहीं करने वाली। उसे तो यूनिवर्सिटी में पढ़ना है– पोलिटिकल साइंस और एंथ्रोपोलोजी। के.पी. गुप्ता और श्रीमती गुप्ता ये सोचकर हैरान थे कि बिटिया करना क्या चाहती है, और उसे कुछ करने की ज़रूरत भी क्या है। बी.ए. ही तो करना है, ज़्यादा से ज़्यादा एम.ए.।

लेकिन वंदना तो वह सब पाना चाहती थी जो दुनिया में उपलब्ध था– उसकी दुनिया में, जो उस वक्त इतनी बड़ी नहीं थी– जितनी बड़ी दुनिया वास्तव में होती है। उसे कुछ-कुछ दिख रहा था और जो दिख रहा था फिलहाल, उसे पाना था– फिर कुछ और पाना था, फिर कुछ और फिर कुछ और, फिर चाँद...।

हालाँकि के.पी. गुप्ता और श्रीमती गुप्ता को बिटिया के यूनिवर्सिटी में पढ़ने पर न तो कोई ऐतराज़ था, न ही चिंता। लेकिन वह ये ज़रूर जानना चाहते थे कि यूनिवर्सिटी ही क्यों। जो विषय वह पढ़ना चाहती है वे महिला न सही, लड़कियों के दूसरे कालेजों में तो है ही फिर वह यूनिवर्सिटी ही क्यों जाना चाहती है। लेकिन बिना इसका जवाब पाए उन्हें वंदना को यूनिवर्सिटी भेजना ही पड़ा, क्योंकि जो वह चाहती थी, करके रहती थी। और चाहती वह बहुत कुछ थी। और करना भी उसे बहुत कुछ था।

तो वह बहत खुश थी। उसने अजित को पा जो लिया था। अजित उसके निकट नहीं आया था, वह अजित के निकट गयी थी, उसे अपने निकट लायी थी। उसे अच्छा लगा था पहले अजित का काम, उसका अख़बार, फिर अच्छी लगी अजित की सोच तब अजित अच्छा लगा। और चूँकि वह उसे अच्छा लग चुका था तो उसे पाने में उसे कोई मेहनत नहीं करनी पड़ी क्योंकि वह भी अजित को अच्छी लगने लगी थी। उसे इतनी मेहनत भी नहीं करनी पड़ी, जितनी टेलीफोन लगवाने में करनी पड़ी थी। यूँ टेलीफोन लगवाने में कोई मेहनत नहीं– फार्म भरो, पैसे भरो, टेलीफोन लग जाएगा–जब नंबर आएगा। पर उसे फोन फौरन चाहिए था और घर में किसी और को टेलीफोन को लेकर कोई ख़ास जल्दबाज़ी थी नहीं। सो उसे मेहनत करनी पड़ी, क्लासेज छोड़-छोड़ दौड़ना पड़ा, और आख़िर उसके पास संचार मंत्री के कोटे वाली चिट्ठी आ ही गयी। तो टेलीफोन लगवाने के लिए उसे जितनी मेहनत करनी पड़ी थी, अजित के लिए उसकी चौथाई भी नहीं करनी पड़ी।

फिर भी वह खुश थी टेलीफोन लगवाने की खुशी से कहीं ज्यादा खुश। क्योंकि लड़के टेलीफोन नहीं होते और शुरू में तो उसे लगा था, अजित तो चाँद है और पहला चाँद उसने पा लिया था बेहद आसानी से। अब दूसरे–तीसरे–चौथे न जाने कितने और चाँद पाने थे उसे पर अब उसे लग रहा था–सब कुछ आसान हो जाएगा। वह

अजित के साथ जो है। उसे ये भी लग रहा था—सच में—कि अजित को पाया तो उसने है अपनी मरज़ी से, पर इस पाने में उसने कुछ खोया भी है—अपनी मरज़ी से ही। और ये खोना उसे रास आ रहा था। उसे मालूम था, कुछ पाने के लिए कुछ खोना पड़ता है, और सब कुछ पाने के लिए वह कुछ-कुछ खोने को तैयार थी।

और वह खुद तो किसी कीमत पर वंदना को खोने की सोच भी नहीं सकता था, सोचता भी क्यों, अभी तो पाया था, अभी से खोने की क्या सोचना। उसे लगा था वंदना पूरक है उसके लिए, उसकी ताकत है, उसमें जूझने का माहौल पैदा करेगी। यही वंदना चाहती भी थी—वह शक्ति बनना चाहती थी क्योंकि उसमें शक्ति बनने की शक्ति थी। और ये उसे बेहतर मालूम था—अजित से बेहतर।

यूँ वह खुद भी इसे समझ चुका था। बहसों से गुज़रते, कविताओं में डूबते उतराते दोनों एक दूसरे को पढ़ जो चुके थे। लेकिन उसके लिए जीवन लौट रहा था और वंदना इस लौटने को गति दे रही थी, गति... वेग नहीं। वेग पाने का काम वह खुद कर रहा था, दिशा उसे खुद ही तय करनी थी, ये वह तय कर चुका था। इसीलिए उस शाम जब गोमती के ऊपर उठे बादल सब कुछ रंग रहे थे—कुछ कुछ बैंगनी, कुछ-कुछ नारंगी रंग में और वह रंग वंदना के चेहरे पर भी नये रंग ला रहे थे—जब दोनों गोमती के तटबंध की ढाल पर हल्की घास पर बैठे अगले हफ्ते के कैम्पस अख़बार पर बात कर रहे थे—बादल—रंग—गोमती—किनारा—घास के बीच नितांत अनरोमांटिक सी बातचीत—और वंदना और वह खुद अलग-अलग खड़े थे उस मुद्दे पर जिसका कोई सिर पैर नहीं था, तो उसी ने एकदम से बातचीत को विराम दे दिया था और वंदना को करीब खींच लिया था। वंदना भी चुप हो गयी थी और उसके देर से हिलते होठों के बंद होते ही उसने अपने होंठ उन पर रख दिए थे। बादल के रंग वंदना के चेहरे पर उतर गए थे, हवा की खुनकी उसके शरीर में।

ये चुंबन कोई आवेग नहीं था प्रेम का। ये तो एक उपाय था। क्योंकि वह नहीं चाहता था कि उसके जीवन को गति देने वाली जीवन के वेग को बदले। और अपना वेग बनाए रखने का बचाए रखने का, ऐसे वक़्त पर ऐसे चुम्बन से बेहतर कोई रास्ता नहीं था।

❑❑

उस दिन वंदना लगभग दौड़ती हुई उसके कमरे में दाख़िल हुई थी और लगभग हाँफते हुए बताया था—'अज्जू-अज्जू, भाईजी को टिकट मिल गया है, सुमेरपुर से।' खुशी वंदना के चेहरे से छलकी-छलकी पड़ रही थी। लेकिन उसके ऊपर ख़ास फ़र्क

नहीं पड़ा उसने बस सिर उठाकर वंदना की खुशी का पूरा जायज़ा लिया और बोला– 'देखो, शायद जीत भी जाएँ। और फिर कैम्पस अख़बार के मैटर में उलझ गया। वंदना की खुशी उसे बहुत पसंद नहीं आयी थी लेकिन अपनी इस नापसंद को उसने ज़ाहिर नहीं होने दिया।

बावजूद इसके, वंदना की खुशी सँभल नहीं रही थी। उसे नए चाँद दिख रहे थे, नए सपने... जो उसके अकेले के थे। फिर भी उसमें उसने अजित को कहीं-कहीं जगह दे दी थी, इसीलिए उसके मुँह से निकल ही गया– 'अब तो अपन भी अज्जू, मौका पा सकते हैं, बहुत कुछ कर सकते हैं, भाईजी जीते तो मंत्री भी बन सकते हैं... और वो मंत्री बने तो...।' पर वह चुप रहा बस एक बार वंदना को देखा, प्यार से मुस्कराया और फिर खो गया कागजों में।

ऐसा नहीं कि वह खुश न हुआ हो। भाईजी के टिकट पाने की खुशी उसे भी हुई थी, पर उसे लगा था वंदना उससे कहीं ज्यादा खुश है, ये उसे रास नहीं आया था और इसीलिए उसकी खुशी शुरू होते ही ख़त्म हो गयी थी।

अगली सुबह वह बिस्तर में ही था कि माँ ने आवाज लगायी 'अज्जू फोन।'

भाईजी का था 'अज्जू टिकट मिल गया है मुझे...' उनकी आवाज़ में जो खुशी थी, उसी का एक अंश वह पिछली शाम पा चुका था वंदना की आवाज़ में। उसे वंदना से प्यार था, उसकी आवाज़ से भी प्यार था फिर भी वह उस खुशी में चाहकर भी शामिल नहीं हो पाया था। और आज इस वक़्त भाईजी की आवाज़ की खुशी भी उसे खुश नहीं कर पा रही थी।

भाईजी बता रहे थे 'दस बजे तक आ जाओ, एक मीटिंग है, तैयारी कर लो फिर तुम्हें सुमेरपुर जाना है अभी।

'लेकिन भाईजी, मैं सुमेरपुर में क्या करूँगा, ये एसेम्बली इलेक्शन है कोई यूनिवर्सिटी थोड़े ही...।'

'अरे तो क्या हुआ, वहाँ तुम अकेले थोड़े ही होगे, तमाम लोग होंगे तुम्हारे साथ, तुम तो बस मुझे रिप्रज़ेन्ट करोगे। लोगों को लगेगा, नेताजी का भाई जुटा हुआ है, कोई दूसरा नहीं। अब मैं हर जगह तो जा नहीं पाऊँगा पूरे क्षेत्र में। और फिर मुझे दूसरों के क्षेत्र में जाने को भी कह रहे हैं, अध्यक्ष जी, तो तुम ही तो जाओगे न मेरी जगह, हर जगह, सबकी सुध-बुध लेने...।' भाईजी समझा रहे थे पर उसकी समझ में नहीं आ रहा था 'पर भाईजी...।'

'देखो, बहाने नहीं, तुम्हारे लिए सब इंतज़ाम हो जाएगा–उम्दा। तुम्हें सब वहाँ वैसे ही रखेंगे जैसे मुझे... समझे।'

'...फिर भी, आप समझिये, इससे पहले मैंने कभी ऐसा कुछ नहीं किया, फिर इतनी बड़ी ज़िम्मेदारी...'

'पर भइया, मुझे भी तो इससे पहले कभी टिकट नहीं मिला। चलो, तैयार हो अब, दस बजे पहुँचना है– ठीक।' और भाईजी ने फोन रख दिया।

वह उठा, फ्रेश हुआ पर दस बजे मीटिंग में नहीं गया। पूरा दिन घर पर ही रहा। सर्दियों की दोपहर, छत पर अख़बार से मुँह ढाँपकर चटाई पर लेटे उसे एक अरसा बीत गया था। माँ के पास इतनी देर लगातार लेटे–बैठे भी तो उसे बहुत दिन बीत गए थे। उसे लगा, ज़िन्दगी फिर पटरी बदल रही है। हल्की सी ठण्ड लगने पर उसकी आँख खुली तो पाया, सूरज ग़ायब हो रहा था। इस वक़्त पता नहीं क्यों सूरज का ग़ायब होना उसे अच्छा लग रहा था। वह उठा नहीं, यूँ ही पड़ा रहा थोड़ा टांगे सिकोड़कर। पटरी बदलती ज़िंदगी पर सोचना चाहता था वह। नया रूट उसे समझ नहीं आ रहा था। वह उलझा रहा कुछ समझने में। हवा ठण्डी हो चुकी थी। सूरज ग़ायब हो चुका था। आसमान लाल से बैंगनी होते हुए काला होने लगा था और ये कालापन उसके भीतर उतरने को ही था कि वह उठ बैठा। नीचे उतरा। कपड़े बदले और सीधे पहुँचा कबीरदा के दफ्तर।

कबीरदा उसे देखते ही समझ गए कि उसके भीतर कहीं कालापन उतरने को है, अँधेरे का कालापन। तभी तो उसे देखते ही जल्दी-जल्दी कॉपी फाइल की और उसे लेकर कैंटीन में आ गए। वह अभी कैंटीन की हिलती-डुलती कुर्सी पर जमा ही था कि कबीरदा बोल पड़े– 'तुम्हारे भाईजी को टिकट मिल गया..।' ये सुनते ही वह फूट सा पड़ा–'कबीरदा, आज पहली बार...' और फिर वह बताता गया–छत पर धूप में पड़े रहना–जिन्दगी का पटरी बदलना–सूरज का ग़ायब होना–आसमान का काला होना।' ...कबीरदा बताइए मैं क्या करूँ कुछ समझ में नहीं आ रहा...।'

वह कबीरदा को कुछ ऐसे देखने लगा जैसे उनके मुँह से निकला शब्द, निकलने से पहले ही लपक लेगा। पर कबीरदा चुप रहे और सिगरेट के कश लेते रहे। उनकी आँखें कुछ तलाश रही थी उसके चेहरे पर। उसने अपनी नजरें हटा ली और कैन्टीन की चिकनी हो गयी लकड़ी की मेज पर पड़ी पानी की बूँदों को आड़ी-तिरछी लकीरों में बदलने लगा।

'तुम भाईजी की मदद क्यों नहीं करना चाहते...' अचानक कबीरदा बोल पड़े।

'पता नहीं क्यों, पर नहीं चाहता बस...' वह छूटते ही बोला।

'तब तो, मैं समझता हूँ तुम्हें उनकी मदद करनी चाहिए। जब तक तुम्हें ये न पता चल जाए कि तुम उनके साथ क्यों नहीं रहना चाहते, तब तक तुम्हें उनके साथ रहना होगा। ये मेरा मानना है, बाक़ी तुम्हारा फ़ैसला, तुम खुद करोगे।' कबीरदा ने

दो टूक कह दिया फिर उसके कंधे पर हाथ रखकर बोले चलो प्रेस क्लब चलते हैं, और बातें होंगी तब तुम आख़िरी फ़ैसला करना।

कबीरदा का स्कूटर जी.पी.ओ. से थोड़ा पहले ही था, बस विधानसभा के थोड़ा आगे कि वह बोल पड़ा, 'लेफ्ट मोड़ लीजिए कबीरदा, प्रेस क्लब नहीं, यहीं बैठते हैं मामू के होटल पर।'

मामू के होटल पर छोटू ने उन्हें देखते ही 'भइया जी नमस्ते' का ज़ोरदार नारा लगाया और हाथ पसारकर उसके सामने खड़ा हो गया। कबीरदा ने उसके हाथ पर सौ का एक नोट रखा और इससे पहले कि वह कुछ कहते छोटू सड़क पार दौड़ गया। उसे कुछ बताने की ज़रूरत नहीं थी।

शाम रात में बदल रही थी और मामू के उस छोटे से ढाबे में भीड़ थी। मामू काउन्टर पर थे नहीं। कबीरदा को वहाँ कहीं जगह नहीं दिख रही थी–बैठने की– सुकून से। वे बोले– 'अजित यहाँ तो जगह कहीं है नहीं, क्यों नहीं प्रेस क्लब ही...' पर उसने कबीरदा को बीच में ही रोक दिया, 'नहीं कबीरदा, अभी बन जाएगी जगह, मामू भी नहीं दिख रहे, आसपास ही होंगे कहीं, देखता हूँ एक मिनट।' वह बाहर की तरफ बढ़ गया। इस बीच छोटू व्हिस्की का एक हाफ़ लेकर लौट आया और जब उसने कबीरदा को अकेले खड़े देखा तो फौरन एक कोने की मेज़ ख़ाली करने में जुट गया जिस पर कटी सब्ज़ियों का ढेर लगा था।

जब तक छोटू मेज़ साफ करता, वह लौट आया था चेहरे पर एक परेशानी ओढ़े। तभी छोटू ने आवाज़ लगायी, 'भइया जी, आइए...।' दोनों बढ़ गए उसकी तरफ और वहाँ बैठते ही वह बोल पड़ा– 'कबीरदा, इसीलिए आता हूँ यहाँ, जैसे चाहो वैसे बैठो, जो चाहो वो बतिआओ, पता है आपको, यहाँ मैं सबसे पहले भाईजी के साथ ही आया था। जगह मिल जाने का जो सुख उसके चेहरे पर बैठते ही तैर गया था, कबीरदा को उसमें एक गर्व का रंग तिरता दीख ही गया।

गिलास टकराते-टकराते वह बोल पड़ा– 'ये बताइए कि मैं क्यों नहीं समझ पर रहा कि मुझे भाईजी के साथ क्यों नहीं जाना चाहिए।'

'क्योंकि तुम उनके साथ जाना चाहते हो... तुम चाहते हो कि वह जीतें... क्योंकि तुम नहीं जानते कि तुम उनका साथ क्यों नहीं देना चाहते...।'

कबीरदा को मालूम था कि उसे वजह मालूम है, फिर भीं वह पा रहे थे कि वह उन वजहों को पचा नहीं पा रहा और वह चाहते थे कि उसमें एक शिद्दत पैदा हो। वह उस वजह को एक पूरा सच माने और इसके लिए वह ज़रूरी समझ रहे थे कि उसे अभी भाईजी के और पास जाना होगा। ताकि दूरी बढ़ जाए– जिसके बाद करीबी बेमायने हो जाए। वह नहीं चाहते थे कि आधा-अधूरा कुछ हो। उन्हें पता चल गया

था कि सम्पूर्ण जैसा कुछ होने का अभी समय नहीं आया है। फिर भी वह बोले– अभी कोई फ़ैसला मत करो, थोड़ा और सोच लो और हाँ, अगर कुछ काम करना चाहो तो कल दफ्तर आ जाओ। फीचर में कुछ काम है यूनिवर्सिटी पर ही, मैं बात कर लूँगा फीचर एडीटर से...।' उसने सिर हिला दिया।

रात घर में घुसते ही पता चला– भाईजी का फोन आया था– दो बार, एक बार वंदना का भी आया था। विन्नी ने बताया– 'कहा है, जब भी आए, कहना मुझसे बात करें।' पर उसने बात नहीं की।

सुबह भाईजी खुद आ गए–'कहाँ थे कल आधी रात तक, इत्ती सरदी में...' घर में घुसते ही उन्होंने सवाल उछाला।

'कहीं नहीं, बस कबीरदा के दफ्तर गया था, आज से कुछ काम करना है वहाँ...।'

'अच्छा तो रिपोर्टर साहब तुम्हें रिपोर्टर बना रहे हैं, चलो अच्छा है, अपना भाई पत्रकार होगा, फिर तो बस...।' भाईजी के शब्दों में सीधा तंज़ था, उसके लिए नहीं... कबीरदा के लिए। 'लेकिन भइया चुनाव हो जाने दो, फिर शुरू करना पत्रकारिता... अभी तो चलो सुमेरपुर...।'

'पर भाईजी, अभी काम मिल रहा है वहाँ, चुनाव के बाद क्या पता...।'

'अरे भइया, वहाँ नहीं, कहीं और सही, कहीं भी लगवा देंगे, तुमने पहले कभी कहा ही नहीं, नहीं तो अब तक कहीं न कहीं फिट करा ही चुके होते, पायनियर, प्रभात, हेराल्ड... कहीं भी सब जगह तो अपने लोग हैं। चलो चुनाव बाद लगवा देंगे, पक्का।' भाईजी ने उसकी पीठ पर एक धौल जमायी और वहीं से आवाज लगायी, 'मौसी कुछ चाय-वाय मिलेगी कि जाएँ हम...।'

तब तक पापा तैयार होकर बाहर आ गए अपने आफिस जाने के लिए। भाईजी ने लपक कर उनके पैर छुए। उन्होंने आशीर्वाद दिया–'जीते रहो।'

भाईजी बोले– 'अरे मौसा कहिए–जीतते रहो–अब बस यही आशीर्वाद चाहिए, और इसे–अज्जू को समझाइए, जा रहा है अख़बार में काम करने, क्या ज़रूरत है इसे...,।'

तब तक चाय लेकर माँ भी आ गयी तो भाईजी उनकी तरफ घूम गए–'बताइए मौसी भाई को एमेले–मंत्री बनवाने से क्या फ़ायदा नहीं होगा, अरे तब अपना अख़बार खोल लेना, दसियों को तुम काम देना बच्चा... क्या समझे। चलो चाय पियो और चलो मेरे साथ पहले पार्टी दफ्तर...।' भाईजी ने कप उठाकर चाय का एक घूँट भरा तब उनका मुँह बंद हुआ और उनका मुँह बन्द हुआ तो पूरे घर में सन्नाटा हो गया, सब चुप जो थे।

सबको अखर रही इस चुप्पी को माँ ने जानबूझकर तोड़ा – बहू कब आ रही है लखनऊ... जिज्जी के सीने का दरद कैसा है – जैसे सवाल करके।

चाय ख़त्म होने से पहले ही फोन की घंटी बजी। उसी ने उठाया–वंदना का था। पहले तो वह केवल हाँ-हाँ, करता रहा फिर बोला–'भाईजी यहीं हैं... पर मैं जा रहा हूँ कबीरदा के दफ्तर... क्यों... हाँ वही कह रहे हैं, लेकिन मैं... तुम! तुम क्यों... वो सब ठीक पर अब, अच्छा ठीक है, तुम वहीं पहुँचो, हाँ बाहर ही मिलना।'

फोन रखकर वह अपने कमरे में घुसा ही था कि बाहर से भाईजी भी आ गए। वह अपनी ड्राअर खोलते-खोलते रुक गया। भाईजी बोले–'देखो तुम कबीरदा के दफ्तर जाना चाहते हो तो जाओ, मैं तुम्हें रोक नहीं रहा काम करने से। पर एक बात सोचो, मेरे पास लोगों की कोई कमी है, जो तुम्हारे पीछे-पीछे भागा आया हूँ यहाँ–मिन्नत कर रहा हूँ कि–चलो-चलो। सोचना ज़रा इस पर। मैं तो बस इतना कह रहा हूँ कि जितना भरोसा मैं तुम पर कर सकता हूँ उतना खुद पर नहीं कर सकता और मुझे तुम्हारी काबिलियत भी मालूम है। मुझे मालूम है कि तुम अगर भटके नहीं तो अगली बार कभी अगर मैं पार्लियामेन्ट लड़ूँगा तो तुम ही वह शख़्स होगे जो मेरी सीट से... ख़ैर मुझे तुम्हारी ज़रूरत है अज्जू, विश्वास करो। मैं शाम को तुम्हारा इंतज़ार करूँगा, घर पर आठ बजे के बाद। अभी जाओ जहाँ जा रहे हो, बेस्ट आफ लक।'

कबीरदा के पास ठीक ग्यारह बजे पहुँचना था पर वह सवा दस बजे उनके दफ्तर के गेट पर था। उसके पीछे-पीछे ही वंदना भी आ गयी। कबीरदा को आने में अभी आधा घंटा बाक़ी था। दोनों उनके दफ्तर की कैंटीन में जा बैठे। दोनों की बातचीत कुछ मिनटों में ही भाईजी तक पहुँच गयी। उसी ने बताया, सुबह भाईजी ने क्या कहा, उसने क्या कहा

'फिर...' वंदना ने पूछा।

'फिर क्या, मैं सुमेरपुर में क्या कर पाऊँगा, मेरे बस का नहीं है ये काम, मैं नहीं जाऊँगा कहा ना... मेरे लिए...।'

'क्या मेरे लिए।' वंदना ने उसे बीच में ही चुप करा दिया–'क्यों नहीं जाओगे तुम, भाईजी कितना विश्वास करते हैं तुम पर, ऐसे मौके पर उन्हें अपनों की ज़रूरत है... और देखो, कितना चाहते हैं वो हम लोगों को।'

ये 'हम लोग' उसे चुभ गया, धँस गया कहीं भीतर। वंदना जारी रही, 'तुम्हारे लिए कितना तो करते हैं वो, मुझे तो लगता है तुम जलते हो उनसे, उनकी सफलता से...।'

'नहीं वंदना, मैं उन्हें बहुत मानता हूँ, पर मैं वो सब नहीं कर सकता, जो वो मुझसे

कराना चाहते हैं, तुम जानती हो, मैं कर ही नहीं सकता...।'

'तुम कर सकते हो अज्जू, कर सकते हो... ये मुझे भी मालूम है और भाईजी को भी, तभी तो वह इतना कह रहे हैं।' वंदना का समझाना जारी था—'सोचो ज़रा ग़ौर से, मैं जानती हूँ तुम राजनीति में नहीं घुसना चाहते पर ये राजनीति में घुसना थोड़े हुआ, देखो दुनिया भर में चुनाव प्रचार में—लेखक, कलाकार, वैज्ञानिक—हर कोई कैम्पेन करता है। तुम्हें राजनीति नापसंद है ठीक, भाईजी तो नापसंद नहीं... एक घिसा पिटा वाक्य है—पाप से घृणा करो पापी से नहीं—और भाईजी तो पापी भी नहीं।'

'तुम नहीं समझोगी...' उसके भीतर बहुत कुछ खदबदा रहा था पर वह उसे निकाल नहीं पा रहा था। वंदना को इतनी देर सुनकर उसे लग रहा था कि उसके सामने कुछ कहना बेकार है। लेकिन वंदना चुप नहीं हुई थी अभी, 'देखो, आज की राजनीति में ज़िन्दा रहने के लिए थोड़े-बहुत दंद-फंद तो करने ही पड़ते हैं। कौन नहीं करता, फिर भाईजी तो अपने ही हैं...।'

'प्लीज़, मुझे सोचने दो अभी और फिलहाल चलो अंदर कबीरदा इंतजार कर रहे होंगे।' उसने बात खत्म करनी चाही।

कबीरदा वास्तव में उसका इंतज़ार ही कर रहे थे। उसे देखते ही खड़े हो गए—'देर कर दी तुमने थोड़ी-सी, मैं तो सोच रहा था तुम नहीं आओगे—ख़ैर चलो फीचर एडीटर से मैंने कह दिया था—वह इंतज़ार कर रहा होगा तुम्हारा, और... सुमेरपुर के लिए कुछ फैसला किया?'

'तय नहीं किया, अभी सोच रहा हूँ...।' उसने बताया। 'पर कबीरदा तय कर चुके थे, बोले—'देखो अजित, ये काम तो बस यूँ ही है, बाद में और भी ऐसे एसाइनमेन्ट मिल जाएँगे'—ठिठक गया वह, कबीरदा भी कॉरीडोर में ही रुक गए—'अब तुम जाओ सुमेरपुर।'

उलझ गया वह अपने में ही। कबीरदा से वंदना कुछ कहती रही पर उसने नहीं सुना। वह बस कबीरदा को देखता रहा। फिर कबीरदा उससे मुख़ातिब हुए—'चलो अच्छा कल तक सोच लो, फिर फोन करना, ये काम कल तक किसी को नहीं दिया जाएगा।' वह चाहते थे कि अजित कहे—'सोचना क्या कल नहीं आज ही। मैं कहीं नहीं जा रहा'—पर उसने नहीं कहा वे बाहर निकले। वंदना ने कहीं चलकर थोड़ी देर बैठने का प्रस्ताव किया। वह तैयार था। असल में वह खुद चाहता था कहीं एकान्त में वंदना का साथ, थक गया था वह सोचते-सोचते। उसने कहा—'चलो, पर हम इस मुद्दे पर नहीं बात करेंगे, बस हम तुम—अपनी बातें करेंगे।' उसे डर था कि वंदना फिर भाईजी को अपने बीच ले आएगी।

बाइक पर पीछे बैठी वंदना का हाथ कमर से सरककर उसके सीने पर आ गया और उसे लगा वंदना जो थोड़ी देर पहले बहुत दूर दिख रही थी, एकाएक पास आ गयी है। उसने हैंडिल से बायाँ हाथ हटाया और वंदना के हाथ पर धर दिया। वंदना ने अपना सिर उसके कंधे पर रख दिया और धीरे से गर्दन को चूम लिया। फिर फुसफुसाई–'दिलकुशा चलो। वहाँ भीड़ बिल्कुल नहीं होगी।' वह मुस्कुरा दिया, रीयर व्यू मिरर में वंदना का चेहरा दिख रहा था शर्माया सा, पर मुस्कराता। मिरर में जब दोनों की नज़रें मिली तो वह बुदबुदा दी–लव यू।

दिलकुशा गार्डेन के गेट पर वह बाइक खड़ी ही कर रहा था कि सामने से नवाब हुसैन आते दिख गए। नवाब हुसैन–शायर–पेंटर–प्रिंटर–पब्लिशर। बक़ौल खुद नवाब हुसैन वॉल राइटिंग से पोएट्री राइटिंग तक और मर्दाना ताकत की दवा के परचे से लॉ बुक सेंटर की किताओं तक, सब कुछ करता हूँ मैं। भाईजी का भी सारा काम उन्हीं के ज़िम्मे था। नवाब ने उसे देखते ही बांहें फैला दी, फिर उनकी नज़र वंदना पर पड़ी तो मुस्कुरा दिए। उसके पास एक झेंपी सी मुस्कराहट फेंकने के अलावा कोई चारा नहीं था, सो वह मुस्कराता हुआ नवाब हुसैन के गले लग गया पर इससे पहले कि दोनों अलग होते नवाब हुसैन ने मुबारकबाद दाग दी, 'अमाँ अज्जू भाई, सूरज भाई का टिकिट तो हो गया ना, मुबारक हो, आज सुबह ही बात हो रही थी, सूरज भाई का जीतना तो तय है, आप तो जाएंगे न परचार में...।' उसकी आंखे एकबारगी वंदना से मिल गयी पर इस बार उसे जवाब देने में देर नहीं लगी, 'बिल्कुल, नवाब भाई, जाऊंगा और भाईजी को जिताकर ही लौटूंगा। पर आप यहाँ कैसे...।'

'बस भाई, एक टेण्डर डाला था, कई महीनों पहले, साले तारीख़ बढ़ाते जा रहे खोल ही नहीं रहे हैं, मैंने कहा आज झगड़ा कर लिया जाए। वैसे बहुत बड़ा काम नहीं है पूरे दिलकुशा का रंग रोगन भर, इसलिए ज्यादा झगड़ा भी नहीं किया, चलिए आप लोगों का वक्त ज़ाया नहीं होना चाहिए, माफी चाहूंगा, नमश्कार।'

❑❑

शाम को भाईजी के पास पहुँचना था। पहुँचना था मतलब वह तैयार था सुमेरपुर जाने के लिए पर ये फैसला बदलने की उसे अब भी इच्छा हो रही थी। उसे लग रहा था कि कोई बस एक बार कह दे, मत जाओ, तो वह नहीं जाएगा। कोई भी छोटी बहन ही, उसने सोफे पर पसरे हुए ही रिमोट से टी.वी. का वाल्यूम बंद कर छोटी बहन को आवाज़ दी। वह आयी तो उसे खींचकर अपने से चिपका कर बिठा लिया और पूछा– 'अच्छा विन्नी, बेटा बताओ, हम सुमेरपुर जाएं या नहीं।' विन्नी

क्या जवाब देती, अटक गयी, 'वैसे भाईजी इतना कह गए हैं तो... वैसे दादा तुम भाषण-वाषण तो दे नहीं पाओगे, पर... दादा भाईजी जीत गए तो मज़ा आ जाएगा, है ना, सुबह कह भी तो रहे थे कि एक कार तो बस हम लोगों के घूमने के लिए होगी। है ना...।'

'ये बताओ कि हम जाएं वहाँ या नहीं?

'हूँ... देखो कोई बहुत ज़रूरी काम यहाँ न हो तो चले जाओ... वैसे तुम्हारी मरज़ी...।'

उसे लगा माँ से भी पूछना चाहिए पर माँ ने भी 'तुम्हारी मरज़ी' पर पहुँचाकर छोड़ दिया।

सात

राष्ट्रीय राजमार्ग जहाँ अचानक सँकरा हो जाए और चिकनी सड़क एकाएक खड़ंजे में तब्दील हो जाए वहीं समझो सुमेरपुर बाज़ार आ गया। लखनऊ की तरफ से सुमेरपुर में प्रवेश केवल सड़क के सँकरे होने पर या खड़ंजे वाली होने पर ही नहीं होता। सड़क के दोनों तरफ नीची छतों और नक्काशी वाले छज्जों वाली उन इमारतों के साथ भी होता है, जिनमें लाइन से सुनारों की गद्दियाँ, दुकानें हैं।

ये दुकानें सुनारों की है, ये सुमेरपुर बाज़ार ही नहीं दस-बीस कोस दूर-दूर तक के लोगों को मालूम है और जिन्हें नहीं मालूम वो सुनारों वाली कुप्पी-दीवट देखते ही जान जाते हैं– यानी किसी प्रचार या विज्ञापन की कोई ज़रूरत नहीं। ज़्यादातर सुनारों की गाहकी पुश्तों से बँधी है और चूँकि लेन-देन, गिरों-गिरवी वगैरह भी चलता रहता है इसलिए गाहक टूटने का ख़तरा भी कम रहता है। फिर भी इस जगह से अनजान लोगों के लिए, लखनऊ से बनारस के रास्ते में इस सुमेरपुर से गुज़रने वालों के लिए कुछ दुकानों के माथे पर छज्जे के सहारे बोर्ड भी टँग गए हैं, ताकि चिकनी सड़क पर दौड़ ी गाड़ी से ऊँघते लोगों को खड़ंजे पर गाड़ी पहुँचते ही, जैसे ही झटका लगे, जैसे ही वे सोचें कि कौन-सी जगह आ गयी वहीं हिन्दी और अंग्रेजी दोनों भाषाओं में बोर्ड उन्हें बता दें कि आप 'सुभद्रा प्रसाद ज्वैलर्स यहाँ सोने चांदी का तसल्लीबख़्श काम होता है, एक बार सेवा का अवसर दें–सुमेरपुर बाज़ार' के सामने है।

यूँ एक छोटे से बाज़ार में इतने सुनारों को देखकर, पहली नजर में ये ग़लतफ़हमी भी हो सकती है कि इलाक़ा बेहद समृद्ध है लेकिन असल में ऐसा कुछ नहीं। वैसे कुछ लोग ये भी मानते हैं कि पहले इस बाज़ार का नाम सुनारपुर होगा या अब भी होना चाहिए, क्योंकि यहाँ जितनी दुकानें नमक और हल्दी बेचने वालों की हैं उतनी ही सुनारों की, लेकिन है ये सुमेरपुर ही। हाँ ये जरूर है कि अगर इस बाज़ार से इन सुनारों की दुकानों–गद्दियों को हटा दिया जाए तो यहाँ कुछ नहीं बचेगा।

तो सुमेरपुर बाज़ार जो कुछ भी है सबसे पहले सुनारों से है, फिर बोरे वाले शर्मा

जी से, जो कहीं बाहर से आकर कई पीढ़ियों पहले यहाँ बसे थे, फिर भी सुमेरपुर और आसपास का इलाका अब भी उन्हें बाहर वाला या सुमेरपुर के लिए मेहमान ही मानता है और इस इलाक़े का बारदाने का सबसे बड़ा धन्धा शर्मा जी के हाथ में होने के बावजूद, इस इलाके में ज़ैदी साहब के बाद सबसे मालदार होने के बावजूद हर कोई बोरे वाले शर्मा जी से जब तब पूछता रहता है, 'सब ठीक तो है–कोई दिक्कत तो नहीं।'

जैसा कि आपको मालूम हो गया है ज़ैदी साहब यहाँ के सबसे मालदार आदमी हैं। बीड़ी कारखाना है उनका। 356 नंबर बीड़ी बनाते हैं, पर चूंकि एक तो वह पुश्तैनी यहीं के हैं, दूसरे मुसलमान हैं, तीसरे–कुछ साल पहले उनके लड़के ने बीड़ी का नया ब्राण्ड किसी से बिना पूछे–जाँचे निकाल दिया था और खुदा से बेहद लगाव के चलते (अपने ही नहीं, बीड़ी पीने वालों के भी) बीड़ी का नाम 786 मार्का बीड़ी रख दिया था और फिर लखनऊ बनारस, दिल्ली तक भारी हंगामा मचा था और स्थानीय मुसलमानों, मौलवियों ने ही नहीं हिन्दुओं ने भी ज़ैदी साहब और उनकी बीड़ी कम्पनी की ख़ासी मज़म्मत कर दी थी, मरम्मत का हौसला वे जुटा नहीं पाए थे, और हिन्दुओं द्वारा मज़म्मत पर ज़ैदी साहब ने कहा था पहले अपने गिरेबान में झाँके–जो गणेश बीड़ी पी लेते हैं। चौथे–शर्माजी ने एक मंदिर और मंदिर के बग़ल में चार कमरों की धर्मशाला बनवायी है। इसलिए इज़्ज़त के मामले में कम मालदार होते हुए भी वह ज़ैदी साहब से ऊपर ही बैठते हैं। सो भाईजी को भी कई साल पहले से उनकी दोस्ती पर नाज़ है, जब-तब पार्टी की मीटिंग-सीटिंग में भाईजी के कहने पर बोरे वाले शर्मा जी बिना सोचे समझे पैसा ख़र्च करने को तैयार हो जाते हैं।

इसी ज़ैदी साहब, शर्मा जी और सुभद्रा प्रसाद वगैरह ज्वैलर्स के सुमेरपुर में जब लखनऊ से पाँच घंटे का सफर तय करके भाईजी का तीन गाड़ियों का काफ़िला पहुँचा तो दोपहर ढलान की ओर थी। इन पाँच घंटों में भाईजी और वह लगातार सुमेरपुर को ही डिस्कस करते रहे थे। सुमेरपुर बाज़ार नहीं, सुमेरपुर विधानसभा क्षेत्र। पूरे क्षेत्र के इतिहास–भूगोल से पूरी तरह वाकिफ़ कराने की भरपूर कोशिश की थी भाईजी ने इन पाँच घंटों में। अब करना क्या है, ये उसे तय करना था, भाईजी ने उसे पूरी आज़ादी दे दी थी।

सुमेरपुर बाज़ार में सुनारों की गद्दियों का सिलसिला जहाँ ख़त्म होता है वहीं चौराहा है। चौराहे पर आकर राजमार्ग राष्ट्रीय मार्ग वगैरह का अस्तित्व ख़त्म हो जाता है क्योंकि चौराहा तो चौराहा है, जहाँ या तो चार राहें आकर मिलती हैं और चौराहा अस्तित्व में आता है या फिर जहाँ से चार राहें निकलती हैं और चौराहा ग़ायब हो जाता है किसी भी एक राह पर बढ़ते ही। तो ऐसे ही चौराहे पर जहाँ से एक तरफ

लखनऊ रोड शुरू होती है दूसरी तरफ यानी उसके विपरीत बनारस रोड और बनारस रोड के दाँयी तरफ खेतासराय मार्ग है और बाएँ डन्डहिया पाँच किलोमीटर मार्ग। उसी चौराहे पर लखनऊ रोड और खेतासराय मार्ग के कोने पर विशाल शर्मा भवन के सामने रुका ये काफिला। भाईजी ये देखकर गद्गद् हो गए कि सब तैयारियाँ पूरी दिख रही थी, शर्मा भवन के मत्थे पर उनके चुनाव कार्यालय का बोर्ड चमक रहा था और चौराहे से फूटने वाली चारों सड़कों पर, युवा नेता श्री सूरज सिंह भाईजी का स्वागत है—के बैनर भी फड़फड़ा रहे थे लेकिन हवा पास करने के लिए उनमें किए गए छेद अच्छे नहीं लग रहे थे।

शर्मा भवन में सड़क की तरफ दो हॉल थे। एक में शर्मा जी की गद्दी थी। दूसरा विशेष मौकों पर—जैसे अब—इस्तेमाल होता था। पीछे के हिस्सों में शर्माजी के पुरखों ने छोटे-छोटे कमरे बनवा दिये थे—नौकरों-चाकरों के लिए। लेकिन अब शर्माजी ने उन्हें ऐसे लोगों को किराए पर दे दिया था जो नौकर और किराएदार दोनों की भूमिका निभा सकें। पहली मंजिल पर शर्मा जी सवयं सपरिवार रहते थे और दूसरी मंजिल पर खुली छत और सामने सड़क की तरफ का शानदार हॉलनुमा कमरा फ़िलवक़्त भाईजी या उनके भाई या दोनों के लिए था।

उसी शाम चुनाव कार्यालय का उद्घाटन होना था और चूंकि वहाँ पार्टी कार्यकर्ताओं और दूसरे लोगों की अच्छी भीड़ लग चुकी थी इसलिए भाईजी सहित सभी लोग नीचे ही जम गए और चाय पानी करते-करते पूरे बाज़ार में भाईजी के आगमन और चुनाव कार्यालय के उद्घाटन की ख़बर फैल गयी।

इतनी देर में भाईजी भी उसे स्थानीय कार्यकर्ताओं में और वहाँ मौजूद दूसरे लोगों के बीच कुछ ऐसे प्रतिष्ठित कर चुके थे, मानों वही चुनाव लड़ रहा हो।

भाईजी युवा शक्ति के प्रतीक थे। इसलिए चुनाव कार्यालय का उद्घाटन करने के लिए वहाँ संजय कुमार उपाध्याय मौजूद था। संजय कुमार उपाध्याय पास के ही किसान महाविद्यालय का छात्र था, जिसने बीते साल इंटर में जिले में सबसे ज़्यादा अंक पाए थे।

भाईजी की रणनीति सबको साथ लेकर चलने की थी, क्षेत्र के दलित वोटों की भी ज़रूरत थी उन्हें। 'आख़िर वे भी समाज का एक हिस्सा हैं, जैसे हम वैसे वह, फर्क क्या है—हमारे चुनाव कार्यालय का उद्घाटन नन्हें से कराइएगा शर्माजी,' भाईजी ने पहले ही एक मीटिंग में कह दिया था।

हालाँकि क्षेत्र में इस वर्ग के वोट करीब सत्ताइस फीसदी थे और भाईजी को उनसे बहुत उम्मीदें नहीं थी फिर भी अगर दलित थोड़ा-बहुत पट जाएँ तो काफ़ी उलटफेर हो सकता है। इसीलिए नन्हें वहाँ था जो नाम का ही नन्हें था। साठ पारकर चुके

नन्हें ने अपनी ज़िन्दगी भाईजी के एक प्रिय कार्यकर्ता के यहाँ बेगार करते हुए बिता दी थी और आज फिर बुलाया तो गया बेगार के लिए ही था पर आज के लिए उसे एक नयी धोती, कुर्ता और गमछा मिल गया था।

नन्हें जी को अब उद्घाटन कार्यक्रम की अध्यक्षता करनी थी क्योंकि उद्घाटन संजय कुमार उपाध्याय कर रहे थे, और नन्हें जी से बार-बार जिस तरह से— 'अध्यछता करनी है आपको... आप तो अध्यछ हैं...' कहा जा रहा था उससे नन्हें जी घबराने लग रहा था, फिर धोखा हो गया, कहे थे चलकर फीता काटना है और सबसे पहले भीतर हलना है, अब कहो कहें, नेता जी को उठाकर भीतर पहुँचाओ या चाय पानी कराओ। पता नहीं अध्यछता में क्या-क्या करना होगा।

लेकिन भाईजी ने आते ही नन्हें जी को दोनों हाथ जोड़कर प्रणाम किया था, हाल चाल पूछे थे। नन्हें जी आइए, कहकर जिस तरह से भाईजी ने उनका हाथ पकड़ लिया था फिर उससे परिचय कराया था—ये मेरा छोटा भाई है अजित... ये नन्हें जी हैं, आप उद्घाटन कार्यक्रम की अध्यक्षता करेंगे... बड़े बुजुर्ग हैं... नन्हें जी आशीर्वाद दीजिए हमें, दोनों को... तो नन्हें जी की आँख में आँसू आ गए थे... अरे भइयाजी आप बड़मनई, हमारा आसीरवाद क्या, बस फलो फूलो हमरा—सबका ख़याल रखो. .. आप...।' और नन्हें जी को मालूम हो गया था जमाना सचमुच थोड़ा बहुत तो ज़रूर बदल गया है—जैसे गाँव—पुरवा के तमाम पैंट-शर्ट झाड़ने वाले लौंडे कहते हैं।

ये सब तो तय था पर उसे ये नहीं मालूम था कि इस कार्यक्रम का प्रमुख अतिथि वह खुद होगा। इसलिए जब कार्यक्रम के संचालक ठाकुर शारदा बख़्श सिंह ने धवल चाँदनी और गाव तकिए वाले मंच से उसका नाम पुकारा—'लखनऊ विश्वविद्यालय के बुद्धिजीवी छात्रों में सबसे लोकप्रिय, कैम्पस अख़बार के संपादक, युवा वर्ग को राह दिखाने वाले, आपके हमारे सभी के अधिकारों के प्रति बेहद सजग श्री अजित सिंह से अब हम अनुरोध करते हैं कि वह इस चुनाव कार्यालय के इस उद्घाटन कार्यक्रम के मुख्य अतिथि का स्थान ग्रहण करें...' तो उसके भीतर जाने कैसा कुछ तो हुआ, और कबीरदा के दफ्तर से निकलते निकलते किए गए अपने फैसले तथा यहाँ मिल रहे सम्मान से उसने अपनी छाती चुपके से थोड़ी-सी फुला ली और इसी बीच ठाकुर शारदा बख़्श सिंह कह गए—'श्री अजित सिंह हमारे प्रत्याशी श्री सूरज सिंह भाईजी के भाई हैं, जो उनकी तमाम काबिलियत की और भी चार चाँद लगाता है...' और ये शब्द वह सुन ही नहीं पाया।

अगले दो दिन उसने और भाईजी ने, यानी दोनों ने ही सुमेरपुर बाज़ार में सूरज उगते तो देखा पर डूबते नहीं। भाईजी के लिए नारा भी तो यही बनाया गया था, 'सूरज सिंह को लाएँगे—नया सूरज उगाएँगे, भाईजी को जिताना है, अंधेरा दूर भगाना

है।' तो इन दो दिनों में भाईजी ने पूरे क्षेत्र में हर अपने आदमी से उसे मिलवा दिया। तीन जगह शिविर कार्यालय के उद्घाटन करा दिए उसी के हाथों और ज़िला मुख्यालय से निकलने वाले अख़बार में रोज़ाना उसका नाम और फोटो भी छपवा दिया, ये बयान भी कि 'हमारी राम-लक्ष्मण की जोड़ी है, लक्ष्मण जुटेगा और राम की विजय होगी।' इन तीन दिनों में उसने भाईजी का आत्मविश्वास भी ख़ूब देखा, उनके भाषण भी ख़ूब सुने और हर छोटे-बड़े से बेहद सम्मान, बेहद प्यार से पेश आने की उनकी अदा भी देखी। तो एक बार फिर भाईजी उसके लिए सचमुच राम हो गए।

भाईजी को तो पार्टी अध्यक्ष के निर्देश थे कि वह दूसरे क्षेत्रों में बड़े नेताओं के प्रचार में शामिल होंगे। साथ ही समय-समय पर अपने युवा संगठन को भी चाभी भरते रहेंगे ताकि पूरी की पूरी फौज पूरी ताकत से जुटी रहे हर क्षेत्र में ग्रास रूट लेबल पर। सो भाईजी लगातार सुमेरपुर में रुक नहीं सकते थे और चूँकि पहला चुनाव था इसलिए ग़ायब रहना भी ठीक नहीं था। इसीलिए भाईजी ने उसे प्रोजेक्ट किया था। जगह-जगह कहा था–'टिकट मुझे मिला है पर हम दोनों भाई दो बदन एक जान हैं, रामचन्द्र जी भी जब वन को गए थे तो भरत को सिंहासन सौंप गए थे और अयोध्यावासियों ने भरत का साथ वैसे ही दिया था जैसे वे भगवान रामचन्द्र का देते, और वन से लौटते ही चौदह वर्ष तक अयोध्या की सेवा करने के बाद भरत ने राजगद्दी श्रीराम को सौंप दी थी। तो इसे भरत समझें, ये आपकी सेवा करेगा। वैसे ही जैसे आगे मैं करूँगा, बस फर्क इतना होगा कि यहां राजगद्दी नहीं आपकी सेवा का व्रत है, जिसे मुझे ही पूरा करना है पर मुझे वनवास पर तो जाना ही होगा, दूसरे नेताओं के चुनाव की भी ज़िम्मेदारी आपके इस सेवक पर थोड़ी बहुत है।'

सुमेरपुर में वह उनकी तीसरी रात थी जब भाईजी ने पूरी कमान उसके हाथ सौंप दी और उसकी ज़िम्मेदारी बोरे वाले शर्मा जी पर। तय हुआ भाईजी हर पाँचवे दिन क्षेत्र में आएँगे। अगली सुबह भाईजी की रवानगी के बाद जब वह तैयार होकर नीचे चुनाव कार्यालय में आया तो कार्यकर्ताओं ने उसे हाथों-हाथ लिया और उसे लगा ही नहीं कि भाईजी वहां नहीं हैं। भाईजी की कमी तो उसे तब अखरी जब क्षेत्र में ये ख़बर फैल गयी कि ये भाईजी का भाई तो पिछड़ी जाति का घोर विरोधी है और जब मण्डल आया तो इसी ने मेडिकल कालेज में आग लगायी थी। ख़बर ये सच थी और बेहद ख़तरनाक भी क्योंकि क्षेत्र में लोध वोटरों के दम पर कुछ का कुछ हो सकता था और इसीलिए विरोधी दल के उम्मीदवार ने जंगल की आग की तरह ये ख़बर फैला दी थी।

उस रात वह सो नहीं सका। भाईजी से सम्पर्क नहीं हो पाया था। वह उत्तरकाशी में कहीं थे और स्थानीय नेता या कार्यकर्ता कोई भी इसकी काट तलाश नहीं पा रहा

था। उसे लग रहा था कि कहीं भाईजी इसी मुद्दे पर सब कुछ गवाँ न बैठें। अगले दिन के सभी कार्यक्रम रद्द कर दिए बीमारी का बहाना बनाकर और दस बजे दिन तक कमरे में ही पड़ा रहा। पहले बोरे वाले शर्मा जी ऊपर आए, हालचाल पूछा। वह टाल गया—'बस ऐसेई कुछ थकान है, एक दिन आराम करूँगा ठीक हो जाऊँगा।'

फिर बोरे वाले की घरवाली आयीं—'बेटा, आओ सिर में तेल डाल दें, फिर ओढ़कर सुत जाना, शाम तक सब ठीक।' पर वह उन्हें भी टाल गया—'नहीं चाची, तेल से हमें और तकलीफ होती है, हाँ आप कह रही हैं तो सो लेता हूँ थोड़ी देर। खाना मत भेजिएगा मेरा, अब मैं सीधे रात में खाऊंगा।'

पर वह सोया नहीं, दरवाज़े के पास कुर्सी डालकर पैर दरवाज़े पर टिका दिए और सिगरेट सुलगा ली। पैर के दम पर वह कुर्सी पर बैठा झूला झूल रहा था कि दो बातें एक साथ हुई। दोनों अद्भुत थी। दोनों ने उसके भीतर जीवन का संचार कर दिया। उसके दिल की धड़कनें बढ़ा दीं। उसकी थकान सोख ली। इन दो में से दूसरी की चर्चा पहले, और पहली की बाद में। दूसरी ये कि उसे अचानक याद आया कि मेडिकल कालेज वाले मामले मे एक तरह से उसने खुद ही खुद को पुलिस के हवाले किया था और उसे पछतावा हुआ था अपने किए पर, और फिर उसने मेडिकल की पढ़ाई छोड़ दी थी। यानी इस पछतावे को लोगों के सामने रखना होगा, बिगड़ी बात बनाने के लिए। आइडिया मज़बूत था। और पहली ये कि वह जब कुर्सी की पुश्त से पीठ टिकाए खोया-खोया सा सिगरेट के कश भर रहा था और ये आइडिया दिमाग में कौंधने ही वाला था कि उसके सामने धम की आवाज हुई और वह कुर्सी के दो पायों पर आ गया—सामने दो ख़ूबसूरत आँखे सहमी-सी नज़रों से उसे निहार रही थी और उन आँखों की मालकिन ज़मीन से उठने की कोशिश कर रही थी। वह बढ़ा उठाने को पर पास पहुँच कर ठिठक गया, वह खुद ही उठी। काँपती-सी। वह चकित था—ऐसी खूबसूरती... पहले कभी नहीं देखा। बड़ी-बड़ी आँखें—बोलती-सी, गोरे से गेहुएँ के बीच का रंग, किसी भी फैशन माडल की-सी देहयष्टि... एक बार में ही उसने सब देख लिया। तब तक वह खड़ी हो चुकी थी और वह भी पूरी तरह होश में आ चुका था, पूछा—'क्या हुआ, कैसे गिर गयी।'

वह चुप।

उसने जमीन पर पड़ा हुआ उसका दुपट्टा उठाकर उसे पकड़ाया, थोड़े अपनेपन से, उसे सामान्य करने के लिए—'बताओ ना, क्या हुआ।'

उसने अपनी सहमी आँखें क्षणांश को उठायी और फिर झुका ली 'हमें नहीं मालूम था कि आप यहीं हैं, इसीलिए...।'

'क्या मतलब, हम यहाँ है इसलिए आप गिर गयीं? पर मैंने तो कुछ किया नहीं, मतलब, हम तो चुपचाप बैठे थे...।'

नहीं हम डर गए थे, बाबूजी ने मना किया था कि जब आप लोग हों तो ऊपर नहीं जाना...। आप को देखा तो हम भागे...।'

'अच्छा तो तुम शर्माजी की बेटी हो...।'

'नहीं, नहीं...' अब वह भी सामान्य हो रही थी... 'हम तो नीचे रहते हैं पीछे वाले कमरे में... किरायेदार हैं...। यहाँ कपड़ा उठाने आए थे, सुबह के फैले थे।'

'अच्छा-अच्छा... अच्छा देखो तुम्हें चोट लग गयी है यहाँ, ये देखो कुहनी पर, खून बह रहा है, बैठो यहाँ, मैं कुछ लगा देता हूँ' और उसने उसकी बाँह पकड़कर उसे कुर्सी की तरफ बढ़ा दिया। वह एकटक उसे निहारती हुई बढ़ भी गयी। हाथ छुड़ाने की कोशिश वगैरह किए बिना, बस उसकी आँखों और चेहरे से सहमापन अभी ग़ायब नहीं हुआ था।

'नाम क्या है तुम्हारा...।' अपने रकसैक से सोफ्रामाइसिन का ट्यूब निकालते हुए उसने पूछा।

'बेबी...' अब आवाज़ से कम से कम सहमापन निकल गया था। उसने रुई से बेबी की कुहनी का ख़ून पोछते हुए दोहराया, 'बेबी...। हूँ। तो बेबी, मुझसे डरने की क्या ज़रूरत थी, अरे मैंने तो तुम्हें छत पर आने से मना नहीं किया ना।'

सवाल के साथ उसने बेबी के चेहरे को भर निगाह देखा और उसकी आँखों पर अपनी आँखें टिका दी। बेबी ने झट पलकें नीचे कर ली। वह सोफ्रामाइसिन लगाता उसके चेहरे को एकटक देखता रहा और अचानक उसका दिमाग़ वंदना और बेबी की तुलना करने लगा। उसने झट वह विचार झटक दिया, कहाँ वंदना, कहाँ बेबी वंदना की बराबरी दुनिया की कोई लड़की नहीं कर सकती। पर विचार गिरा नहीं था। दिमाग़ में ही किसी नस में उलझा रह गया था। तभी तो वह कह बैठा—'देखो, मुझसे डरने की कोई ज़रूरत नहीं है, कल से तुम रोज़ ऊपर ज़रूर आना और तभी आना जब मैं यहाँ होऊँ, समझी।'

पर... बाबू जी को मालूम चला तो वह गुस्सा जाएंगे...।' बेबी इंकार नहीं कर रही थी।

गुस्सा कैसे जाएँगे, तुम इतनी अच्छी हो कि कोई तुमसे गुस्सा हो ही नही सकता, कम से कम मैं तो नहीं हो सकता, फिर बाबूजी कैसे होंगे, और उन्हें बताएगा भी कौन...।' वह कह तो गया पर कहने के बाद उसे लगा कि शायद कुछ ठीक नहीं कहा उसने। इसीलिए झट जोड़ दिया, 'वैसे मेरा क्या भरोसा, इतनी दौड़ भाग है कि खुद भी नहीं मालूम रहता कि कब कहाँ हूँ।'

फिर वह चली गयी। पर कहीं भीतर टिक भी गयी थी।

❑❑

भाईजी को भी उसका आइडिया भा गया था। और इतना भा गया कि उसे मुद्दे के ज़िक्र कहीं न हो तब भी वह अपने भाषण में वह काण्ड घसीट लाते—'हमारे यहाँ परम्परा रही है, हमने हमेशा उन लोगों को, जो पीछे रह गए, आगे लाने की कोशिश की है, हमसे ग़लतियाँ भी हुई हैं पर हमने उन्हें स्वीकार भी किया है और उसका प्रायश्चित भी। अब देखिए मेरे भाई को, जवानी का ख़ून उबाल खाने लगा—तो एक ग़लती कर दी, पर फौरन उसका एहसास भी हुआ। मालूम है आपको खुद इसने अपने आपको पुलिस के हवाले किया, फिर तय कर लिया कि प्रायश्चित करेगा, डॉक्टरी की पढ़ाई छोड़ दी, ग़रीबों, दबे-कुचलों, पिछड़ों की सेवा का व्रत ले लिया। इसीलिए ये आज यहाँ है।' उन्होंने तय कर लिया था विरोधियों को उन्हीं के हथियार से मारना है।

भाईजी की देखादेखी, या नए आइडिए का जन्म या फिर कोई ख़ूबसूरत प्रेरणा. .. पता नहीं क्या था कि अब वह भी आत्मविश्वास से लबरेज़ था। पिछले दिनों वंदना का ख़याल उभरा तो सोचा था कि एक दो दिन के लिए लखनऊ चला जाए पर अब वह ख़याल भी कहीं दुबक गया था इस नए उत्साह और आत्मविश्वास के नीचे। जब भाईजी ने बताया कि लखनऊ में वंदना ने उनका काफ़ी काम सँभाल लिया है, प्रेस विज्ञप्ति, टाइपिंग, पोस्टर बैनर वगैरह... तो उसे आश्चर्य हुआ—मुझे बताया भी नहीं—और फिर वह ख़्याल जो कहीं दुबक गया था एकाएक बिल्कुल ग़ायब हो गया।

वोटिंग में अभी पन्द्रह दिन बाकी थे। पर भाईजी ने जीत का जश्न उसी दिन मना लिया जिस दिन उसने नेतुआ में पहली बार मंच से भाषण दिया। वह खुद हैरान था खुद पर। कैसे इतना जोश आ गया उसमें, कैसे इतना सब कह गया वह इतने लोगों के सामने। भाईजी गद्‌गद् थे अब यहाँ प्रचार को लेकर उन्हें कोई चिन्ता नहीं करनी थी।

भाईजी इस बार गए तो ये तय करके कि वह वोटिंग के पाँच दिन पहले आएँगे अब, और उसके बाद यहीं जम जाएँगे, रिज़ल्ट आने तक। भाईजी के जाते ही उसने भी तय कर लिया कि अब रोज़ाना सुबह वह आठ नौ से पहले नहीं निकलेगा और रात देर तक घूमेगा। पहले की तरह नहीं कि सुबह सात से शाम सात-कारखाने की ड्यूटी।

स्थानी कार्यकर्ताओं ने इस पर ऐतराज किया—'अज्जू भइया, ये देहात है यहाँ शाम आठ नौ तक सन्नाटा हो जाता है और फिर सुबह ठण्डे-ठण्डे निकलते तो अच्छा रहता।'

लेकिन वह नहीं माना—'दिन भर तो वैसे भी घूमना है उसी गर्मी में, फिर चाहे

ठण्डे-ठण्डे निकलो चाहे गरम-गरम और रही शाम की बात तो भइया, गर्मियों के दिन हैं, आजकल तो अँधेरा होते-होते सात बज जाता है और फिर अब हम लोगों को जनसभाओं पर बहुत ज़ोर नहीं देना है, घर-घर जाकर काम करना है, गाँव-गाँव। शाम को पहुँचा जाएगा सात आठ बजे, नौ बजे तक भी तो कोई दिक्कत नहीं। लोगों से सीधे बात होगी–अलग ही असर होगा। और फिर अभी दूर दराज़ के कितने गाँव तो छुए ही नहीं हम लोगों, ने, वहाँ अगर सात आठ बजे निपटा भी दिया तो लौटते लौटते दस बजेंगे। इस पर किसी को क्या एतराज़ हो सकता था और ऐतराज़ होता भी तो कोई क्या कर लेता। वह खुद अब तक भाईजी की जगह ले चुका था, अगर परचे में भाईजी का नाम नहीं होता तो प्रत्याशी भी वही होता।

बोरे वाले शर्मा जी से भाईजी उसकी पूरी देखभाल को कह गए थे। भाईजी जानते थे वह शराब भी पीता है और सिगरेट भी। उन्होंने ही शर्मा जी से कहा होगा तभी तो रोज़ाना उसे सुबह दो पैकेट विल्स फिल्टर–उसका ब्राण्ड गाड़ी के डैशबोर्ड पर मिल जाता और रायल चैलेंज की एक बोतल उसके कमरे में धर दी गयी थी। पर उसे लग रहा था कि रायल चैलेंज की उसे ज़रूरत ही नहीं प्रचार का नशा और थकान ही काफी है।

उसके दिनचर्या बदलने का पता, पता नहीं कैसे बेबी को चल गया था और इसीलिए उसने उसका अनुरोध भी मान लिया था–रोज़ाना ऊपर आने का, जब वह वहाँ हो तभी। बेबी सुबह आती तब वह तैयार हो रहा होता पर इंतज़ार भी उस तैयारी में शामिल होता, ना चाहते हुए भी हर बार बेबी को देखने के बाद उसे वंदना की याद आती। हर बार वह खुद को धिक्कारता। हर बार वह तय करता कि कल बेबी को नहीं देखेगा। पर हर बार वह खुद को सुबह किसी का इंतज़ार करता-सा पाता। तुलना करता पाता–रंग वंदना से थोड़ा दबा है बल्कि एक जैसा ही होगा, कद लगभग बराबर पर देह...। उफ वंदना इसके सामने कहाँ–बिल्कुल फैशन मॉडल सी–देहयष्टि, कसी-कसी। फिर धिक्कारता खुद को–वंदना से ख़ूबसूरत तो अनगिनत लड़कियाँ होंगी इस धरती पर, पर वंदना, वंदना है। लेकिन अठारह–उन्नीस साल की बेबी उसे रोज़ दिखती और वह उसे रोज़ देखता । सपने में भी।

फिर ऐसा भी हुआ कि रात को नींदें ग़ायब होने लगी। तो उसने रायल चैलेंज की बोतल खोल ही लो सोने के लिए। पर दो पैग जो नींद के लिये जाते वो तो और मुसीबत ढा देते, बेबी और वंदना की सूरत गड्ड-मड्ड होती उसके बाद। वह अँधेरे कमरे में बंद आँखों के भीतर दोनों को अलग करने की तमाम कोशिश करता लेकिन नाकाम रहता। आखिर आधे होश–आधे नशे में वह वंदना को सोच रहा होता और बेबी के होंठ पर होंठ धर रहा होता। फिर जब होश नशे पर हावी होता तो उसे पता चलता कि वह फंतासी की दुनिया में है। वह फिर कोशिश करता– वंदना, वंदना

है। उससे अच्छी कोई लड़की हो ही नही सकती, पर नींद नहीं आती और वह रात-रात भर आँखें मूंदे नारे बनाता, भाषण सोचता और रणनीति तय करता रहता। पर सुबह आंख कमबख़्त कतई कहा नहीं मानती, ठीक उसी समय खुलती जब बेबी के ऊपर आने का समय हो रहा होता और रोज़ वह तय करता कि बोरे वाले शर्मा जी से कहेगा कि अपने किराएदारों से कह दें कि वे सुबह-सुबह ऊपर न आया करें उसे डिस्टर्ब होता है, और रोज़ वह ये बात भूल जाता।

फिर वह समय भी भूलने लगा। कार्यकर्ताओं को उसने साढ़े आठ पर बुलाया था उस सोमवार, पर इंतज़ार मे नौ बज गए। बेबी ठीक नौ बजकर पाँच मिनट पर ऊपर आयी। धुली-धुली सी बेबी को देर नहाकर पूजा करने में हुई थी—शिवजी का सोमवार को व्रत करो तो मनचाहा मिल जाता है—मनचाहा पाने की तमन्ना और सुख, दोनों बेब्री के ख़ूबसूरत चेहरे और गहरी आँखों से साफ झलक रहे थे। तमन्ना सामने हो और सुख पास में तो दैवी-चमक और शांति, कांति सब कुछ आ जाते हैं—कैसे भी चेहरों पर फिर बेबी तो ख़ूबसूरत थी किसी भी पैमाने पर। वह बेबी को देखता ही रह गया।

बेबी ने फौरन एक फूल और मिश्री की चंद डलियाँ बढ़ा दी उसकी तरफ— 'परसाद।' उसने परसाद उठाया ओर परसाद बढ़ाने वाली हथेली के नीचे से अपनी हथेली सटा दी। इससे पहले कि बेबी कुछ समझ पाती वह खिंच चुकी थी कमरे के भीतर और दरवाजे पर पैर की ठोकर पड़ चुकी थी। बेबी को बाँहों में भरने में उसे कोई मेहनत नहीं करनी पड़ी। लेकिन जितनी तेज़ी से उसने बेबी की बाँहों में कसा था उतनी ही तेज़ी से छोड़ भी दिया। वंदना! नहीं, वंदना के अलावा इस धरती पर मेरे लिए कोई नहीं। बेबी बाँहों के घेरे से तो बाहर थी पर सीने दोनों के अब भी सटे हुए एक दूसरे की तेज़ हो गयी धड़कनें सुन रहे थे, बेबी के चेहरे पर सवाल था— क्या सोमवार के व्रत से मनचाहा नहीं मिलता...

'जाओ बेबी तुम, मुझे देर हो रही है...।' उसने भरपूर रुखाई बटोरनी चाही पर सफल नहीं हो सका।

'क्या हुआ, क्या हमसे कोई गलती...' बेबी के सवाल जुबान पर आने लगे थे।

'नहीं... बस ऐसे ही... तुम तो इत्ती अच्छी हो कि तुमसे कोई ग़लती हो ही नहीं सकती', उसने बात सँभाली। वह बेबी के चेहरे के सवाल पढ़ चुका था और उनके जवाब नहीं देना चाहता था।

अगली सुबह वह जल्दी निकल गया। बिना बेबी को देखे। लौटा तो पौने बारह बजे थे अँधेरी सीढ़ियाँ चढ़ते हुए उसे अचानक एक हाथ ने रोका, बेबी थी। चुपचाप उसने एक कागज़ उसके हाथ में ठूँस दिया और सिर झुकाकर वहाँ से चली गयी।

वह कागज़ पढ़ने की लेकिन उसने कोई जरूरत नहीं समझी। फुर्सत भी तो नहीं थी।

❑❑

भाईजी चुनाव जीत गए। रिज़ल्ट डिक्लेयर होते ही उनका विजय जुलूस ज़िला कचहरी से निकला और सीधा शहर की सड़कें पीछे छोड़ता दोपहर ढाई बजे सुमेरपुर बाज़ार पहुँच गया। उनकी जीत की ख़बर, जुलूस से पहले ही पहुँच गयी थी और उसके साथ ही पहुँच गयी थी पार्टी की महिला शाखा की ज़िलाध्यक्ष जिन्होंने स्थानीय प्रचार की महिला संयोजिका, जिसे वह पहली बार देख रहा था, के साथ भाईजी का स्वागत किया। जब वो आरती उतार रही थी तो भाईजी ने उसे आगे कर दिया, 'आरती इसकी उतारिए—ये इसकी मेहनत और आप लोगों के स्नेह की जीत है। उसे अचानक अपना कद बेहद ऊँचा लगा। इतना ऊँचा कि पहली बार भाईजी के साथ पीने बैठा। भाईजी जानते थे कि वह पीता है। उन्होंने उसके लिए व्यवस्था भी की थी पर दोनों साथ कभी नहीं बैठे थे। लेकिन उस दिन उसे लग रहा था कि भाईजी उसके एहसानमंद हैं। वह भाईजी से ऊपर नहीं तो उनके बराबर ज़रूर हो गया है। इसीलिए शराब हराम है का जाप करने वाले बीड़ी व्यवसायी ज़ैदी साहब के गोदाम के ऊपर स्टार होटल किस्म के गेस्ट हाउस में जब बैठक जमी तो शर्मा बोरे वाले, भाईजी, ज़ैदी साहब और पार्टी के ज़िलाध्यक्ष नरेश चंद्र दुबे के साथ वह भी पेग पर पेग साफ करता रहा और अश्लील मज़ाक और हँसी ठट्ठे मे थोड़ा-थोड़ा शर्माता रहा, मुस्कुराता रहा और कभी-कभी अपनी तरफ से कुछ जोड़ता रहा, पर सहज नहीं हो पाया।

इतनी शराब उसने जीवन में दूसरी-तीसरी बार ही पी थी। उसे लग रहा था कि अब उसने और पी तो झेल नहीं पाएगा सो उसने वहाँ से उठने में ही भलाई समझी। खाना खाने से भी उसने मना कर दिया। बहरहाल ज़ैदी साहब खुद उसे एक शानदार डबलबेड वाले कमरे में छोड़ने आए और इससे पहले कि ज़ैदी साहब उसे कमरे में छोड़कर बाहर निकलते, भाईजी भी वहाँ आ गये—'अज्जू सोना नहीं, आज तेरे लिए एक तोहफा भी है...' और इतनी पीने के बावजूद जिस तेज़ी से वह आए थे उसी तेज़ी से एक गहरी मुस्कराहट छोड़कर वह बाहर निकल गए। वह सोचता रहा थोड़ी देर—क्या तोहफा हो सकता है, जो भाईजी इसी समय देना चाहते हैं, पर उसे दिमाग़ पर ज़ोर डालने की ज़्यादा ज़रूरत नहीं पड़ी।

कमरे का दरवाज़ा भाईजी ने खोला। उनके पीछे खड़ी बेबी उसे साफ दिख गयी, बोरे वाले शर्माजी उसके साथ थे। भाईजी के पीछे-पीछे वह बेबी को लेकर भीतर आ गए। भाईजी ने सहमी बेबी को हाथ नहीं लगाया सिर्फ उसकी तरफ उँगली उठायी—

'पसंद थी ना, लो आज ये तुम्हारी...' और भद्दी सी एक हँसी हँसकर मुस्कराते शर्मा जी के साथ वह झटके से बाहर निकल गए।

उसे नशा तारी होने लगा था। सामने खड़ी लड़की की सूरत एक बार फिर गड्ड-मड्ड होने लगी थी—कौन है वो—वंदना या... उसने सिर झटक कर खुद को सामान्य करने की कोशिश की पर सहमी बेबी अब तक सामान्य हो चुकी थी। उसने बेबी को इशारे से पास बैठने को कहा—वह चुपचाप आकर बैठ गयी। उसने ग़ौर से देखा, बेबी की ख़ूबसूरती को निखारने को मेक-अप का सहारा लिया गया था। उसे ये सहारा ग़ैर ज़रूरी लगा। बेबी खुद इतनी सुंदर है... लेकिन हो सकता है उसने खुद किया हो मेक-अप। पर वह यहाँ पहुँची कैसे... ये ख़याल उसके दिमाग़ में कौंधा लेकिन रुक नहीं पाया।

वह बैठ गया बेबी के पास और उसका नरम ठण्डा हाथ पकड़ लिया। बेबी की नज़रें झुक गयी पर फौरन ही बड़ी-बड़ी पनीली आंखें फिर उठकर उसके चेहरे पर टिक गयी। उसे लगा सामने वंदना है फिर जीत और शराब का नशा और गहरा हो गया। उसकी बाँहों ने बेबी को पकड़ लिया, उसके होंठ बेबी के होंठ पर जम गए। बेबी पहले तो स्थिर रही पर क्षण भर बाद ही पहले उसने अपने होंठ मुक्त कराए फिर शरीर और एकदम से पीछे हट गयी। आख़िरी मुलाक़ात वाले सवाल फिर बेबी के चेहरे पर थे—'जवाब क्यों नहीं दिए' के साथ। पर वह ये सवाल पढ़ नहीं पाया, वहां कुछ है ज़रूर इतना समझ गया। उसकी नशे में डूबी आँखों में सवाल कौंधा— क्यों और क्या? दिमाग़ ने काम करना फिर शुरू कर दिया, पहले कुछ बातें की जाएँ, पर क्या... उसे समझ में नहीं आया—आखिर कुछ बोलने की धुन में वह अपनी कह ही गया—मैं बहुत बुरा हूँ ना...।'

जवाब में केवल सिर हिला—नहीं।

'फिर...'

'आप बहुत अच्छे हैं... पर पिया मत कीजिए...' बेबी ने सिर उठाकर उसे देखा।

उसे अच्छा लगा। वंदना भी कुछ ऐसा ही कहती है—यूँ तो तुम ठीक-ठाक हो, पर तुम्हारे मुँह से सिगरेट की बहुत बू आती है, मत पिया करो।

फिर एक बार उसे लगा सामने वंदना है। उसने फिर उसे करीब खींच लिया इस बार ज्यादा ज़ोर नहीं लगाना पड़ा उसे। उसके होंठ जब उसके होंठ पर चस्पाँ हुए तो उसकी उँगलियाँ भी उसकी बाँह पर कस गयीं। फिर दोनों पसर गए।

❑❑

बिस्तर के दायीं तरफ पड़ी सलवार उठाकर बायीं तरह लेटी बेबी की तरफ बढ़ाते

हुए उसके भीतर के सवाल फिर बाहर आने लगी, बेबी यहाँ आयी कैसे?

बेबी को देखकर, थोड़ी देर पहले की बेबी को देखकर उसे उसके आने पर कोई आश्चर्य नहीं हो रहा था पर सवाल तो उठ ही रहा था। वह उससे कुछ पूछना चाह रहा था पर क्या पूछना चाहिए क्या नहीं इस उधेड़बुन में बस इतना पूछ पाया कि—तुम्हारे पापा क्या करते हैं?

बेबी उससे सट गयी—'लाइनमैन हैं बिजली में।'

उसने पैताने पड़ी जीन्स खींची और 'हूँ' करते हुए सिगरेट निकालने लगा कि इसी बीच समझ आ जाए कि क्या पूछना चाहिए क्या नहीं, कि पीछे से उससे चिपकती बेबी की आवाज़ उसे डँस-सी गयी—'अब तो हमारी शादी हो जाएगी ना।'

उसकी सारी इंद्रियाँ मानों बेकार हो गयी और दिमाग जैसे सोते से एकदम जाग गया—सब कुछ समझ में आने लगा उसे। सारे सवाल जवाब में बदलने लगे—खुद-ब-खुद। पर कुछ क्षण तक न तो वह कुछ सुन सका न बोल सका। उसका बचा खुचा नशा काफूर हो चुका था।

बेबी ने ही सब कुछ बताया। बोरे वाले ने उसके पापा से कहा था—'तुम्हारी लड़की भाईजी के भाई को पसंद आ गयी है। भाईजी भी तैयार हैं शादी करा देंगे। पर शर्त ये है कि एक रात के लिए लड़का लड़की के साथ रहना चाहता है। घबराने की बात नहीं है, हम भी वहीं रहेंगे।' ...बेबी के पापा ने साफ इंकार कर दिया था—शादी करना है तो ठीक पर उससे पहले लड़की को कैसे भेजा जाए... पर बोरे वाले ने बहुत समझाया था... 'सोच लो, चार-चार लड़कियाँ हैं तुम्हारी, ऐसे लड़के के पैर की धोवन भी नहीं जुटा पाओगे एक के लिए भी, ये तो किस्मत है इस बेबिया की, जो भा गयी भाईजी के भाई को तो नखरे कर रहे हो। नहीं मानोगे तो उठवा लेंगे। बरबाद हो जाएगी लड़की भी और इज़्ज़त भी। बात मानो, राज करेगी राज... लखनऊ में तीन तल्ला घर है शानदार, बाप अफसर, लड़का खुद पत्रकार है अख़बार का सम्पादक, गाड़ी घोड़ा सब कुछ...' और उन्होंने ही तरकीब बतायी थी—'सबसे कह देना, लड़की दिखाने लखनऊ ले जा रहे हो।'

उस वक्त नीचे गोदाम में उसका बाप सो रहा था। पूरी एक बोतल डकार कर। ख़र्चा पानी के नाम पर पाँच हजार रुपये भी उसे दिए गए थे, जो बेबी सहित किसी को भी नहीं मालूम था, ये बताने के लिए कि लड़की लखनऊ वालों को पसंद नहीं आयी।

कुछ देर पहले जब उसके और बेबी के शरीर थककर अलग हुए थे तब उसने सोचा था, जो कुछ भी हुआ अच्छा नहीं हुआ। पाप सा लग रहा था उसे। ये पाप तब लेकिन उसे बहुत परेशान नहीं कर रहा था क्योंकि उसने बेबी के साथ कोई

ज़बरदस्ती नहीं की थी। पर अब सब कुछ जानने के बाद उसे लग रहा था कि उससे ऐसा महापाप हो गया जिसके लिए वह खुद को कभी माफ़ नहीं कर पाएगा। इससे भी बड़ा कष्ट उसे ये सोचकर हो रहा था कि बेबी को धोखा देकर यहाँ लाया गया और वह खुद भी एक धोखे का शिकार हो गया।

बाहर बोरे वाले पसरे थे, हाल में ही दीवान पर। उसने उन्हें झिंझोड़ा, 'भाईजी कहाँ हैं?'

'भाईजी!' अकबकाकर उठ बैठे शर्माजी को पहले तो कुछ समझ में नहीं आया और जब आया तो बोले– 'वो तो चले गए लखनऊ...।'

उसने घड़ी देखी, पौने पाँच बज रहे थे।

'कब गए'–पूछा।

'करीब डेढ़ घंटा हो गया...' शर्माजी बोरे वाले अब जग गए थे।

'क्यों...।'

'फोन किया था वहाँ, पता चला शपथ है तीन बजे, सो चले गए...' शर्माजी उसके चेहरे पर पसरी बेचैनी, गुस्सा और पता नहीं क्या-क्या साफ पढ़ रहे थे... 'आपके लिए जिप्सी है हरी वाली। पर अभी तो मौज कीजिए, आराम से जाइएगा, या कहिएगा तो कल कोई और...' शर्माजी अब असलियत पर आ रहे थे जो वह इतने दिनों में पहली बार थोड़ी देर पहले ही पहचान सका था।

उसने घूरा शर्माजी को तो वह सकपका गए। पता नहीं क्या तो वह पढ़ चुके थे उसके चेहरे पर सो बोले–'नाराज़ क्यों दिख रहे हैं क्या मज़ा नहीं आया या नखरे कर रही है लौंडिया।'

वह गला दबाना चाह रहा था शर्माजी का पर रुक गया। जो हुआ वह किया तो आख़िर खुद उसी ने था। अब आगे भी जो कुछ करना था उसे ही करना था।

वह वापस चला गया कमरे में। बेबी कपड़े पहन चुकी थी और बिस्तर पर ही अधलेटी थी। उसे अंदर आता देख उठ गयी और जब उसका चेहरा देखा तो सहम उठी। उसे सहमता देख उसे समझ में आया कि वह वापस क्यों आया है। खुद को सामान्य बनाने की बड़ी कामयाब कोशिश की उसने और बिस्तर पर बेबी के पास जाकर बैठ गया। बेबी एकटक उसका चेहरा देख रही थी।

उसने उसका सिर अपने कंधे पर रख लिया और उसके बालों में उँगलियाँ फिराने लगा। कुछ क्षण ख़ामोशी पसरी रही दोनों के बीच फिर उसने सवाल किया–'अच्छा बेबी, अगर मैं शादी न करूं तुमसे तो?'

'तो...' बेबी का चेहरा सफेद हो गया... 'तो मैं मर जाऊँगी।'

उसे लगा ये संकट तो बड़ा भारी है, 'नहीं मेरा मतलब है अभी न करूँ तो, मतलब

बाद में... ।'

'बाद में क्यों... ।'

'क्योंकि मैं चाहता हूँ कि अभी तुम पढ़ो...' वह तरीके से ओर इत्मीनान से उसे समझाना चाहता था... 'कम से कम बी.ए. तक फिर...'

'लेकिन हमारे पापा नहीं पढ़ा पाएँगे वो तो हमारी शादी कब से देख रहे हैं पर...'

'नहीं मैं पढ़ाउँगा तुम्हें, मैं पैसे दूँगा। फीस, किताबें, कपड़े लत्ते सब कुछ के... ।'

'नहीं पैसे मत दीजिएगा, आपको मालूम है मेरे पापा सब पी जाएँगे आप खुद ही सब ख़रीद दीजिएगा।'

ये जवाब उसके लिए सबसे बड़ी मुक्ति था, मोक्ष।

उसे लगा समय बड़ी मुफीद हवा है। इसका इलाज भी उसी दवा से होगा। वह खुद भी तो इसी दवा से ठीक हुआ था कभी।

कपड़े दुरुस्त कर वह जब कमरे से बाहर निकलने को हुआ तो बेबी पीछे से चिपक गयी। उसने छुड़ाना चाहा तो सामने आ गयी। उसकी भीगी आँखों में सवाल थे, अनिश्चय था, भय था और कहीं एक सपना भी—किसी पलक की नोक से टँगा। वह बेबी से नज़रें नहीं मिला पाया। बेबी ने झुककर उसके पाँव छू लिए, वैसे ही जैसे भारतीय नवोढ़ा अपने पति के छूती है। माथे से छुआते हुए हाथ उसके सिर के बीचो-बीच माँग पर ऐसे फिसला जैसे वहाँ सचमुच लाल सिंदूर हो और उसे छूकर वह अपने वैवाहिक्र जीवन के कोमल-अंतरंग क्षणों को जीने का, जीते रहने का आनन्द सुरक्षित कर रही हो।

वह झेल नहीं पाया। लड़खड़ा चुका था एक बार। सँभलने की कोशिश की सीढ़ियों पर। किसकी करतूत थी ये रात, भाईजी की या उसकी खुद की। बेबी का चेहरा उसके सामने घूम गया। और उसकी पलक की नोक पर टँगा एक सपना अचानक उसे टपकता दिखा, सपना जो कुछ भीग गया था, बोझिल हो गया था—भाईजी ने उस सपने पर अपना गांधी आश्रम वाला कोल्हापुरी चप्पल रख दिया था। उसने ग़ौर से देखा, चप्पल निस्संदेह भाईजी की है पर पैर... वह तो उसका ही है।

ठोकर लगी उसे फिर एक। नीचे ईंट पड़ी थी—मिट्टी से सनी। पास के ही एक ढेर से अलग़ हो गयी थी वह ईंट। ग़ौर से फिर देखना पड़ा उसे—ज़ैदी साहब के गेस्ट हाउस के अहाते में पड़ी उस ईंट पर राम लिखा था। राम कौन?

एक्सीलेटर पर जमा उसका पाँव सुन्न हो रहा था। सिर में हल्का दर्द था, कुछ सोच नहीं पा रहा था वह पर सोचना थम नहीं रहा था। दिमाग़ उबल रहा था। भीतर

सब कुछ खदबदा रहा था। भाईजी से वह बदला ज़रूर लेगा उनकी इस करतूत का... बदला या मुआवज़ा... जो भी हो, जीत के नशे में धुत भाईजी को वह छोड़ेगा नहीं।

भाईजी के घर पर रौनक देखने लायक थी। कल शाम तक इसी रौनक का वह भी हिस्सा था, बल्कि केन्द्र था। लेकिन आज की इस रौनक से वह खुद को अलग पा रहा था। भाईजी ने उसे देखा तो अचकचा गए, 'क्या हुआ, वोऽऽ कहाँ...'

लेकिन उसके चेहरे को देखकर भाईजी के चेहरे पर भी सफेदी आने लगी। शब्दों की सख़्त ज़रूरत पड़ी उन्हें—'चलो, समय पर आ गए, चाय पियोगे या हैंग ओवर है, ब्लैक कॉफी चाहिए...'

पर उसने भाईजी के चेहरे से सफेदी को ग़ायब नहीं होने दिया। चीख़ना चाह रहा था वह तभी भीतर भाईजी के कमरे से वंदना निकली। भाईजी ने मौक़े का फ़ायदा उठाया और हट गए वहाँ से—'मैं जरा तैयार हो लूँ, तब तक आराम कर लो तुम भी।' पलटकर भीतर वाले कमरे में घुस गए भाईजी और वह वहीं फ्रीज़ हो गया। वंदना ने ही उसे हिलाया—'क्या हुआ, इतनी जल्दी कैसे...।'

जवाब में वह वहीं सोफे पर पसर गया। उसके दिमाग़ में सांय-सांय थी। न तो वह वंदना से बात कर पा रहा था न ही आँखें मिला पा रहा था। क्या करे। उसे लगा वंदना को सब कुछ बता देना चाहिए। लेकिन पहले भाईजी। उनसे निपटना ज़रूरी है। वंदना से आराम से बात करेगा वह। वह तो माफ कर ही देगी उसे, आख़िर उसकी ग़लती भी कहाँ थी।

आठ

'दुनिया बनाने वाले, क्या तेरे मन में समायीऽऽऽयी...' शायद वर्मा जी की लड़की आयी है वही इतनी तेज़ रेडियो बजाती है कि तीन घर दूर तक सुनायी दे। लेकिन सुबह-सुबह... उसने बनियाइन पहनी और बाहर निकल आया कमरे के। रेडियो पड़ोसी के घर में नहीं, वहीं बज रहा था। भाभी यानी भाईजी की पत्नी माँ के पास डाइनिंग टेबल पर थीं और उनका बेटा पंकज रेडियो के वाल्यूम को पकड़े था। टी. वी. का रिमोट माँ ने अपने आंचल तले छिपा लिया था, जो साइड से झाँक रहा था।

'भाभी... आप! नमस्ते, इतनी सुबह...।'

'सुबह कहाँ अज्जू भइया, साढ़े आठ बज रहे हैं...'

'अरे साढ़े आठ भी तो सुबह ही हुए न...'

'बस आपसे मिलने का मन था, आप तो आते नहीं, हम ही चले आए' सोचा सुबह सुबह ही मिल लेंगे। 'भाईजी की पत्नी खुश दिखने की कोशिश कर रही है, ये साफ दिख रहा था।

उसने माँ की तरफ देखा, परेशानी वहाँ भी लुका-छिपी खेल रही थी। उसने बढ़कर पंकज को पकड़ना चाहा। असल में वह वहाँ से हटना चाह रहा था... कहीं भाईजी ने तो नहीं भेजा, आख़िरी अस्त्र... या फिर सिर्फ टोह लेने के लिए।

पंकज बाहर भाग गया था। उसने रेडियो का वाल्यूम कम किया और बाथरूम की तरफ बढ़ा तो माँ ने टोक दिया, 'चाय नहीं चाहिए।'

'नहीं' वह झटके से भीतर घुस गया और सिटकनी कुछ ऐसे चढ़ाई मानों सेकेण्ड भर की देर हुई नहीं कि भाभी पकड़ कर बाहर खींच लेंगी।

माँ और भाभी की धीमी-धीमी बातचीत की आवाज़, जब रेडियो धीमा होता, आ जाती और रेडियो हर चंद मिनट बाद धीमा होता फिर तेज़। वह इंतज़ार कर रहा था कि भाभी चली जाएँ तब निकले पर भाभी तो शायद दिन भर के कार्यक्रम के साथ आयी थीं। अब आवाज माँ के बेडरूम से उठ रही थी, लगता है भाईजी ने ढंग से समझा कर भेजा है, जमी रहना, जब तक न माने। रेडियो एकदम चुप है शायद माँ ने या भाभी ने मेन से ऑफ कर दिया होगा।

उसे लगा बचना संभव नहीं है। कब तक वह ऐसे बाथरूम में घुसा रहेगा और घुसा भी क्यों रहे, अगर उसने तय कर लिया तो तय कर लिया है, डरने, मुँह छिपाए फिरने से क्या...। उसने फ्लश किया और बाहर निकल आया, हाथ धोने की कोई ज़रूरत नहीं थी। बेकार इतनी देर बेवकूफी की, अरे, भाभी कोई हाथ पकड़ कर खींच थोड़े ही ले जाएँगी।

वह सीधा माँ के कमरे में पहुँच गया और भाभी के सामने माँ के बग़ल में, बेड पर चढ़कर पालथी मारकर बैठ गया, जैसे वह भी भाभी की तरह ही दिन भर का कार्यक्रम बना चुका हो, यहीं बैठे-बैठे बतियाने का कार्यक्रम। बैठते ही उसने एक बार सिर को झटका दिया। थोड़ी देर पहले तक का सोचा हुआ सब कुछ झटक देने के लिए। और उस झटके के साथ ही उसकी नजर दीवार के साथ रखे सूटकेस पर पड़ी, 'माँ, ये सूटकेस किसका है...।'

'मेरा'—भाभी के मुँह से निकला और फफक पड़ी वह। वह समझ नहीं पाया कि इस जवाब पर वह कैसे प्रतिक्रिया व्यक्त करे। कमरे में सन्नाटा खिंच गया था। माँ भी चुप थी और पंकज भी एकटक अपनी माँ को देख रहा था, जो अब फूट-फूटकर रो रही थी। उसे रेडियो बन्द होना अचानक बड़ी शिद्दत से खलने लगा। वह वहाँ से हटना चाहता था। वह नहीं देख पा रहा था उन्हें रोते हुए। उठने लगा वह तो भाभी ने इशारे से कहा—'बैठिए ना।'

'एक मिनट...' अब भाभी के इशारे के बाद वह पूरी तरह तो भाग नहीं सकता था, लौटकर आना ही था पर अब उठ गया है तो क्या करे... वह सीधे चौके में घुस गया। फ्रिज से पानी निकाला गिलास में डाला, पानी की बोतल वापस फ्रिज में रखी। फ्रिज बंद किया। फिर पानी का गिलास उठाकर वापस माँ के कमरे की ओर बढ़ा पर इतना सब करने के बाद भी बमुश्किल तीन मिनट ख़र्च हुए होंगे। भाभी अब भी वैसे ही फूट-फूट कर रो रहीं थीं। उसे थोड़ी देर पहले डाइनिंग टेबल पर बैठी भाभी को देखकर ये तो समझ आ गया था कि सब कुछ ठीक नहीं है पर कुछ बहुत गड़बड़ है ऐसा भी नहीं था।

उसे समझ नहीं आ रहा था कुछ भी कि फफकती भाभी अचानक बोल पड़ी—'भइया, आप ही कुछ कर सकते हैं। समझाइए उनको... दोनों को...' माँ अचानक एक झटके से वहाँ से उठकर बाहर निकल गयीं।

'क्या... क्या हुआ भाभी, कुछ बताइए तो...' उसने पानी का गिलास आगे बढ़ा दिया... लीजिए पानी।

भाभी ने दो घूँट भरे, '...अब तो हम यहीं रहेंगे या फिर गाँव चले जाएँगे पर वहाँ नहीं रहेंगे उनके साथ ...मन तो करता है फांद पड़े कहीं से पर इसका मुँह देखकर

रह जाते हैं...' भाभी ने अपने बेटे की तरफ इशारा किया। माँ इस बीच ड्राइंगरूम से निकल कर चौके की तरफ जा रही थी कि ठिठक गयी ये शब्द सुनकर। भाभी की पीठ उनकी तरफ थी पर वह सामने था। माँ से नज़रें मिली तो माँ तेज़ी से चौके में चली गयीं।

भाभी अब सिसक रही थी, 'घर के बाहर चाहे जो करते हों, हमसे मतलब नहीं, हम कभी कुछ नहीं कहे, कित्ता सुने इधर-उधर से। पर घर-घर होता है भइयाजी, इत्ता हिम्मत कोई नहीं कर सकता कि घर में... अज्जू भइया—काहे आप मिलवाए थे.. उससे कहिए मान जाए, छोड़ दे आपके भाईजी को, काहे हमारा घर बरबाद करने पे तुली है...।'

उसे कुछ-कुछ ही नहीं, सब कुछ समझ में आ गया था। उसे अब कुछ सुनने की जरूरत नहीं थी। पर भाभी का बाँध टूट चुका था। '...हमें मालूम है अज्जू भइया, वो ऐसी है कि किसी की नहीं और सबकी, आपौ को तो... हमें सब मालूम है पर क्या करें गलती हो गयी पहले नहीं बोले... नहीं तो पता तो हमें पिछले चुनाव से ही है जब आप सुमेरपुर में थे... तभी शुरू हुआ था सब...।'

'छोड़ो बहू पीछे की बातें छोड़ो, आगे की सोचो... ऐसे थोड़े ही काम चलेगा तुम्हीं को कुछ करना पड़ेगा... समझदारी से काम लो, कोई छोटा बच्चा हो तो समझाया बुझाया भी जाए...' वह समझ गया कि माँ क्यों कह रही हैं पीछे की बातें छोड़ देने को, क्योंकि माँ को मालूम है कि पीछे की बातें उसे कष्ट देंगी, और माँ कभी भी अपने बेटे को परेशान नहीं देख सकती। वह सिर झुकाए बैठा था इसलिए उसके चेहरे पर उस समय माँ के प्रति प्यार, स्नेह, आदर के साथ जो कुछ और अनजान से भाव आ रहे थे उसे कोई नहीं देख सका। पर शायद भाभी ने माँ की बात सुनी ही नहीं या सुनी तो पर समझी नहीं। या समझ भी गयीं तो वह नहीं समझी जो माँ समझाना चाह रही थीं।

'अज्जू भइया—आप लोग कुछ भी करते रहें इधर-उधर, हम लोग क्या कर सकते हैं हम ठहरे घर की औरतें... हमें अपनी औकात मालूम है इसीलिए बोलते नहीं, आप लोग आखिर मरद हैं...।'

'मरद...' चौक गया वह किसी अपमान बोध से, लगा अचानक कि भाभी ने अनजाने में बड़ी गहरी चोट दे दी है उसे। ऐसी चोट जो उसे पता नहीं कब लगी पर न कभी उभरी न कभी दर्द उठा, बस भीतर-भीतर पलती रही।

मर्द... क्या वह वाकई मर्द है... सचमुच का मर्द... फिर मुँह छिपाए क्यों भागता है, पिटे कुत्ते की तरह दुम दबाए क्यों घूमता है गोल-गोल एक घेरे की शक्ल में। चोट अचानक उभर आयी थी। उसे लगा भीतर कहीं मवाद बन रहा है। जो दर्द कर

रहा है।

'लेकिन हर चीज की एक सीमा होती है भइया जी, घर-घर होता है। बाहर अय्याशी करते रहें तब तक तो ठीक पर घर हमारा है, ठाकुर की बेटी हूँ। हम बरदाश्त नहीं कर सकते आपको मालूम है। कई बार हमने पकड़ा दोनों को... कमरा बंद– खटखटाओ तो कोई बोले ही ना, और बोले तो जरूरी काम कर रहे हैं–अभी आते हैं–डिस्टर्ब मत करो... अरे जरूरी काम... घर के भीतर दरवाजा बंद करने की क्या जरूरत... भइया जी हमें रोकिएगा नहीं। सुन लीजिए सब कुछ आज अपने भाईजी की असलियत, हम सबर करते रहे पर कल रात तो गजब हो गया–वो रंडी घरै में रुकी थी। दूसरे कमरे में सोयी थी। हम पूछे कि वंदना घर नहीं जाना तो कही सुबह जल्दी टूर पर जाना है भाईजी के साथ... हुँह कहती है भाईजी और काम देखो... रात को अचानक नींद खुली तो आपके भाईजी गायब, सोचा–गए होंगे बाथरूम-वाथरूम पर दस मिनट-बीस मिनट, आधा घंटा-एक घंटा हो गया तब हम कहे देखा जाए तो... पता नहीं क्यों मन में आया गेस्ट रूम में देख लिया जाए जहाँ वंदना सोयी थी, बस भइया जी अब क्या बताएँ, दरवाजा तक नहीं बंद किए थे दोनों... हम पहुँचे तो देख ली वो रंडी हमें... पर बेशर्मी देखिए मौसी...' माँ को शायद अब वहाँ रुकना और आगे सुनना अच्छा नहीं लग रहा था आख़िर जवान लड़का सामने बैठा था, सो वह जाने लगी थी कि भाभी ने उन्हें संबोधित करके उन्हें पकड़ लिया... 'हमें देखकर मुँह घुमा लिया...'।

अब अच्छा उसे भी नहीं लग रहा था। भाभी गुस्से में शालीनता की सीमा भूल चुकी थीं, पर स्वाभाविक भी था उनके लिए...' जी तो किया भइया जी, दोनों के कपड़े बटोरें फर्श से और चिल्ला चिल्लाकर पूरे स्टाफ को बुला लें बँगले के... पर फिर चुप रह गए। चले आए अपने कमरे में। आखिर बेइज्जती तो हमारी भी होती ना, पीछे-पीछे आपके भाईजी भी आ गए पर चुपचाप पसर गए जैसे कुछ हुआ ही नहीं हो... बस तभी हम तय कर लिए नहीं रहना यहाँ...।' पता नहीं उसे क्यों ऐसा लग रहा था कि माँ रोना बड़ी मुश्किल से रोके हुए है। तभी तो जैसे ही मौका मिला वह हट गयीं वहाँ से, 'देखें विन्नी अन्जू जगे या नहीं।'

'पर भाभी...'

'पर वर कुछ नहीं भइया जी, अब हम लौटकर वहाँ नहीं जाएँगे और आपके यहाँ भी बस एक दिन ही रहेंगे, ठिकाना है हमारे पास, हमारे पापा के पास भगवान का दिया बहुत है, जिन्दगी भर रख सकते हैं हमें और हमारे बेटे को, उस ठाठ से कि आपके भाईजी भी क्या रखेंगे।'

'भाभी, भाभी... मेरी बात सुनिए... पहली बात तो ये कि ये घर आपका है। क्यों

माँ, क्या तुम भगा रही हो भाभी को...' उसने माहौल थोड़ा सा हल्का करने की कोशिश की क्योंकि खुद उसे घुटन होने लगी थी।

'नहीं, नहीं, तुम कहीं नहीं जाओगी बहू, यहीं रहोगी... पर अब ज़रा दिमाग़ ठण्डा करो तब आगे की बात करेंगे... चलो पहले नहा-धो लो।' उसकी घुटन का अंदाज़ा भी माँ को मिल गया।

'भगवान करे इस बार चुनाव हार जाएँ ये...' भाभी ने उठते-उठते कहाँ उठ वह भी चुका था माँ के बेड से।

'काहे बहू, ऐसा क्यों मना रही हो...' माँ ने सुन लिया था भाभी को।

'मउसी हार जाएँ तो शायद घर की सुध आए, आखिर मंत्री-संतरी नहीं होंगे, विधायक नहीं होगे तो स्टाफ भी तो नहीं रहेगा न... छुटकारा मिलेगा सबसे, बस बहुत कमा लिए...' भाभी बड़बड़ती ही जा थीं... 'और हारे जाएँगे, इस बार अज्जू भैया जो नहीं है साथ में। पिछली बार भइया जी, आपकी ही वजह से जीते थे ये, कहते रहते थे पहले तो अक़्सर...' सूटकेस खोलते हुए उन्होंने छेड़ ही दिया वह विषय।

'नहीं भाभी, ऐसा नहीं है, साथ-वाथ क्या, घर की बात है। सब कोई साथ हैं, बस यहाँ थोड़े काम है बहुत ज़रूरी, मेरे भी भाईजी के भी। इसीलिए अभी नहीं जा रहा हूँ, और नहीं भी गया तो क्या, भाईजी जीतेंगे, अपने दम पर...' वह फिर बचकर निकल गया विषय से, कमरे से।

'भाईजी, हाँ मैं विन्नी, नमस्ते...' लगभग साढ़े ग्यारह बजे भाईजी का फोन आया। माँ और भाभी चौके में थीं और वह अभी सोफे पर पसरा था। सोच रहा था—कहाँ जाए, क्या करें... दिन ख़ाली है शाम को कबीरदा के पास जाना है।

'...हाँ भाईजी, भाभी चौके में हैं, पंकज बाहर खेल रहा है अन्नूदा के साथ। हाँ, कब... कल... अच्छा, क्या भाभी को बुलाएँ... अच्छा ठीक है, हाँ...।' फोन रखते हुए पहले विन्नी ने उसकी तरफ देखा, पर कोई प्रतिक्रिया न पाकर फोन रख दिया, 'कानपुर से बोल रहे थे, कह रहे थे कल लौटेंगे तब आएँगे।'

❑❑

जो कुछ सुना उसमें नया बस इतना है कि भाभी के मुँह से सुना। मालूम तो उसे पहले से है फिर भी पता नहीं क्यों उसे सुनना अच्छा नहीं लगा। दिन ख़ाली, दिमाग़ भी ख़ाली... ये कैसी ख़ला है दिमाग की कि भरी-भरी सी लगे। उसे कविता सूझने लगी, ये कैसी ख़ला है कि भरी-भरी सी लगे... आगे—अगली लाइन... ख़ामोशी बोलती सी लगे... नहीं यार, बहुत क्लीशेड है ये ख़याल...

उसे लगा, बस एक लाइन ही काफ़ी है उसकी पूरी कैफ़ियत बयान करने के लिए ... ख़ला है कि भरी भरी सी लगे... सचमुच यही हाल तो है अब यही देख लो, ख़्याल है कि बन ही नहीं रहे, लगता है दिमाग़ में कुछ है नहीं ख़याल है कि फुर्र-फुर्र उड़ रहे हैं, टकरा रहे हैं—टूट रहे हैं बन रहे हैं—जुड़ रहे हैं, उबल रहे हैं... ख़याल ही ख़याल हर कहीं...। पर शेर अच्छा बन रहा था। हाल में कुछ दिनों में या महीनों में या बरसों में ही ऐसा कुछ हुआ हो, ऐसा कुछ वह कह गया हो, उसे याद नहीं। याद रखता भी नहीं पर आज की ये लाइन याद रखेगा वह।

नवाब हुसैन से मिलना चाहिए आज, बड़ा अरसा हो गया—न होते हुए उसने सोचा। 'कैसी ख़ला है कि कुछ भरी-भरी सी लगे'—उसके दिमाग़ में घूम रहा था। नवाब भाई के पास शेरो शायरी का माहौल हमेशा रहता है शायद कुछ आगे बढ़े बात, यूँ भी दिन ख़ाली। नवाब भाई के पास बैठकर उसे हमेशा सुकून मिलता है और नवाब भाई चाहे जितना व्यस्त हो, वह पहुँच जाए तो पूरी व्यस्तता के बीच उसका पूरा ख़्याल रखते हैं। इसीलिए नवाब भाई की इज़्ज़त वह दिल से करता है।

नवाब भाई से मुलाक़ात भी तो काफी उथल पुथल वाले दौर में हुई थी। जब कौम के नाम पर नारों की आवाज़ के नीचे हर आवाज़ दब गयी थी। जब अयोध्या मे एक खंडहर, कुछ सिरफिरों ने ढहा दिया था, महज़ इसलिए कि ये पता चल जाए कि एक पूरी क़ौम, जिसकी सभ्यता, संस्कृति, साहित्य, इतिहास सब कुछ विश्व में सबसे पुराने हैं, अब कितनी दहशतज़दा है, अब किस कदर भेड़ में बदल रही हैं। किसी भी तरह हाँके जाने के लिए किस कदर तैयार है, बिना अपने दिमाग़ से सोचे समझे।

जब एक दूसरी कौम जिसके चंद मुट्ठी भर लोगों ने सदियों तक इस देश पर शासन किया। जिसके मुट्ठी भर ही तथाकथित नेताओं ने देश के टुकड़े करा दिए। जो आज हर रोज़ सुबह से शाम तक अपने अल्पसंख्यक होने का राग अलाप कर हर छोटा-बड़ा फ़ायदा उठाने की कोशिश करते रहते हैं, जिस कौम को आज उसी के रहनुमाओं ने डरा-डरा कर कट्टरपंथ के ऐसे रास्ते पर धकेल दिया है जहाँ जहालत है, ग़रीबी है, बीमारी है, दकियानूसी है, डर है, विद्वेष है। जिन्हें बहकाकर कुछ भी कराना बेहद आसान है। ...और इन सबके ऊपर हर क्षण टप-टप टपकता संदेह है जो दोनों कौमों के बीच दीवार ऊँची करता जा रहा है। तब भाईजी ने मिलवाया था नवाब भाई से। नवाब भाई उस माहौल से बड़े नाराज़ दिख रहे थे जिसमें देश जी रहा था। जिसे भाई जी की पार्टी देश का स्थायी वातावरण बनाने का वायदा कर रही थी।

तब भाईजी विधायक नहीं थे पर अपनी पुरानी पार्टी छोड़कर रथयात्रा में शामिल हो चुके थे। नयी पार्टी में भी उनका ख़ासा रुतबा बन रहा था। पार्टी को युवा और

तेज़ तर्रार नेताओं की ज़रूरत थी जो वैचारिक तो ठीक, समय पड़ने पर शारीरिक रूप से भी काम आ सकें। क्योंकि पार्टी को आगे बढ़ने के लिए अभी वैचारिक से ज्यादा शारीरिक श्रम की ज़रूरत थी। मंदिर बनाने में मेहनत तो लगती ही है ओर हर नेता-छोटा बड़ा वादा कर चुका था, वादा कर रहा था—मंदिर वहीं बनाएँगे।

तो भाईजी की नयी पार्टी में पैठ बन चुकी थी। अब वह नयी लाइन पर काम कर रहे थे। नयी लाइन को नयी विचारधारा कहना तो विचारधारा शब्द के साथ ज़्यादती होगा। लेकिन इतना ज़रूर कहा जा सकता है भाईजी अब नयी लाइन पर काम कर रहे थे जहाँ कुछ विचार भी थे। इसलिए उन्हें मेहनत करनी पड़ रही थी, क्योंकि अभी तक तो विचारशून्यता वाली पार्टी में रहकर ही राजनीति की थी और चूँकि पार्टी भारत की सबसे पुरानी राजनीतिक संस्था थी और आज़ादी के बाद से अब तक लगातार (चंद बरसों को छोड़कर) शासन करने का अनुभव और गौरव उसके पास था इसलिए भाईजी को वहां कुछ ख़ास करने की ज़रूरत भी नहीं थी। पर यहाँ तो कुछ कर दिखाना था। भाईजी को मालूम था कि ये पार्टी कुछ कर दिखाएगी बिना उनके भी। इसीलिए समय रहते ही वह कुछ कर दिखाने वाली जमात में शामिल हो गये थे।

❑❑

उन्हीं दिनों उसने माँ को पड़ोस वाली झाँसी की रानी से बातें करते देखा तो उसे आश्चर्य हुआ। झाँसी की रानी यूँ तो उसके घर से मात्र पाँच मकान के अंतर पर रहती थी और सामने पड़ने पर वह उन्हें 'आंटी नमस्ते' भी कहता था पर इतना ही। पूरा मोहल्ला उन्हें झाँसी की रानी ही कहता था। क्योंकि वह हर किसी से लोहा लेने को तैयार रहती थी। कई बार मोहल्ले के जाम सीवरों के मसले पर वह धरना प्रदर्शन भी आयोजित करने की कोशिश कर चुकी थी तो टेलीफोन और बिजली विभाग के लोकल दफ्तरों में भी उन्हें सब जानते थे। सो झाँसी की रानी आंटी यूँ तो मोहल्ले भर की मदद को तैयार रहती थी लेकिन उसकी माँ को कभी फूटी आँख नहीं सुहाई। बचपन से वह देखता आ रहा था। ऐसे में झाँसी की रानी से अब माँ की हँस-हँस कर बातचीत उसे चकित ही नहीं परेशान भी कर रही थी। जब एक दिन उसने झाँसी की रानी को अपने ड्राइंग रूम में बैठे देखा और माँ को उनके लिए चाय बनाते और फिर उसके बाद दोनों को बाहर जाते, तो फिर वह खुद को रोक नहीं पाया। उसे शाम तक रुकना ज़रूर पड़ा क्योंकि माँ से पूछताछ वह पापा के सामने करना चाहता था। उसे पता था कि पापा भी झाँसी की रानी को ज़रा भी पसंद नहीं करते।

'माँ आज तुम उस झांसी की रानी के साथ कहाँ गयी थी' जब उसने ये सवाल

दागा तो पापा आफिस से आए ही थे और ड्राइंगरूम में ही कूलर के ठीक सामने बैठे अपनी भीगी बनियाइन सुखा रहे थे। उसने अपना सवाल कुछ ऐसे फ्रेम किया कि पापा शॉक्ड रह जाएँ, एक नहीं कई शॉक लगें उन्हें एक साथ—माँ और झाँसी की रानी—दोनों का साथ बाहर जाना... पर पापा के चेहरे पर न कोई उतार-चढ़ाव था न बदलते रंग और माँ भी असामान्य या असहज नहीं हुई— 'बस यहीं मोहल्ले में और ज़रा आसपास, क्यों...'

'नहीं ऐसे ही पूछा, वैसे अचानक माँ तुम्हारी उनसे दोस्ती कैसे हो गयी।'

'दोस्ती क्या, कोई अच्छा काम करे तो उसकी मदद करने में नुकसान ही क्या है...' माँ अभी भी बिल्कुल सहज थी पर वह चौंका पापा के स्वर से— 'अरे भाई, धरम का काम कर रही हैं वो आजकल...'

'मिसेज चौबे, हम और वो, तीनों लोग आजकल विश्व हिन्दू परिषद का प्रचार कर रहे हैं। रोजाना किसी एक घर में जाते हैं वहाँ पहले से तीन चार पाँच औरतें बुला लेते हैं फिर मीटिंग करते हैं, बताते हैं सबको कि धरम के लिए इस समय क्या किया जाए।' माँ ने बताया।

'क्या किया जाए...।'

'यही कि अयोध्या में मंदिर बनाना है, फिर काशी में फिर मथुरा में। मुसलमानों ने हमारे धर्म को किस किस तरह से नुकसान पहुँचाया है। हमारे समाज में किस तरह विधर्मी लोग और विचारधाराएँ घुस गयी हैं। उन्हें कैसे निकाला जाए। बच्चों में कैसे सनातन संस्कार डाले जाएँ बचपन से ही।' माँ के मुँह से इतना सब एक साथ सुनकर उसे अच्छा भी लग रहा था और बुरा भी। अच्छा यों कि इतना सब बताते हुए माँ के चेहरे पर एक उत्साह नाच रहा था, जो उसने आज तक कभी नहीं देखा था, और बुरा लगने का कोई एक कारण नहीं था।

फिर माँ ने चंदा माँगने के अभियान पर भी जाना शुरू कर दिया था। माँ क्या, उन दिनों उसे हर कोई चंदा माँगते दिखता। उसे लगता हर कोई माँग ही रहा है तो दे कौन रहा होगा। उन्हीं दिनों पापा पता नहीं कहाँ—कहाँ से श्री राम जन्म भूमि का इतिहास और क्रूर आक्रमणकारियों की करतूतें जैसी किताबें ला रहे थे। उन्हीं दिनों अन्नू भी रामनामी गले में डालकर गर्व से निकलने लगा था। रोज़ शाम को घर पर खाने की मेज पर चर्चा का विषय भी इसी के इर्द गिर्द होता।

उस रोज़ यूनिवर्सिटी कैंटीन में वह, मधुर, वंदना और कई और दोस्त भी इसी विषय पर बहस कर रहे थे। वह सिर्फ मधुर से सहमत था जो कह रहा था कि वहाँ राम-रहीम अस्पताल बना देना चाहिए और अस्पताल के भीतर एक मंदिर एक मस्जिद। पर मधुर के इस सुझाव पर वंदना सहित बाकी सभी ने ही ही करके हँसना

शुरू कर दिया था।

'मधुर किसी कटुइन के चक्कर में है क्या'–एक ने पीछे से आवाज कसी तो 'लगता है खुद ही कटवा लिया है...' का जुमला भी उछला। और लड़कियों ने मुँह में रूमाल ठुंसकर मुँह नीचे कर लिया फिर शोर मच गया– 'ख़तने की दावत, ख़तने की दावत...' वह बाहर निकल गया, मधुर भी साथ ही था। वंदना दूसरी लड़कियों के साथ वहीं जमी रही।

उसी शाम मधुर के कमरे में, पहली बार शराब पी गयी थी। उसने घर फोन कर दिया था – काम करना है, नहीं आऊँगा। होस्टल के छोटे से कमरे में एक क्वार्टर व्हिस्की में दोनों टुन्न थे पर भीषण गर्मी दोनों को सोने नहीं दे रही थी न ही उमड़ते-घुमड़ते विचार सोने दे रहे थे। रात भर दोनों बतियाते रहे, पर दोनों ही तय नहीं कर पा रहे थे कि किसे सही कहा जाए किसे गलत।

इस विषय को कैम्पस में जगह दी जाए ये विचार वंदना का था। उसको ये विचार पसंद नहीं आया। छात्रहित से इसका सीधा सम्बन्ध क्या है– मंदिर मस्जिद से आम छात्र को क्या लेना देना। '... तुमने देखा नहीं है क्या अपने चारों तरफ, हर तरफ यही टॉपिक है। यूनिवर्सिटी में ही नहीं पूरे देश में, पूरे समाज में। तो छात्र क्या समाज से अलग है। वंदना तैश में आ रही थी। 'क्या छाप रहे हो कैम्पस में इस बार...' कबीरदा का सवाल था प्रेस क्लब के गेट पर, मिलते ही।

'अभी सोचा नहीं', ...

'अरे भाई देखो राव साहब, आडवाणी जी सब मिलकर क्या कर रहे हैं, कुछ बताओ अपने साथियों को, या फिर उन्हीं से पूछो कि क्या किया जाना चाहिए।' कबीरदा का सुझाव था। उसे पसंद आया। वंदना मधुर से बात की। तय हुआ कि एक छोटा सा लेख जो केवल वस्तुस्थिति बताए और फिर छात्रों से ही उनके सुझाव, उनकी राय माँगी जाए। एक तरह का जनमत सर्वेक्षण। देखो क्या निकलकर आता है।

और जो निकलकर आया था उसमें घृणा थी, विद्वेष था। एक जीत का उत्साह था। एक हार का दंश था। बदले की भावना थी। बदला ले लिए जाने का संतोष था।

नौ

'हलो हाँ, अज्जू, मैं बोल रहा हूँ। भाभी कहाँ है तुम्हारी ...' भाईजी की आवाज़ कान में जाते ही उसे लगा ग़लती हो गयी फोन उठाकर। पर ग़लती तो हो चुकी थी।

'यहीं हैं, बाहन लॉन में बैठी हैं। बुलाता हूँ...' उसने खुद को बड़ा अनजान बताने की कोशिश की पर उधर भाईजी थे– 'नईं-नईं बुलाओ बुलाओ नहीं, बस समझाओ ज़रा, ऐसे कोई घर छोड़कर जाता है, अरे मौसी के घर जाना था तो बता देती, भिजवा देते, पर ऐसे थोड़े ही कोई जाता है... पता है कल बड़ा झनकते-फनकते गयी थी और बाहर पचास लोग बैठे थे– तमाशा देखा सबने सुबह-सुबह... ज़रा भी परवाह नहीं, साले चुनाव सिर पर है...' वह सिर्फ सुनता रहा, इंतज़ार करता रहा कि कब उधर से बताया जाएगा कि भाभी आख़िर झनकी पनकीं क्यों... पर ऐसा कुछ नहीं बताया जा रहा था... 'मौसी से भी कहना कि समझाएँ उन्हें थोड़ा... घर की बात घर में ही रहे तो अच्छा ... और हाँ, तुमने क्या तय किया, कब पहुँच रहे हो सुमेरपुर... और उस दिन कहा था उस अहिरवा वाला काम... क्या हुआ... क्या हुआ यार... कुछ बोलते क्यों नहीं... हैं...'

'क्या बोलूँ मैं , सब कुछ तो आप बोले ही जा रहे हैं।'

'मैं? मैं क्या बोल रहा हूँ, लो चुप हो गया...'

'......'

'चुप हो गए भइया हम, अब तो बताओ क्या हुआ भीखमपुर का।'

'हो जाएगा...'

'हो जाएगा नहीं अज्जू, हो जाए जो होना है। चुनाव बाद कुछ नहीं हो पाएगा बताए दे रहे हैं हम, इस बार साला... और पाण्डे से ...'

'मिल लिए थे...' उसने बात काटी–'माल ले लिया है, रखा है, उठा लीजिएगा जब ज़रूरत हो।'

'... चलो कुछ तो किया तुमने... पर भइया... सुमेरपुर कब जा रहे हो। सत्ताइस को तो तुम चल नहीं पाए अब नॉमिनेशन में तो चलना ही है। इंतज़ाम पक्का है इस बार भी, ऐश रहेगी... हे हे...' भाईजी की हँसी बड़ी भद्दी थी और जितनी भद्दी

थी उससे ज़्यादा भद्दी उसे लग रही थी। '...ऐश रहेगी...' उसे नंगे भाईजी के उछलते चूतड़ दीख रहे थे और उनकी मोटी मूछों के पास वंदना का अधखुला मुँह। नंगी वंदना की कल्पना की कोशिश उसका दिमाग बार-बार कर रहा था। हालाँकि वह ऐसी कोई कल्पना नहीं करना चाह रहा था। फिर भी ...

'लेकिन दिमाग की पहुँच वहाँ तक नहीं पहुँच रही थी जिसे उसकी सफलता कहा जाए। उसे तो हर बार बेबी ही दिख रही थी– नंगी पड़ी बेबी, ज़ैदी साहब के स्टार किस्म के गेस्ट हाउस में। वंदना और बेबी के चेहरे जैसे उस रात गड्ड मड्ड हुए थे वैसे ही बने थे आज तक– ये उसे आज मालूम हुआ जब उसने उस दृश्य की कल्पना की जो भाभी ने देखा था और माँ के सामने खुल्लम-खुल्ला बयान कर गयी थी।

लेकिन ऐसा उस वक्त तो नहीं था जब वह बेबी को ज़ैदी साहब के गेस्ट हाउस में छोड़कर लगभग उड़ता हुआ लखनऊ पहुँचा था। भाईजी से निपट तो नहीं पाया था पर भड़ास निकाल ली थी। पर भाईजी बिल्कुल शांत रहे–'अज्जू हम तुम्हारे लिए कुछ भी कर सकते हैं, लौंडिया तुम्हें पसंद थी, हमें पता चल गया था, ला दी, कौन सा ग़लत काम कर दिया। हैं... बताओ अच्छा मउज की या नहीं ...'

'पर भाईजी...'

अरे यार अब तुम बड़े हो गए हो, शरमाने की क्या बात है' – भाईजी मुस्कुरा तक नहीं रहे थे।

'शरम वरम क्या भाईजी वह तो शादी-शादी की रट लगाए है...'

'तो भइया कर लो शादी, मउसी की सेवा करेगी जमकर...।'

'भाईजी मज़ाक नहीं, आप जानते हैं वंदना...'

'अरे तो वंदना कहाँ चली जा रही, रहेगी वह भी यहीं...' वंदना के बारे में भाईजी ने जिस अंदाज में ये बात कही वह कतई अप्रत्याशित थी उसके लिए।

वह झटके से उठा बाहर निकलने को पर झक्क सफेद कुर्ते के गले से सिर बाहर निकालते हुए भाईजी ने उसकी बाँह पकड़ ली थी और बिठा लिया था–'देखो शपथ है आज, बहुत काम है पर वो सब बाद में, पहले मेरी बात सुनो तुम।'

उसे बीस मिनट तक समझाया था उन्होंने–'अगर मुझे ग़लत समझते हो तो माफ कर दो, कहो तो पैर छू लें तुम्हारा बड़ा भाई होकर भी...' जैसे वाक्य कई बार दोहराए उन्होंने। फिर आश्वासन दिया उसे– 'बेबिया का इंतज़ाम हो जाएगा। तुम निश्चिंत रहो और बिल्कुल चुप। ऊ सब भी चुप रहेगा– ऐसे मामले में बोलता कोई नहीं है।'

पर उसे बोले बिना चैन नहीं मिलेगा, ऐसा लग रहा था। भाई जी तैयार होकर

बाहर निकले तो वह भी निकल आया। वंदना वहीं मौजूद थी।

'चलो...' उसने बस इतना कहा और वंदना खड़ी हो गयी। चुपचात पीछे-पीछे चल भी दी। बाहर जब उसने जिप्सी का दरवाजा खोला तब वंदना ने अपनी चुप्पी तोड़ी – 'कहाँ।'

वह थोड़ा और झुँझला गया – 'अरे, चलो तो...।'

'अच्छा बाबा, एक मिनट...' और वंदना तेज़ तेज़, लगभग दौड़ती हुई चली गयी। वह बायाँ दरवाजा खुला ही छोड़कर दाएँ दरवाजे से ड्राइविंग सीट पर लगभग पसर सा गया।

'भाईजी का काम था एक छोटा सा...' बायीं तरफ बैठते हुए वंदना बोली, ज़्यादा देर नहीं लगायी थी उसने।

'कैसा काम...' उसने उछाला था एक अलसाया-सा सवाल। पर बड़ी शोख़ी से टाल गयी थी वंदना।

गाड़ी चली तो दोनों में फिर चुप्पी पसर गयी। दस मिनट की ड्राइव के बाद जब अलीगंज से शुरू हुआ उनका ये सफ़र महानगर, निशातगंज, आई. टी. कालेज होता हुआ फिर अलीगंज की तरफ ही बढ़ा तो वंदना को लगा कुछ ख़ास बात ज़रूर है।

'अज्जू... क्या हुआ, बताओगे नहीं मुझे।' वह जान गयी थी, अज्जू की ये चुप्पी कुछ कहने की, ढेर सारा कहने की भूमिका है, और ये बेमक़सद ड्राइव भीतर का तनाव छाँटने की एक्सरसाइज़। और अब दोनों ही लगभग पूरे हो रहे थे।

वह शायद यही सुनने की प्रतीक्षा में था। उसके पाँव ने ब्रेक पर दबाव डाला और हरी जिप्सी सड़क किनारे ठहर गयी। आई. टी. कालेज चौराहा और विवेकानन्द पॉलीक्लीनिक के बीच की वह सड़क उसे हमेशा से बेहद प्रिय रही है। चौड़ी सड़क, कुछ वीरान-सी भी। एक तरफ आई टी कालेज की ऊँची बाउंड्री की आभिजात्यता के पीछे से झाँकते प्राचीन हरे भरे पेड़ है तो दूसरी तरफ नजूल की ज़मीन वाला विशाल बाग़। इस पूरी सड़क का पचास - साठ मीटर का ये टुकड़ा उसे सबसे ज़्यादा भाता है। वहाँ से निकलता भारी से भारी ट्रैफिक भी उसे कम शोर मचाता मिलता है।

गाड़ी रोककर उसने वंदना को ग़ौर से देखा। वंदना की आंखे भी उसके चेहरे पर जमी थी – 'कोई ख़ास बात...' वह बताने को हुआ सब कुछ लेकिन फिर रुक गया... 'पहले तुम बताओ इतने दिन का ...।'

वंदना उसे थोड़ा और वक्त देने को तैयार हो गयी सो शुरू भी हो गयी– 'अख़बार की डमी तैयार कर ली है– भाई जी की विज्ञप्तियाँ रोज़ बनाती थी – इस हफ्ते यूनिवर्सिटी नहीं गयी–इधर बड़ी व्यस्तता थी–लिखा नहीं है अभी तक कुछ भी

कैम्पस के लिए—अकेले कुछ करने की इच्छा नहीं थी—तुम्हारे घर गयी थी—विन्नी को बुख़ार था—भाईजी कह रहे थे तुमने बड़ी मेहनत की—पता चला था तुम परसों आओगे—रिपोर्टें आ रही...' बोलती जा रही वंदना को लगा कि उसे कोई नहीं सुन रहा है हालाँकि कोई देख एकटक रहा है। वह एकाएक चुप हो गयी ये एहसास होते ही। वह तब भी कुछ नहीं बोला, बस देखता रहा।

वंदना को सब कुछ सहज नहीं लग रहा था। ऐसा पहले कभी नहीं हुआ। एक ही रास्ता सूझा उसे और वह फिर शुरू हो गयी—'वहाँ की बताओ ना कुछ, मज़ा तो खूब आया होगा कैम्पेन में... हीरो थे ना तुम तो... और क्या-क्या किया बताओ...'

उसे लगा बस यहीं सब कुछ बता देना चाहिए। सलाह मशविरा भी तो करना है '... वहाँ जहाँ... वंदना... मैं ठहरा था ना, वही एक लड़की थी बेबी...'

'हाँ तो! थी तो – क्या...'

उसके अन्दर एक चोर अँगड़ाई लेने लगा अचानक—'मैं उसे रोज़ देखता और जब देखता तब तुम याद आ जातीं'—ये वाक्य पूरा करते-करते उसके चेहरे पर भरपूर मुस्कराहट भी पसर चुकी थी। और अपने इस अचानक अभिनय से वह बड़ा प्रसन्न था।

—'क्यों मेरे जैसी ही भद्दी थी वह, जो मैं याद आ जाती।'

'नहीं, वह तो बहुत सुंदर थी...'

'...सुन्दर थी तो फिर मुझे क्यों याद करते थे। कायदे से तो सुंदर लड़की को देखकर तुम्हें मुझे भूल जाना चाहिए।'

'नहीं वंदना...' अब उसके भीतर का चोर उठकर बैठ गया था पूरी तरह जगकर—'... असल में उसे देखकर मैं हर बार सोचता कि वह ज़्यादा सुन्दर है या तुम...'

'फिर...'

'फिर क्या... सुंदर तो ज्यादा तुम ही हो, भीतर से भी और बाहर से भी...'

'चलो ठीक है पर तुम उसे देखते क्यों थे।'

वह हल्का होने में कामयाब हो गया था— 'क्योंकि मैं सोचता था कि शायद किसी दिन वह मुझे तुमसे ज़्यादा सुंदर, तुमसे ज़्यादा अच्छी लगने लगे लेकिन...'

'लेकिन क्या...'

'क्या क्या, वह कभी ऐसी नहीं लगी, वरना...'

'वरना...' वंदना ने आंखे तरेरी।

'वरना मैं ऐसे भाग थोड़े ही आता आज ही वापस।'

'वह मुस्करा रहा था। जिस मकसद से वह वंदना को लेकर आया था, उसमें वह

असफल हो चुका था पर ये असफलता ही उसे उस वक़्त अपनी सफलता दिखी और वह अपनी सफलता पर ख़ुश था भीतर-भीतर। वंदना भी सामान्य दिखने की कोशिश कर रही थी पर उसका सुबह का चेहरा भूल नहीं पा रही थी। वह पचा नहीं पा रही थी कि कोई ख़ास बात नहीं। कुछ देर पहले तक का उसका अनमनापन बहुत कुछ कह रहा था– 'और वो बताओ ना... ख़ास बात ... तुम जिसे लेकर इतने परेशान थे सुबह...' आखिर उसने पूछ ही लिया।

उसे लगा चोरी पकड़ी गयी पर चोर बड़ा कारसाज़ था उसके भीतर – 'असल में भाईजी ने मुझसे पोलिंग में जो कुछ करवाया वह मुझे परेशान कर रहा था ऊपर से कल देर रात तक वो हमारे साथ ड्रिंक करते रहे फिर मुझे बिना बताएँ वहाँ से चल दिए...इसीलिए मुझे गुस्सा आ गया था, बस...। पर अब चलो बात हो गयी उनसे, कह रहे थे – तुम थके थे डिस्टर्ब नहीं करना चाहता था।'

बीती रात मुंह लगा खून उसे आज वंदना से कई दिनों बाद मिलने पर और वह भी एकांत में, परेशान कर रहा था। दोनों ने एक अनकहे समझौते के तहत अपने को सीमाओं में बाँध रखा था। दोनों सीमा के आसपास पहुँचते भी अब तक कतराते थे पर आज जाने क्या हो रहा था। उसे रात याद आ रही थी, बेबी का एहसास उभर रहा था और वंदना सामने दिख रही थी। शरीर का मन, दिमाग़ के मन पर हावी हो रहा था दोनों मन फिर भी लड़ रहे थे। शरीर का मन कह रहा था वंदना को ऐतराज़ क्यों होगा, दिमाग़ का मन कह रहा था – ठीक नहीं होता समय से पहले सीमाएँ तोड़ना। शरीर के मन का तर्क था घिसा-पिटा सा – युद्ध और प्रेम में सब जायज़ है। दिमाग का मन चुनौती दे रहा है – ये नाजायज़ है, जायज़ ठहरा पाओ तो जाने। शरीर के मन ने तर्क बदला – ज़रूरत है मेरी... मैं उसे पूरा करूँगा। शरीर का मन उच्छृंखल हो चुका था, बेलग़ाम... मस्तिष्क के मन ने उसे छुट्टा छोड़ दिया पर हार नहीं मानी।

उसने घड़ी देखी – कहाँ जाया जा सकता है इस वक्त पौने बारह बजे ... फिल्म... नहीं नहीं वहाँ क्या हो पाएगा...मेडिकल कालेज हॉस्टल... हाँ, ठीक।

वे दोनों नीरेन के कमरे में थे। हॉस्टल करीब - करीब ख़ाली था। सब लोग या तो क्लास में थे या ड्यूटी पर। नीरेन खुद एंकोलोजी में ड्यूटी पर था, तभी तो उन्हें वहां पहुँचाकर फौरन लौट गया था।

बंद कमरे में वह पसर गया बिस्तर पर वंदना को लिए-दिए। वंदना को बेहद अजीब लगा – ऐसा पहले कभी कुछ हुआ भी कहाँ था – उसने ख़ुद को छुड़ाने की हल्की-सी कोशिश की। पर उसकी पकड़ मज़बूत थी। वंदना को वैसे कुछ कुछ अच्छा भी लगा। उसके ऊपर आड़ी बिछी वंदना ने उसके सीने पर से सिर उठाकर

उसे भर नज़र देखना चाहा। सवाल भी भीतर से कौंधा – क्या कर रहे हो – लेकिन उसकी आँखों में जो कुछ था उसने वंदना को नज़रें नीची करने पर मजबूर कर दिया। उसने टिका दी आँखे उसकी कमीज़ के बटन पर। आगे क्या होगा... इंतजार कर रही थी वह समर्पण की मुद्रा में।

लेकिन मस्तिष्क के मन ने हार कहाँ मानी थी। सीमा का अतिक्रमण आख़िर वह नहीं कर पाया। भरपूर लड़ाई के बावजूद। जबकि वंदना के शरीर और मस्तिष्क एक ही भाषा बोलना शुरू कर चुके थे। फिर भी... वह वंदना के चेहरे को नहीं देख सका और देर तक। पकड़ ढीली कर दी, आँखे बंद। वंदना उसके बालों में उँगलियाँ फिराती रही। फिर ऊपर से हट गयी। बग़ल में लेट गयी। इंतज़ार बंद कर दिया था उसने। वंदना के इस साथ से उसे बड़ा सुकून मिल रहा था। दिल का भारीपन बादल बनकर उड़ चुका था।

❑❑

भाईजी राज़्यमंत्री बनाए गए थे। कैम्पस अब विश्वविद्यालय की दीवारों पर हाथ से लिखे परचे की जगह छपा हुआ साप्ताहिक था। जिसमें विश्वविद्यालय की ख़बरों के साथ ही बाहर की राजनीति को भी जगह मिलने लगी थी। ऐसी ख़बरें छापने का वह पक्षधर नहीं था लेकिन उसके सहायक संपादक – वंदना और मधुर ने समझाया था – 'आगे बढ़ना किसे कहते हैं, इसी को ना। हम अपनी प्रतिबद्धताओं के साथ ईमानदार रहे बस इतना काफ़ी है... क्या यूनिवर्सिटी के बाहर दुनिया नहीं है, छात्र नहीं हैं, समाज नहीं है। हैं तो फिर उनसे कटकर उनसे बचकर क्यों रहा जाए, जो काम हमने छोटे स्तर पर शुरू किया था अब उसे फैलाना है...हमारी तो ज़िम्मेदारियां बढ़ रही हैं। ...हम ज़्यादा लोगों तक पहुँचेगे... कैम्पस में सिर्फ वही होगा जो तुम चाहोगे। जो हम चाहेंगे। ...मैं चाहती हूँ कि कैम्पस एक दिन दैनिक बन जाए, हमारे साथ सैकड़ों लोग काम करे। हज़ारों लाखों की संख्या में बिके ये अख़बार... क्या तुम ऐसा नहीं चाहते। अरे...मैं तो कहती हूँ कबीरदा को भी तुम्हारे, हम जोड़ लेंगे फिर...प्रधान संपादक बना देंगे उन्हें। लेकिन मेरी कविताएँ हर हफ्ते जरूर छपनी चाहिए।'

बाकायदा छपे कैम्पस का पहला अंक जब आया था तो, वे तीनों उसे लेकर भाईजी के पास गए थे। आठ पृष्ठों का ये अंक पूरी तरह से उसकी सोच का आईना था। भाईजी ने भरपूर तारीफ़ की थी पर जो छपा था उसे देखकर भीतर कहीं चिन्तित हो उठे थे वह– 'कुछ करना होगा नहीं तो ये पूरी कवायद बेकार जाएगी।'

वे तीनों उनके सामने सोफों पर थे पर भाईजी अखबार के पन्ने पलटते-पलटते

समाधान खोज रहे थे। चुप्पी पसरी थीं और अखर भी रही थी सबको कि भाईजी अचानक चहक उठे – 'बढ़िया भाई बढ़िया, सम्पादकीय तो ऐसा मैंने आज तक कहीं नहीं पढ़ा। जनसत्ता की टक्कर का है, पर देखो ये स्तर बना रहना चाहिए और हाँ एक पूरा अख़बार चलाने की बात करो तो उसका आर्थिक पहलू भी महत्वपूर्ण होता है। अब इसे तुम लोगों को अगर बहुत दूर ले जाना है बहुत ऊँचे ले जाना है तो फिर आय के स्रोत भी तलाशने होंगे...'

'...हम वार्षिक चंदे वाले ग्राहक बना सकते हैं...' वह बोल उठा भाईजी की बात बीच में काट कर।

'चंदा-फंदा तो ठीक पर उससे कित्ता पैसा आएगा और कित्ते लोग होंगे चंदा देने वाले...हैं... बताओ सौ–दो सौ–पाँच सौ। कित्ता चंदा रखोगे साप्ताहिक अख़बार का–पचास रूपये सालाना या चलो सौ मान लो तो भी कित्ता हुआ, हैं... कित्ता...' हिसाब लगाने लगे भाईजी।

'पचास हज़ार, अगर पाँच सौ लोग सौ सौ दें तो...' हिसाब लगाया वंदना ने।

'हाँ, पचास हजार... बड़ी तेज़ है भई ये वंदना इसीलिए तो मैं इसे सारा काम सौंपकर निश्चिंत हो गया था... तो हाँ पचास हज़ार में क्या होगा...? अरे विज्ञापन होने चाहिए अख़बार में विज्ञापन...' भाईजी की आँखों में चमक थी।

'पर भाईजी विज्ञापन देगा कौन...' मधुर था ये।

'देगा... और देगा नहीं तो लेना पड़ेगा... ज़रा सी कोशिश करनी पड़ेगी ज़रा सी भागदौड़... बस। भई मैं चाहता ये हूँ कि ज़्यादा नहीं बस अख़बार अपना ख़र्च निकाल ले बस।' भाईजी अच्छी तरह जानते थे कि मुँह में ख़ून लग गया फिर तो प्यास बढ़ती ही जाती है।

'नहीं नहीं भाईजी, हमें विज्ञापन जुटाने में, दौड़धूप में अपनी एनर्जी बरबाद नहीं करनी आप अगर मदद करते हैं तो ठीक वरना वैसे ही निकलेगा कैम्पस जैसे पहले निकल रहा था। कोई ज़रूरत नहीं हमें काम फैलाने की।'

'अरे एनर्जी वेस्ट करने की कौन कह रहा है और रही मेरी मदद तो वह तो रहेगी ही। मैंने कब मना किया? अरे तुम लोग इतना अच्छा काम कर रहे हो और फिर मैं किसी ग़ैर की मदद तो कर नही रहा। तुम मेरे भाई हो, सब कुछ तुम्हारे लिए है मानो तो... और फिर मेरे रहते तुम लोगों का काम ज्यादा मुश्किल भी नहीं होगा।'

'लेकिन भाईजी विज्ञापन में लग गया तो फिर अख़बार की सामग्री कौन जुटाएगा, उससे कैसे समझौता किया...'

'तुम कंटेन्ट देखो, विज्ञापन मैं देख लूँगी' –वंदना काफी देर से चुप थी अब नहीं रह पायी।

'हाँ यार, सब मिलजुल कर हो जाएगा।' मधुर की समझ में भी भाईजी की बात आ गयी थी।

'और अज्जू, रही तुम लोगों की दौड़-भाग की बात तो आज से हरी जिप्सी तुम्हारी...'

'वाओ...' वंदना उछल पड़ी और वह भाईजी का मुँह देखता रह गया।

'पेट्रोल का खर्च भी मैं दूँगा पूरा। ठीक... अब तो ख़ुश हो।' भाईजी ने इत्मीनान की साँस भी साथ ही ले ली जिस पर किसी का ध्यान नहीं गया।

'ये लो चाभी... अज्जू क्या सोच रहे हो... चाभी।' भाईजी चाभी उसकी तरफ बढ़ा रहे थे और वह दुविधा में था। चंद दिनों पहले के सुमेरपुर के दिन उसे याद आ रहे थे– भाईजी ने कैसे वहाँ उसे हीरो बनाकर पेश किया था। भाईजी ने कैसे अपनी जीत का सारा श्रेय सार्वजनिक तौर पर उसके नाम कर दिया था। भाईजी... क्या सचमुच उसका इतना ख़्याल रखते हैं, सचमुच उस पर इतना भरोसा करते हैं... हाँ करते हैं फिर... वह क्यों उनके हर कदम पर शक कर रहा है अब। क्यों उनकी मदद को एहसान मान रहा है, क्यों ये मान रहा है कि भाईजी का कोई मतलब तो है इन सबके पीछे... आखिर भाई हैं... बचपन से कितना चाहते हैं उसे। फिर भी... सब कुछ बिल्कुल सीधा सादा तो नहीं ही है। फिर... फिर पेंच कहाँ है ये उसे समझ में नहीं आ रहा।

उसके हाथ बढ़ गए चाभी लेने को... शायद अब ये अख़बार में, कैम्पस में दख़ल बढ़ाएँगे... कहीं ऐसा न हो कि कैम्पस उसका अख़बार रह ही न जाए। भाईजी का हो जाए वह सिर्फ एक मुलाज़िम रह जाए। भाईजी जैसा कहें वैसा करे... नहीं नहीं भाईजी का हो भी गया तो भी वह जो चाहेगा वही होगा... और फिर भाईजी के पास इतना टाइम भी कहाँ... सिलसिला टूट ही नहीं रहा था। आँखे देख रही थी कि भाईजी की किसी बात पर वंदना खिलखिला पड़ी है, मधुर चाय सुड़क रहा है पर कान में कुछ नहीं पड़ रहा था।

'चलो अब सबसे पहले मुझे घर पहुंचाओ अपनी गाड़ी से।' वंदना ने उसे टहोका तो सिलसिला थमा।

'कल शाम को मिलना और हाँ सुबह मौसी को छोड़ जाना यहाँ। तुम्हारी भाभी को और उनको मनकामेश्वर मंदिर जाना है।' भाईजी ने विदा किया सबको।

कैम्पस में वंदना हर हफ्ते अपनी एक कविता छापने लगी थी। उसका काम बस इतना रह गया था कि अपनी कविता का प्रूफ़ खुद पढ़े। बाक़ी तो वह विज्ञापन लाने की ज़िम्मेदारी निभाने में मशगूल थी और विज्ञापन आ भी रहे थे हर अंक में एक-दो-तीन। वंदना का ये दावा था कि वह जहाँ गयी विज्ञापन के लिए वहाँ से विज्ञापन मिला। हाँ, कुछ जगह भाईजी ने फोन ज़रूर किया था। यानी कुल मिलाकर

अख़बार अपना ख़र्च निकाल रहा था। उसका पूरा नियंत्रण बना था अख़बार पर – वंदना की कविता को छोड़कर। वह जो चाहता वही छपता। भाईजी ने अब तक कोई दख़ल नहीं दिया था सो उसे भी लगने लगा था तीन चार महीनों से भीतर कुण्डली मारे बैठे संशय को अब बाहर का रास्ता दिखा देना चाहिए एक बार फिर कोफ़्त भी होती उसे अपने आप पर क्यों बार-बार वह भाईजी की नीयत पर शक करता है। और उसने तय किया एक बार फिर–भाईजी मेरे भाई हैं उन पर शक कैसा। भाई-भाई के काम आता ही है। और वह तो मुझे खुश रखने के लिए क्या नहीं करते हैं। कितना सम्मान दिलाया सुमेरपुर में, फिर बेबी... फिर जिप्सी... अख़बार... सब कुछ।

अगले ही दिन सुबह वह भाईजी के घर पहुँच गया। उसे रात भर ख़्याल घेरे रहे थे कि भाईजी को ये बता देना चाहिए कि वह उन्हें कितना मानता है। भाईजी का दिन कितना व्यस्त होता है ये सोचकर वह अपने हिसाब से बहुत जल्दी पहुँचा था। पर उसके जल्दी से भी जल्दी वहाँ वंदना पहुँच चुकी थी। पहली मुलाकात उसी से हुई। वह चौंका पर वह नहीं चौंकी – 'भाईजी ने बुलाया था किसी ज़रूरी काम से, अभी बाथरूम में है।' बिल्कुल सहज थी वह। वह वंदना को वहीं छोड़कर सीधे भीतर चला गया भाभी के पास। बेडरूम में। भाईजी बाथरूम से निकले तो बिस्तर पर वह पड़ा था तकिया में मुँह धँसाए।

'क्या हुआ भाई सुबेरे-सुबेरे... तुम काहे चले आए, मैंने तो सिर्फ वंदना को बुलाया था... खैर, चाय पी...'

'नहीं अभी नहीं,' उसने उठकर भाईजी के पैर छुए।

भाईजी को अच्छा लगा। ऐसा काम वह अब काफी अंतराल के बाद करने लगा था और वह जब ऐसा करता भाईजी के पास खुश होने के, इत्मीनान की साँस लेने के कारण इकट्ठा आ जाते।

'वंदना के साथ नहीं आया हूँ। मुझे तो मालूम भी नहीं था कि वह यहाँ होगी। मैं तो यूँ ही बस आपसे मिलने चला आया। ...वैसे बैठी है वह बाहर। काम क्या है उससे...'

'अरे कुछ नहीं यार, बस वो सुल्तानपुर में एक ठो पंडित जी हैं ना वो नगर पालिका वाले चेयरमैन... कवि सम्मेलन करा रहे हैं। अभी आने वाले हैं यहाँ सचिवालय में उनका काम भी है कुछ, तो हम सोचे कि ...वंदना की कविताएँ अच्छी हैं। ठलुआ-ठलुआ आकर कवि सम्मेलन से हज़ारों ले जाते हैं तो अच्छी भी एक आध कविता हो तो बुरा क्या है। चलो बाहर ही बतियाते हैं...'

❑❑

वंदना लखनऊ से मुख्य अतिथि यानी राज्यमंत्री जी के साथ गाड़ी में गयी थी। कविता पढ़ने का एक हजार रूपया मिला जो तमाम कवियों की आधी उमर गुज़ार देने पर भी नहीं मिलता था उन दिनों। वंदना लौटी भी राज्यमंत्री के साथ ही उन्हीं की गाड़ी में और अगले कई दिन तक भाईजी का नाम उसकी जुबान से मानो चिपक गया था।

महीना बीतते बीतते गंगा महोत्सव से उसे सरकारी बुलावा आ गया कविता पढ़ने के लिए, पारिश्रमिक दो हजार रूपये। स्वीकृति भेजनी थी। वंदना ने स्वीकृति पत्र पर हस्ताक्षर कर दिए तब उसे दिखाया। उसे अच्छा भी लगा, बुरा भी।

बुरा क्यों? वजह तलाशने की उसने भरपूर कोशिश की पर कोई कोई वजहें होती हैं जो बेवजह लगती हैं। गंगा महोत्सव में भी भाईजी ही कवि सम्मेलन का उद्घाटन करने गए थे ये उसे बाद में पता चला– अख़बारों से। कोई बात नहीं – अपने भाई ही तो हैं उसने एक बार फिर सिर उठा रहे संशयों को झटक दिया।

❑❑

भाईजी सुबह-सुबह ही आ गए थे पर घर में शांति थी। अपने कमरे से वह जब बाहर आया तो सामने टेलीविज़न के चैनेल खटाखट बदलते, चुपचाप सोफे पर पसरे भाईजी उसे दिखे। चेहरे पर तनाव और थकान लिए। पापा भी वहीं थे अख़बार पढ़ते हुए। बीच-बीच में चाय का घूँट भरते हुए। चाय ठण्डी हो गयी थी ये उनके घूँट भरने के अंदाज़ से लग रहा था पर वह चाय पी रहे थे यानी सब कुछ सामान्य नहीं था। सब कुछ सामान्य नहीं है ये तो उसे भाईजी के घर में होते हुए भी घर में पसरी चुप्पी से ही पता लग गया था।

सामान्य होने की कोई वजह भी नहीं। भाभी को यहाँ आए चार दिन हो रहे हैं। उनका रोना बिसूरना जारी है। विन्नी के साथ जाकर वह अपने पिताजी को कल फोन भी कर आयी हैं। रात में उसके कान में माँ और भाभी की बातचीत पड़ी थी। भाभी बता रही थी उनसे पिता जी आज आएँगे, और माँ समझा रही थी– 'बेकार बुलाया उन्हें, अरे पहले आपस में बातचीत कर लो।' आगे वह कुछ सुन नहीं पाया था।

सोफे पर पसरे भाईजी ने उसे देख लिया था–'उठ गए?'

भाईजी बिल्कुल सामान्य लगे जब बोले। वह तो सोच रहा था भाईजी आँख नहीं मिला पाएँगे। लेकिन राजनीति में आँखे चुराना आत्महत्या है और भाईजी राजनीतिज्ञ हैं, पक्के राजनीतिज्ञ। जिनका जीवन राजनीति है। जिनकी जीवनशैली, दिनचर्या सब राजनीति है और फिर अब तक ही कहाँ कभी उन्होंने आँखे चुरायी हैं। हमेशा वैसे ही पेश आए हैं जैसा तब पेश आते हैं जब उसे मेडिकल कालेज से निकाला

गया था। उसका सब कुछ छीन लेने के बाद भी बड़े भाई बने ही मिले हैं। उसके लिए कुछ भी करने को तैयार... सिर्फ तैयार। किया क्या है... कुछ भी तो नहीं उल्टे उसे ही कुछ भी करने नहीं दिया प्यार तक भी तो नहीं।

युवा कवयित्री वंदना के सिर पर आशीर्वाद का हाथ रखते-रखते कब उनका हाथ नीचे फिसल गया इसकी ख़बर उसे बहुत देर से मिली थी। तब भी वह भाईजी पर संशय करने में संशय कर रहा था। लेकिन संशय काफी वज़नदार थे। काफी ताकतवर थे– अब उसके दबाए नहीं दब रहे थे। बल्कि संशयों के वजन तले वह ख़ुद दबा जा रहा था। दबते-दबते उसका दम घुटने लगा था।

उस दिन वह बहुत अरसे बाद कबीरदा के साथ बैठा था उन्हीं के घर पर। सारे संशय उसने उड़ेल दिए थे कबीरदा के सामने। कबीरदा चुप थे उन्हें कहीं बहुत भीतर अपना एक फैसला कचोट रहा था। उस समय इसे रोक दिया होता भाईजी के साथ पूरी तरह इन्वाल्व होने से तो... तो शायद ये सुमेरपुर नहीं जाता... तो शायद ये स्थिति नहीं आती... लेकिन... लेकिन वह तो चाहते थे कि अजित का पूरी तरह से मोहभंग हो, आधा अधूरा नहीं। लेकिन अगर वह उस वक्त इसे रोकते तो क्या ये रुकता, शायद नहीं... दुविधा में था ये उस वक्त– लेकिन हर्ज क्या था रोकने की कोशिश करने में... क्यों, हर्ज क्यों नहीं था...वह न मानता तो ... तो ...

कबीरदा की सोच आज भी वहीं आकर अटक रही थी–ये न माना तो ...। उनका मानना था कि आख़िर इसीलिए तो कोई उनसे सलाह माँगता है क्योंकि उसे उन पर भरोसा होता है। और सलाह न मानी गयी का अर्थ है भरोसा टूट गया... और उन्हें इस बात से बड़ा डर लगता था। बड़ी मेहनत से बरसों में उन्होंने ये भरोसा बनाया था अपने इर्द-गिर्द। आसपास वालों में ही नहीं, दूर-दूर तक। लेकिन इस बार उन्हें बार-बार ये तय लग रहा था कि वह जो सलाह देंगे वह अजित मान ही जाएगा। भरोसा टूटेगा नहीं। भरोसा–जो उन्हें अपने आप पर था। जो बहुत कीमती था उनके लिए। उनकी शायद अकेली पूँजी।

बंद कर दो कैम्पस –अचानक बोल पड़े कबीरदा। वह लगातार उन्हीं के जवाब का इंतज़ार कर रहा था। पर इंतजार में वह इतना डूबा था और कबीरदा का जवाब इतना अचानक और केवल अचानक ही नहीं अप्रत्याशित आया कि उसे लगा कि वह कुछ सुन नहीं सका या आवाज़ तो सुनी पर समझ नहीं सका।

'क्या... क्या कहा कबीरदा...।' उसका मुँह खुला ही रहा।

'मेरा मानना है कि कैम्पस को अब बंद कर दिया जाना चाहिए'– कबीरदा ने इस बार हर शब्द पर ज़ोर दिया– 'क्योंकि... ये एक ज़रिया है जिसकी वजह से तुम सब उनसे जुड़े हो। ये नहीं होगा तो जुड़ाव भी कुछ कम होगा। तुम्हारा भी,

तुम्हारे साथियों का भी यानी वंदना का भी... लेकिन मेरे ख़्याल से तुम्हें वंदना से पहले बात करनी चाहिए, आख़िर वह चाहती क्या है, चाहती किसे है... वैसे वह मुझे ज़्यादा समझदार बल्कि दुनियादार लगी है हमेशा...।'

'मुझे भी लगता है कि मैं कतई समझदार नहीं हूँ, आज तक एक भी काम कभी समझदारी का नहीं किया मैंने...।'

कबीरदा ने उसकी बात का खंडन नहीं किया – 'चलो अब करो कुछ काम समझदारी के। बात करो वंदना से। कैम्पस बंद कर दो। भाईजी तुम्हारे भाई सही पर उनकी दी हर चीज़, हर सुख सुविधा वापस कर दो। छोड़ दो। बस जैसा नाता तुम्हारे छोटे भाई का है वैसा ही रखो। नमस्ते–चरण स्पर्श–आइए-बैठिए–चाय पीजिए... बस।'

उस रात उसे नींद नहीं आयी थी। भाईजी को छोड़ने की बात वह लगातार सोच रहा था पर उन्हें छोड़ने के बाद की स्थिति पर नहीं सोच पा रहा था–माइनस भाईजी सब कुछ निर्वात सा दिखता था उसे आगे। हाँ, कैम्पस बंद करने की वह ज़रूर सोचने में कामयाब हो गया था – क्या फायदा, मुहिम तो रहा नहीं ये अब। यूनिवर्सिटी में तो जाता ही नहीं। सरकारी विभाग, विधायक, मंत्री, अफसर, विज्ञापन वाले... बस इन्हीं तक पहुँच रहा है कैम्पस... और बंदर को आईना दिखाने का उसे कोई शौक नहीं।

लेकिन वंदना... वंदना का कोई इलाज ज़रूरी है। आजकल तो ऐसा लगता है कि वंदना भाईजी की सगी है और वह वंदना के जरिए भाईजी को जानता है। बिल्कुल उल्टा। वंदना की बातचीत में भी हर दूसरा जुमला भाईजी से शुरू होता है और उन्हीं पर ख़त्म हो तो भी ठीक, वह जुमला तो हनुमान जी की पूँछ बन जाता है– ख़त्म ही नहीं होता। जब भी वह मिलता है वंदना से, वैसे पहले के मुकाबले मुलाकातें आधी रह गयी है संख्या में भी और समय में भी। फिर भी जब मिलते हैं वो दोनों, तो वह चाहता है कि बातें बस अपनी हो पर वंदना के लिए अपने का मतलब भाईजी हो गये हैं – ये वह लगातार महसूस कर रहा है। बल्कि कभी-कभी तो उसे ये भी महसूस होने लगता है वंदना की बातों से कि वह उसकी और भाईजी की तुलना करती है बात-बात में। पता नहीं ऐसा सचमुच है या नहीं पर उसे महसूस जरूर होता है। ऐसे में वह चुप हो जाता है। उसे लगता है – चुप बड़ी मुफ़ीद चीज़ है। चुप रहना मुग़ालते में रहने के लिए भी मुफ़ीद है, मुग़ालते में रखने के लिए भी और खुद को चुप रखने के लिए भी। हालाँकि खुद को चुप रखना बहुत मुश्किल होता है। न बोलना ही चुप रहना थोड़े होता है। वह होता तो चुप ही था पर खुद को चुप रख नहीं पा रहा था। फिर वह चुप क्यों हैं? क्यों वह कुछ नहीं कर सकता।

...कुछ नहीं कर सकता ये भी एक दिन वंदना ने उसे जता दिया था जब उसे ख़तरनाक तरीके से चुप देखा था। वह समझ गयी थी वह सब, जो कुछ उसकी चुप के पीछे घुमड़ रहा था, चीख़ रहा था जब वह अचानक भाईजी के कमरे में पहुँच गया था और वहाँ भाई का हाथ वंदना के कंधे पर था। हाथ जो वंदना के कंधे पर था उसे सीने पर, चेहरे पर कमर पर, हाथ पर, पाँव पर, जाँघ पर... वंदना के हर अंग पर तिरता दिखा था। वह चुप रह गया था—अवाक। और वंदना उसे देखकर खिलखिला पड़ी थी। उसे ये खिलखिलाहट बहुत कुछ कहती मिली थी।

'क्या कर लोगे।' को कंधे से लटकाए वह वहाँ से निकल पड़ा था। भाईजी ने पीछे से आवाज़ दी थी पर उसने अनसुना कर दिया था। वह वंदना की आवाज़ सुनना चाहता था। शायद वह आवाज दे तो खिलखिलाहट की चुनौती—क्या कर लोगे—की आवाज़ दब जाए पर उसे वंदना की कोई आवाज़ नहीं आयी थी।

उसे लगा कबीरदा की बात में दम है और वंदना से साफ बात कर लेनी चाहिए अब। पर बात क्या हो? वंदना को भाईजीमेनिया से निकालने का अब उसे एक ही रास्ता समझ आ रहा था। उसे उस दिन की वंदना याद आ रही थी जब नीरेन के कमरे में वह उसके ऊपर आड़ी बिछी थी। जब वंदना का शरीर और मन एक ही भाषा में बोलने लगे थे। जब उसने अपनी पहल ख़ुद ही वापस ले ली थी। उसे वंदना का भाईजी के साथ खिलखिलाना याद आ रहा था। ऐसे उसके साथ तो वह कभी नहीं खिलखिलायी। क्यों? वह क्यों नहीं खिलखिला सकती है उसके साथ। खिलखिलाएगी वह—उसने तय कर लिया था कि वह क्या करेगा।

उन दिनों भाईजी बाहर थे, भाभी भी। उनका सरकारी बंगला भी फ्री था – वंदना भी। वह वंदना को वहीं ले गया। उस दिन वंदना को बहुत दिनों बाद उस पर प्यार उमड़ा था —ऐसा वह महसूस करने लगा था। बहुत दिनों बाद उसने वंदना को करीब खींचा तो वंदना ने फौरन ख़ुद को छुड़ाया दीवान से उठकर गयी और कमरे का दरवाज़ा बंद कर आयी। बहुत दिनों बाद उस दिन उन दोनों के बीच भाईजी भी कहीं नहीं आए थे।

वह उस दिन एक योजना के तहत जो कुछ करना चाह रहा था वह सब अपने आप ही हो रहा था। उसे फिर शक हुआ— कहीं ये वंदना की योजना तो नहीं या फिर भाईजी की...या फिर... फिर शक को उसने दूर झटक दिया... वह जो ख़ुद चाह रहा है वह होता रहे बस... उसने वंदना का चेहरा उठाया और उसके होंठ अपने होंठो पर धर लिए। बेबी याद आ गयी अचानक। भाईजी भी अचानक ही याद आ गए—मुँह लग चुके ख़ून का स्वाद जो याद आ गया था। उसने वंदना के चेहरे की तरफ देखा —वहाँ पलाश दहक रहे थे। उसे लगा यही सही मौका है, कल परसों भाईजी

वापस आ जाएँगे अगर आज इसी क्षण वह वंदना को पूरी तरह से नहीं पा सका तो...बचा-खुचा भी सब कुछ हाथ से फिसल जाएगा। वह फिर से भाईजीमेनिया में जकड़ जाएगी। वंदना के दाँत गड़े उसके कान पर तब वह वापस आ पाया, पर ये वंदना ने कान पर दाँत गड़ाना कहाँ से सीखा... । उसने एक फिल्म में देखा था ऐसा जब मेडिकल कालेज में था फिर लंबी बहस हुई भी उस पर और नतीजा निकला था – 'हीरोइन को खेली खाई दिखाना था इसीलिए डायरेक्टर ने उससे कान पर दाँत गड़वाए। अपने वात्स्यायन जी भी ये सब लिख चुके हैं...'

... तो क्या वंदना भी खेली... नहीं। इस वक्त वह ऐसी किसी भी उलझन में नहीं फँसना चाहता था। उसने सोचना तक बन्द करने की कोशिश की। उसका बस चलता तो वह दिमाग़ ही इस वक़्त कहीं फेंक देता। वंदना को कस लिया उसने। वंदना उसके चेहरे पर जहाँ तहाँ होंठ धर रही थी। उसने वंदना के गिर्द कसे अपने हाथों को थोड़ा ढीला किया और उसके कुर्ते को ऊपर उठाने लगा। वंदना के हाथ भी जबाब में कमीज़ के बटन खोल चुके थे।

घंटे भर बाद दोनों ने अपने-अपने घर फोन कर दिया– भाईजी के घर पर हैं, अख़बार तैयार करना है सुबह तक। रात घर नहीं आएँगे। वंदना के घर से कुछ कहा गया तो – 'चुप रहो मम्मी, तुम्हें क्या पता, बेकार की बातें करती हो' कहकर वंदना ने फोन पटक दिया। वह रात सोने के लिए नहीं थी।

❑❑

मधुर से उसने कहा था साढ़े पाँच, पर मधुर पाँच बजे ही पहुँच गया था। सवा पाँच तक वंदना भी वहाँ थी।

'देखो ये मीटिंग तो बस... कुछ तय नहीं करना है, कुछ बहस भी नहीं ... बस यूँ समझो एक फैसला है जो बताना है – हम कैम्पस बन्द कर रहे हैं। अगले अंक की तैयारी हो चुकी है तो बस वही आख़िरी अंक होगा।'

'ऐसे कैसे... हैं! भाईजी से बात की? इतना बड़ा फैसला तुम कैसे कर सकते हो।' वंदना की आवाज सुन रहा था वह। वहाँ एक बार फिर उसे हिकारत की हल्की बू मिली।

उस दिन पहली बार वह भाईजी को लेकर उखड़ा –'क्या भाईजी भाईजी, क्या हैं भाईजी, इस अख़बार का सब कुछ मैं हूँ, ये मधुर है, तुम हो बस। और किसी को इससे कोई मतलब नहीं ... भाईजी ... अरे तुम्हें ऐतराज़ है तो अपनी कहो भाईजी क्यों... ।'

'नहीं यार... तुम ग़लत ले रहे हो चीज़ों को'– मधुर बीच में आ गया–'मेरे ख़याल

से वंदना का कहना है कि भाईजी से भी... बात की जानी चाहिए, आख़िर वो जुड़े रहे हैं हमारे साथ...'

'नहीं, मैं जो कह रही हूँ वही कहना चाहती हूँ– वो हमारे साथ नहीं जुड़े हैं– हम उनके साथ जुड़े हैं वो हाथ न बढ़ाते तो कहाँ होता कैम्पस...'

'देखो वह मेरे भाई हैं। उन्होंने मुझे मदद की। उनसे मैं निपट लूँगा। कैम्पस में उनका न सीधा कोई दख़ल था न है फिर...'अब वह संयत होने या कम से कम दिखने की कोशिश कर रहा था – 'और यार...' अब वह सीधे मधुर से मुखातिब हुआ... 'जो हमारा मकसद था कैम्पस के पीछे अब हम उसी मक़सद पर काम ही कहाँ कर रहे हैं और फिर हमें जिन तक पहुँचना चाहिए उन तक पहुँच भी नहीं पा रहे...'

'कैसी बात कर रहे हो। सचिवालय में देखो, हर अफसर– मंत्री जानता है कैम्पस का नाम... कहाँ नहीं पहुँच रहा है...' वंदना फिर बीच में आ गयी।

'तुम चुप रहो और मुझे मधुर से बात करने दो।'

वंदना वहाँ से उठकर बाहर निकल गयी। कैम्पस का बंद होना उसे कतई गंवारा नहीं था। इसी अख़बार के जरिए तो भाईजी ने उसकी प्रतिभा पहचानी थी और कवयित्री के तौर पर उसकी आज एक पहचान है। दूर-दूर तक बुलायी जाने लगी है वह।

उसे लगा अज्जू को जलन होने लगी है इस सफलता से। काफी दिनों से सीधे बात भी नहीं करता है। पता नहीं क्या करेगा, भाईजी मदद न करें तो चौराहों पर आवारा लड़कों की तरह दिन भर टहलें पर नक्शे देखो... खुद तो कुछ करना नहीं। कोई कुछ करे तो करने भी नहीं देना... उसने उसी वक्त तय कर लिया– कैम्पस जारी रहेगा। वह उसे वीकली से डेली तक ले जाएगी। कोई रोक नहीं सकता उसे। जो चाहा है वह किया है, वह पाया है। ये मंजिल भी पाएगी। वह दिखाएगी अज्जू जैसे लोगों को। रही बात भाईजी की तो वह वही करेंगे जो वह कहेगी उसे पूरा विश्वास था– नहीं तो भाईजी जैसे कई नेताओं से उसकी पहचान हो चुकी है इतने दिनों में। सब हाथों-हाथ तैयार रहते हैं कुछ भी मदद करने के लिए बस लार टपकती रहती है सबकी... तो देखा जाएगा। सबको मैनेज कर लेगी किसी न किसी तरह। आगे बढ़ने का मतलब है आगे और आगे सबसे आगे... और पीछे मुड़कर कभी नहीं देखना, न ही देखेगी वह। भाईजी का मंत्र है ये ... और उन्होंने ही तो कहा था कि भावनाएँ बहुत बुरी होती हैं उनमें कभी नहीं फँसना चाहिए– भावनाएँ ज़्यादातर पीछे खींचती हैं। ये मंत्र गांठ बांध चुकी है वह।

इससे पहले वह भाईजी से कुछ कहता भाईजी का ही फोन आ गया।

'क्या बात है, ये कैम्पस का क्या चक्कर है, तबियत तो ठीक है ना। अभी अभी जमा है अख़बार ... और ...।'

'पर भाईजी आपको किसने बताया...'

'तुम क्या सोचते हो तुम नहीं बताओगे तो हमें कुछ पता नहीं चलेगा...अरे हमारे लोग भी है...'

'हमारे लोग...' फँस गए ये शब्द उसके दिमाग़ की किसी एक कोशिका में– 'ये आपने सोचा भी कैसे... अच्छा बताइए तीन चार बजे ख़ाली हैं? मैं आ रहा हूँ सब बताऊँगा...'

'अरे ख़ाली वाली तुम्हारे लिए क्या... बस कोई मीटिंग न लगी हो, एक मिनट... हाँ ठीक है, कार्यालय ही आ जाना...।'

भाईजी ने उसके सामने ही अपना फैसला सुना दिया था–'कैम्पस तो निकलता रहेगा। तुम ऊब गए हो, थोड़े दिन छोड़ दो ये सब, वैसे भी बहुत हो गया है काम। आगे जब मन करे फिर देखने लगना पर अब जमी जमायी चीज़ साली ऐसे कैसे छोड़ दी जाए। चिंता मत करो, ऐश करो। संपादक प्रकाशक सब कुछ तुम ही रहोगे।'

'पर भाईजी, कैम्पस कोई और निकाले ये मैं बर्दाश्त नहीं कर पाऊँगा मेरा अटैचमेन्ट है इससे। आप प्लीज़ भूल जाइए इसे थोड़े दिन के लिए। मैं भी चाहता हूँ। अरे मधुर को फँसा रखा है वह बेचारा कम्पटीशन की तैयारी के लिए पड़ा हुआ है यहाँ घर वालों से पैसा मँगाकर हर महीने। पर फंसा रहता है यहाँ अख़बार में। तैयारी वैयारी के लिए टाइम ही नहीं निकाल पाता और कैम्पस क्या देता है उसे? बताइए और वो वंदना वह भी... रोज डांट खाती है, कितनी बार तो उसकी मम्मी फोन पर कह चुकीं हैं उससे कहो जरा पढ़ाई-लिखाई पर भी ध्यान दे...।'

'अरे सब मालूम है मुझे तनख्वाह दे दो न सबको, जेब ख़र्च भी निकल आएगा और काम भी चलता रहेगा... और तुम भी बॉस बन जाओगे दोस्त से। काम-धाम इनसे कराओ, ख़ुद ऐश करो। मिलो जुलो लोगों से, ज़रा रौला दिखाओ अपनी पत्रकारी का।'

'नहीं भाईजी...'

'तो नहीं मानोगे...'

'नहीं...'

'ठीक, पर मैं भी नहीं मानूँगा...'

'...'

'हूँ, कैम्पस बंद नहीं होगा...'

'जैसी आपकी मरज़ी... पर मैं न चाहूँ तो आप उसे नहीं निकाल सकते हैं,

रजिस्ट्रेशन वगैरह मेरे नाम...'

'हाँ, पर तुम क्यों नहीं चाहोगे... अरे कोई बाहर वाला नहीं हम ही निकालेंगे उसे और कहा ना नाम जहाँ तुम्हारा आज है वहीं रहेगा। जाओ थोड़े दिन ऐश करो, ज़रा टहल-वहल आओ बाम्बे, दिल्ली। गोवा जाओगे, जाओ तो बताओ, पर्यटन मंत्रालय से जाने वाला है डेलीगेशन...'

❑❑

कैम्पस की कमान भाईजी ने वंदना को ही सौंपी थी। वंदना की मदद के लिए एक आदमी और नियुक्त कर दिया था भाईजी ने। पर संपादक प्रकाशक सब जगह नाम उसका जा रहा था। सामग्री देखकर उसे अफसोस हो रहा था। पर ये अफसोस ज़्यादा दिन तक नहीं रहा। तीन अंकों बाद कैम्पस में दो बड़े बदलाव आ गए। एक तो वह अख़बार से साप्ताहिक पत्रिका हो गया दूसने वंदना गुप्ता उप संपादक से प्रधान संपादक हो गयी, वह जहाँ था वही रहा– सम्पादक। उसी दिन उसने फोन किया भाईजी को।

'अरे भाई सारा काम वो कर ही रही है। कहा कि कर दीजिए, तो कर दिए। अब तुम तो कोई इंटरेस्ट लेते नहीं तो तुमसे पूछे भी नहीं कि क्या परेशान करना बेकार... चलो थोड़े दिन शौक पूरा हो जाने दो बिचारी का।'

'भाईजी के जवाब में वह उसी शाम हरी जिप्सी उनके बँगले पर छोड़ आया। चाभी भाभी को सौंपकर लौटते हुए उसे बार-बार लग रहा था। लग क्या रहा था पुरा यक़ीन था कि भाईजी उसे बुलाएँगे, डाँटेंगे और जिप्सी की चाभी उसे वापस सौंप देंगे या फिर सुबह किसी से गाड़ी घर भिजवा देंगे। पर ऐसा कुछ नहीं हुआ।'

हाँ एक हफ्ते बाद भाईजी का फोन ज़रूर आया था –'क्या जी, क्या कर रहे हो घर पर पड़े-पड़े और कहे थे जरा घूम-वूम आओ तो गए कहीं, नहीं गए... अच्छा चलो कुछ काम करो अब।'

'काम क्या है...'

'यार सुमेरपुर जाना है थोड़े दिन के लिए। तीन चार दिन जरा रहना होगा क्षेत्र में। और ये काम ऐसा है कि हम किसी और को नहीं भेज सकते हैं। मैं खुद जाऊँ या तुम्हें भेजूँ।'

'ऐसा क्या है, जो मेरे जैसा नाकारा ही कर सकता है।'

'नहीं यार अज्जू, देखों ऐसा मत कहो, नाकारा होते हैं वो जो किसी काम के नहीं होते और तुम तो मेरे लिए दाहिना हाथ हो। तुम्हारे बिना मैं कुछ नहीं कर सकता... सुमेरपुर में ही देखो।' सुमेरपुर का नाम सुनते ही उसके आँखों के सामने बेबी का

चेहरा घूम गया। इधर बेबी उसे काफी याद आने लगी है हालाँकि बड़ी मुश्किल से वह उसे भुल पाया था '...और हाँ, जाने का इंतज़ाम तुम्हें ख़ुद करना पड़ेगा पर लौटने में तुम्हें वहाँ से गाड़ी मिल जाएगी ज़ैदी साहब की। सीधे उन्हीं के पास जाना।'

...सुमेरपुर लेकिन उस बार वैसा नहीं था जैसा उसने सोचा था। ज़ैदी साहब से उसने बड़े कैजुअल तरीके से जानने की कोशिश की थी बेबी के बारे में। लेकिन ज़ैदी साहब शायद पहले से जानते थे कि वह ऐसा कुछ पूछेगा। पूरी जानकारी एक ही बार में दे गए थे – 'शादी कर दी गयी है उसकी, बाप आया था उसका छह सात महीने पहले कुछ पैसे उधार लेने के लिए– शादी के लिए ही। यहीं कहीं है आसपास के किसी गाँव में।' 'वह कुछ उदास-सा हो गया।'

आसपास के गाँव में है तो आती जाती भी रहती होगी, शायद इन दिनों ही आयी हो... वह कहीं भीतर उस वक्त कुछ महसूस करने लगा था अचानक बेबी के प्रति, बिल्कुल वैसा ही जैसा वंदना के लिए महसूस करता था जब वह मिली थी। वह एहसास वंदना के लिए ग़ायब हो चुका था अब लेकिन बेबी के लिए उभर रहा था– जब बेबी नहीं थी। ये एहसास उसे परेशान कर रहा था। यही एहसास जब ज़ोर पकड़ने लगा तो वह सीधे बोरे वाले शर्मा जी के घर पहुँच गया। शर्माजी तो नहीं थे। कहीं तगादे पर निकले थे पर उनकी पत्नी ने उसकी ख़ासी आवभगत की। बेबी के बारे में कोई भनक उसे अलबत्ता नहीं मिली। उसने ख़ैर मनायी कि शर्मा जी नहीं है उनसे मिलने के बहाने ही वह फिर आएगा, एक मौका और...।

दूसरे दिन ज़ैदी साहब के साथ आसपास के दो छोटे-छोटे कस्बों में घूम कर उसने दो मोटे लिफाफे जुटाए। जुटाए क्या बस उठाए। दोपहर बाद सुमेरपुर लौटते ही वह बोरे वालों से मिलने निकल पड़ा। बोरे वाले शर्मा जी उसे देखते ही गद्दी से खड़े हो गये– 'अरे अज्जू भइया आइए आइए... भई हम तो रास्ता देख रहे थे आपका जबसे पता चला'–शर्माजी पता नहीं क्या-क्या बोले जा रहे थे उसे किसी भी चीज में रुचि नहीं थी पर वह ग़ौर से सुन रहा था कब ज़िक्र आ जाए क़्या पता। ज़िक्र नहीं आया पर शर्माजी वहाँ ज़रूर पहुँच गए जहाँ से ज़िक्र करीब था–'यहाँ हम तो रास्ता देख रहे हैं इस बार चुनाव का। भाईजी काम काफी किए हैं देखिएगा इस बार भी आँधी बहेगी जैसे पिछली बार थी। और इस बार आप ज़रा जल्दी आ जाइएगा। बस फिर तो सबकी जमानत जब्त। व्यवस्था वैसी ही दिव्य होगी पिछली बार जैसी... चिन्ता मत कीजिएगा।'

'पिछली बार जैसी ही...!' अब उससे रुका नहीं जा रहा था। उसने पूरी तरह खुल जाने का फ़ैसला किया पर शब्दों के चयन में वह जानबूझकर लापरवाह बन गया– 'अच्छा ये बताइए उस बार कोई लफड़ा तो नहीं हुआ बाद में, उस लौंडिया की तरफ

से...।'

'लफड़ा...? कैसा लफड़ा... अरे अज्जू भइया लफड़ा-वफड़ा नहीं होता यहाँ और फिर किसी की कानो कान ख़बर भी तो नहीं हुई। वैसे होता भी तो क्या... ई सब तो चलता ही रहता है, रोजे की बात है यहाँ गाँव-खेड़ा में तो... सबकी पूँछ कहीं न कहीं दबी रहती है... और उस लौंडिया की तो शादी भी हो गयी इसी साल। यहीं दस मील है...'

इतनी ख़बर तो उसे भी थी पर वह तो आगे जानना चाहता था– 'नहीं अब शादी के बाद कहीं किसी को मालूम चले तो... आती जाती तो रहती ही होगी...।'

'फिर वही, अज्जू भैया... अरे हम कहे ना, यहाँ गाँव देहात में लड़कियाँ कभी कुछ नहीं कहतीं'।

'फिर भी शर्मा जी' –उसने अब पैंतरे बदलने की सोची– 'कभी कभी बड़ा अफसोस होता है, ऐसे किसी लड़की को धोखा देकर... कभी-कभी तो सोचता हूँ एक बार मिलकर माफी माँग लूँ...'

'अरे छोड़िए... आप भी, इन सब कामों के लिए माफी... अरे मर्द हैं हम आप... ये सब हम आप नहीं करेंगे तो कौन करेगा भला और धोखा कैसा... साली के बाप तक को पता था फिर यहाँ तो रोज खेत बाग में इन सबकी लौंडिया खिंचती रहती हैं सब... तब तो नाड़ा बाँध कर चल देती हैं। तब कौन धोखा होता है– रोज खिंचे रोज कोई ब्याह करे ये तो सम्भवै नहीं है। आप भी किस दुनिया में जी रहे हैं अज्जू भैया। बहुत आगे चली गयी है दुनिया... बड़ी तेज रफ्तार से भाग रही है, वइसे हैं तो आप हमारे छोटे भाई जित्ते फिर भी बता रहे हैं आपको। यहाँ तो आज की तारीख में ठाकुर बाम्हन तक की लौंडिया खिंचने लगी है। और बताएँ आपको ये टी.वी. सी.वी. देखकर ससुरी सब को सौक भी चर्राया है। खुद ही लाइन देती है फिर खिंच आती हैं सब। हम तो घूमते रहते हैं ना अक़सर तकादे में... नहीं तो यही सब गाँव के आते है तो खबरें मिलती रहती हैं। और फिर ये बाल धूप में तो सफेद हुए नहीं, लौंडिया देखते ही तड़ जाते हैं सब कहानी... अब हम तो ठहरे व्यौपारी आदमी फिर उमर भी नहीं कि से सब छिछोरेपन करते फिरैं फिर भी जरूरत पड़ने पर जब जाहें... खैर छोड़िए ये सब तो हमेशा से होता चला आ रहा है। आप परेशान मत होइए, ऐश कीजिए ऐश... कब तक हैं यहाँ बताइए तो इंतजाम करा दें। थोड़ा दौड़ाना पड़ेगा लौंडों को... क्योंकि आप तो ठहरे बाहर के शहरी आदमी खींच वींच तो पाएंगे नहीं... और फिर ये सब लौंडियां शोर भी मचा दें कोई अनजान कुछ करे तो... ये खास बात जरूर है, होता जो कुछ है पहचान में ही होता है। तो लौडों को लगाना पड़ेगा...।'

'अरे छोड़िए शर्माजी... मुझे नहीं चाहिए कुछ ऐश वैश ... वैसे भी कल शाम तक

निकल जाऊँगा।'

'कल शाम तक... हूँ... परसों जाइए तो कल रात की कुछ ब्यौवस्था करवा दें...' शर्माजी ने शायद सुना ही नहीं कुछ– 'क्योकि ये तो लौंडों से पहले खबर लेनी होगी कि कहाँ माल ठीकठाक है मतलब ब्यूटीफूल चिकनी और उठायी जा सकती है या नहीं... ओर लौंडे हमारे पास तो हैं नहीं... सूगर मिल ठेकेदार हैं ना उन्हीं के हैं सब। उन्हीं में से कुछ हमारे पास भी काम करते हैं कभी-कभी... सख़्त तकादा हुआ तो असला वगैरह लेकर चले जाते हैं। अपना चाय पानी लेते रहते हैं पर मानते बहुत है सब अज्जू भैया...'

अपना नाम सुना तो चौंका वह। शर्माजी क्या अलापते रहे उसने नहीं सुना। वह तो बस सोच रहा था–क्या बेबी भी वैसी ही थी रोज खिंचने वाली... फिर वह क्यों परेशान है, बेबी तो उसे याद भी नहीं करती होगी... नहीं वह देखने में सुनने में, बातें करने में तो वैसी नहीं लगती थी। नहीं, वह वैसी नहीं थी ... ये शर्मा तो लड़कियों को ऐसे बता रहा है जैसे गाँव की लड़कियाँ न हुई वेश्या हो गयीं। कुंठित है साला... दो चार किस्सों के दम पर सबको बदनाम कर रहा है... बकचोद... पर यही तक आकर उसकी सोच ठहर गयी क्योंकि आगे उसके दिमाग़ में जो सोच उभर रही थी वह कह रही थी– फिर भी आदमी काम का है– और वह इस बात को पूरी तरह स्वीकार करते हुए भी उभरने नहीं देना चाहता था क्योंकि इससे उसकी पूरी थ्योरी नेस्तनाबूद हो जाती थी।

'तो बताइए रुकते है परसों सुबह तक... तो करे कुछ...' शर्माजी उसे लगातार चुप देखकर कुछ क्षणों के लिए चुप हो गए थे पर जब उसकी चुप्पी तब भी नहीं टूटी तो उसे टटोला।

'अरे नहीं शर्मा जी... कल जाना ही है छोड़िये... पिछली बार वाला ही...'

'अरे तो देखिए पिछली बार वाली ही बुलवा देंगे, अभी तो यही थी दस बारह दिन पहले तक, अब शायद चली गयी है ससुराल पासैं में तो है... बताइए... माँगनी है माफी...' ठठा पड़े शर्मा जी उसकी आँखों में आँखे डालकर। उसके भीतर बहुत कुछ उभरा और डूब गया। पर अंदर का अंदर ही छिपाए रखा उसने बड़े जतन से।'

'अच्छा चलिए... कल दुपहरे में, लौंडा लोग से कह देंगे हम... ले जाएंगे आपको... कहीं खिंचवा देंगे कोई बाग खेत में, जिसकी तरफ इशारा किजिएगा, घबराने की कोई बात नहीं, साला कुच्छो करो, कोई चीं तक नहीं करती बल्कि बाद में खुदै उछलने लगती हैं।' शर्माजी को असल में लग रहा था कि पिछली बार उन्होंने उसकी आवभगत में कोई कसर नहीं छोड़ी थी। बेबी तक पहुँचा दी थी भाईजी के एक इशारे पर तो वह उनका मेडल पाने वाला काम था। उन्हें महसूस हुआ था कि

वह एकाएक भाईजी के बेहद करीब पहुँच गए थे। एक शुभचिन्तक, समर्थक या समर्पित पार्टी कार्यकर्ता से ऊपर उठकर दोस्त के ओहदे पर खुद ही अपने को बिठा दिया था शर्मा जी ने। और इधर वह ये दोस्ती एक बार फिर रेखांकित करना चाहते थे। भाईजी से और मेडल पाने की इधर उन्हें ज़बरदस्त दरकार थी। एक तो चकबंदी करीब आ गयी थी दूसरे वह चाहते थे ज़िला को-आपरेटिव बैंक में घुसना तो उन्हें लगा मेडल पाने वाला काम इस बार फिर कुछ वैसा ही किया जाए और माध्यम एक बार फिर उनके सामने था। और वह किसी पक्के रंडियों के दलाल की तरह फेंके जा रहे थे।

उसे अब वितृष्णा होने लगी थी और ये भी मालूम हो गया था कि उसका मक़सद पूरा होने वाला नहीं। उसने शर्मा जी को नमस्कार कर दिया।

❑❑

सुमेरपुर से निकले 20-25 मिनट ही हुए थे कि वह सो गया था। जयप्रकाश सेतु के टोल बैरियर पर उसकी नींद खुली तो अपनी महिन्द्रा के रीयर व्यू मिरर पर उसकी नजर गयी। दूर किनारे खड़ी एक जीप उसे सबसे पहले दिखायी दी और दिखायी दिए जीप में बैठे दो लोग जो ऐसी नज़रों से उसकी गाड़ी को घूर रहे थे कि उसे सब कुछ बिल्कुल ठीक नहीं लगा। उसने पाँव के पास रखा ब्रीफ केस धीरे से सीट के नीचे सरका दिया तमाम जरूरी कागज़ात के साथ उसमें लगभग 15 लाख रूपये नकद थे। जैदी साहब का ड्राइवर होशियार था। उसको ब्रीफकेस खिसकाते देख उसने भी गाड़ी के पीछे की गाड़ी को देख लिया था। सो बैरियर से निकलते ही उसने एक्सीलेटर पूरा दबा दिया।

लेकिन जैसा अंदेशा था पीछे वाली जीप भी धीमे नहीं चल रही थी। हाँ पास आने की कोशिश भी नहीं कर रही थी। वह समझ गया था—अभी तो सड़क पर हर दो ढ़ाई किलोमीटर पर आबादी है। हैदरगढ़ पार करने में पौन घंटा लगेगा। उसी के बाद कुछ हो सकता है क्योंकि लगातार बीस-पच्चीस किलोमीटर का सन्नाटा उधर ही मिलेगा और अँधेरा भी उधर पहुँचने तक गहरा जाएगा। उसने तय किया कि हैदरगढ़ थाने के बाहर रुका जाएगा, स्थिति देखकर फिर आगे बढ़ेंगे। इतना पैसा लेकर वह कभी नहीं चला था पहले। उसे डर लगने लगा था।

हैदरगढ़ थाने पर रुकने की बात वह ड्राइवर को बताता, न तो इसका इंतजार किया पीछे वाली जीप ने, न ही उसके हैदरगढ़ पार करने का, बस फायर झोंक दिए, सर्र से गाड़ी ओवरटेक करते हुए बाएँ से। वह बाएँ ही बैठा था। चार या पाँच गोलियाँ चलायी गयी पर न तो एक भी उसे लगी न ही ड्राइवर को, हालाँकि पहले से तैयार

दोनों ही नहीं थे। बदले में ज़ैदी साहब के ड्राइवर ने पता नहीं कहाँ से एक रिवाल्वर निकाला और बिना गाड़ी रोके या स्पीड घटाए जवाबी फायर कर दिए। ये सारा कुछ इतना जल्दी, इतना तेज़ और कुछ इस अंदाज़ में हुआ कि उसके तो होश उड़ गये और जब होश वापस आया तब तक भी उसे ये विश्वास नहीं आया कि वह कोई मुम्बइया फिल्म नहीं देख रहा था। उसे ये विश्वास भी नहीं आ रहा था कि उसके ड्राइवर यानी ज़ैदी साहब के ड्राइवर के पास रिवाल्वर था।

आँखे फाड़े वह कभी अपने ड्राइवर को देखता कभी सामने की सड़क पर जहाँ पूरा सन्नाटा पसरा पड़ा था। उस पर हमला करने वालों की जीप बहुत दूर निकल चुकी थी, निगाह से परे। उसके ड्राइवर ने गाड़ी धीमी कर दी थी। लगभग दो तीन मिनट बाद ही वे लैला सराय बाजार में थे। ठीक जगह देख ड्राइवर ने गाड़ी रोकी पर नीचे दोनों में से कोई नहीं उतरा। गाड़ी रूकने के बाद ही उसे लगभग पूरा होश आ पाया था। ड्राइवर अपनी रिवाल्वर फिर वहीं कहीं रख रहा था जहाँ से निकाली थी।

सामने सड़क को घूरते हुए उसने ड्राइवर से पूछा बिल्कुल मरी सी आवाज में– 'कौन थे ये लोग।'

'पता नहीं साहब'... ड्राइवर रिवाल्वर रख चुका था और अब जेब से खैनी की डिबिया निकाल रहा था। अपनी तरफ का दरवाजा खोलते खोलते बोला– 'पर साहब आपकी तो किसी से दुश्मनी है नहीं, न ही किसी को ये मालूम था कि हमारे पास माल है फिरहूँ...।'

'पता नहीं, समझ में तो मुझे भी कुछ नहीं आ रहा। जरा देखना कोई पी.सी.ओ. है यहाँ आसपास।'

'आसपास क्या– यहै सामने है ऊ देखिए होटल में, चलिए वहीं चाय भी पिया जाएगा थोड़ा ढीला भी हो जाया जाए फिर चलैं...'

पी.सी.ओ. से उसने भाईजी को फोन करने की कोशिश की पर भाईजी नहीं मिले। अन्ततः उसने निर्णय किया कि रिपोर्ट दर्ज करायी जाए। गाड़ी पर गोलियों के निशान साफ थे।

❑❑

सुमेरपुर से लाया सूटकेस भाईजी के हवाले करते हुए उसने पूरी कहानी बयान की। भाईजी ने ड्राइवर से भी बात की। उसे शाबाशी भी दी और इनाम भी कि वह भाईजी कि भाई को सुरक्षित ले आया था। गाड़ी का मुआयना भी उन्होंने किया और फिर चिंतित हो गए।

भाईजी जब चिंतित होते हैं या चिंतित दिखना चाहते हैं तो उनका मुँह काफी

बिगड़ जाता है। उस दिन उसी बिगड़े मुँह पर भाईजी ने पहले दोनों हाथ फेरे थे फिर हाथ झटक दिए थे जैसे चेहरे से कुछ उतारकर फेंका हो। उसे लगा ही नहीं हुआ भी वही– भाईजी ने चिंता उतार फेंकी थी। उनकी आँखे चमकने लगी थी– उसके हाथों पर हाथ रखते हुए भाईजी का चेहरा दमक रहा था– 'शुक्र है तुम्हें कुछ नहीं हुआ वरना मैं कहीं का नहीं रहता। पर अज्जू अब तुम्हें आगे से अपना ध्यान रखना होगा। देखो मैं कोशिश करता हूँ तुम्हें सिक्यूरिटी दिलाने की।'

सिक्योरिटी गार्ड की माँग शासन के सामने रखने के लिए कई बार भाईजी ने उससे कागज़ों पर दस्तख़त कराए और अंततः साढे तीन महीने बाद उसे उत्तर प्रदेश पुलिस का एक राइफलधारी जवान मिला भी लेकिन उस पर दूसरा हमला होने के बाद ही। ये हमला बीच राजधानी में हुआ। वह उस दिन रेडियो स्टेशन के सामने एक छोटे से रेस्त्रां में एक दो लोगों के साथ चाय पी रहा था जब एक देसी बम उस रेस्त्रं पर फेंका गया। बम क्या बस पटाखा था सो चोट तो ज्यादा किसी को नहीं आयी पर रेस्त्रां के काउन्टर पर रखे कुछ मर्तबान फूटे, काफी धुँआ उठा, ज़बरदस्त आवाज़ हुई और यातायात रुक गया। उस पर लगातार दो हमले भाईजी बर्दाश्त नहीं कर पाए। सीधे मुख्यमंत्री और गृहमंत्री से मुलाकात की और दो घंटे के भीतर उसे गार्ड मिला।

ये हमला कितना गंभीर था और इसके पीछे क्या-क्या कारण हो सकते थे, किस किसका हाथ हो सकता था– ये तो उसे अगले दिन के अख़बारों से ही पता चला था। और उन्हीं अख़बारों से पता चला था कि भाईजी ने अपने परिवार की सुरक्षा की परवाह न करते हुए उन लोगों को चेतावनी दी थी, जो धर्मनिरपेक्ष ताकतों से नाराज़ थे और उनकी सफलता से जलते थे। भाईजी के बयान लगभग सभी अख़बारों में थे और सभी में कहा गया था कि मुख्यमंत्री जी को कमज़ोर करने के लिए उनके सबसे विश्वासपात्र सहयोगी के परिवार को निशाना बनाया जा रहा है पर 'उनके मंसूबे कामयाब नहीं होंगे।' कुछ अख़बारों ने 'संपादक पर हमला' शीर्षक से खबर में 'संपादक जो राज्यमंत्री सूरज सिंह के भाई हैं' के अतीत का हवाला देते हुए संपादक को आपराधिक पृष्ठभूमि का होने की तरफ भी इशारा किया गया था। और एक अख़बार ने तो उसे सुरा-सुंदरी का शौकीन बताते हुए लिखा था कि मंत्री जी की एक सहायक से उसके प्रेम संबंध है और इन हमलों का कारण उसके इस जैसे कई संबंध भी हो सकते हैं।

कैम्पस चल रहा था वंदना की संपादकी में तीन महीनों से। पर ये कैम्पस वह कैम्पस नहीं था जो उसका हुआ करता था। ये कैम्पस कीचड़ उछालने में, पोल खोलने का दावा करने में, आरोप लगाने में जुटा हुआ था। दो लड़के और भाईजी ने रख लिए

थे वंदना की मदद के नाम पर। लेकिन सारा काम वही दोनों देखते थे। भाईजी के मार्ग निर्देशन में। अंदर की जानकारी भाईजी की पास रहती थी, शब्दों के जाल लड़के बाँधते थे। अख़बार के दफ्तर के नाम पर रायल होटल में एक फ्लैट भी मिल गया था सरकारी। वहीं एक कमरा संपादक का था। एक संपादकीय– विज्ञापन वगैरह की तख्ती से सुशोभित था। लेकिन भाईजी उसे भूले नहीं थे। संपादक के कमरे के बाहर उसकी नेम प्लेट लगवा दी थी– अजित सिंह संपादक। वैसे उस कमरे में ज़्यादातर ताला ही लटका रहता था। वंदना जब आती तीसरे कमरे में बैठती जो सबसे ज़्यादा सजा हुआ था। वैसे वह आती भी हफ्ते में दो तीन बार ही थी। एक तो उसे कवि सम्मेलनों के न्यौते इतने मिलने लगे थे कि हर महीने पाँच सात रातें शहर के बाहर ही बीतती थी और उसके बाद भाईजी का काम भी कम नहीं था और अब तो उनके साथ दौरे पर भी कभी कभी वह चली जाती थी।

❑❑

घर में ज़्यादा समय पड़े रहना उसे गँवारा नहीं था पर बाहर जाता तो कहाँ जाता, क्या करता। कबीरदा, मधुर, नवाब भाई... और चंद और नाम... इससे ज़्यादा ऐसे लोग भी नहीं थे जिनसे वह रोज़ मिल सकता। और इनके पास भी रोज़ रोज़ जाने से उसे लगने लगा था कि बस कुछ दिन की बात ही और है फिर ये लोग भी शायद उससे कतराने लगेंगे। हर मुलाकात में वह कुछ ऐसा तलाश ही लेता जिससे उसे ये एहसास होता कि आत्मीयता बिल्कुल वैसी नहीं रही जैसी थी।

इन तीन चार महीनों में उसने बहुत विचारा। अपने भविष्य, काम-धंधे के बारे में पूरी गंभीरता से सोचने पर भी उसे हर राह में कहीं न कहीं भाईजी मिल ही जाते। वह भाईजी से जितना दूर जाने की कोशिश करता, भाईजी उसे उतना ही करीब दिखते। उसने तय किया– कुछ सोचा ही न जाए, कोई कोशिश ही न की जाए थोड़े दिन। पर ऐसे 'थोड़े दिन' पहले भी कई आ चुके थे और उनका कोई फायदा नहीं हुआ था। फिर भी...

ऐसे ही थोड़े दिनों के बीच, बीच क्या इन थोड़े दिनों की शुरूआत ही हुई थी कि एक दिन भाईजी फिर आ धमके। आ धमके क्या, बाकायदा बुलाए गए। विन्नी का जन्मदिन था। सबसे छोटी विन्नी चूँकि सबकी दुलारी थी और उसका जन्म दिन काफी धूमधाम से मनाया जाता था इसलिए भाभी को उस दिन भाईजी की गाड़ी सुबह ही छोड़ गयी थी। सारी तैयारियों में भाभी हमेशा आगे रहती थी। पार्टी का मेन्यू भी माँ उन्हीं के साथ डिस्कस करके तय करती थी। भाभी ने काफी देर उसे वाच किया घर भर में इधर उधर पसरे, छोटे-मोटे काम अलसाए हुए निपटाते। दोपहर तक काम

काफी निपट गए थे। बस अब शाम के लिए सबको तैयार होना ही बाकी था। वह उस वक्त बाहर निकलने की ही सोच रहा था कि भाभी ने उसे पकड़ लिया– 'क्या अज्जू भैया, आजकल बहुत कम दिखते हैं, कहाँ बिजी हैं, आपके भाईजी भी अक़सर आप को याद करते रहते हैं पर...'

'नहीं भाभी, ऐसा कुछ नहीं है, बस कुछ दिन के लिए सोचा जरा घर में भी टिका जाए, कुछ पढ़ना लिखना भी था सो बस... और भाईजी भी तो कितने बिज़ी हैं आजकल सरकार में भी और पार्टी में भी...'

'पर भइया आपको तो पता है, उनका काम आपके बिना कहाँ चलता है, रोजाना ही कम से कम एक बार तो घर में ही किसी न किसी वजह से आपका जिक्र आ ही जाता है। पर कहते हैं छोड़ो, थोड़े दिन उसे आराम करने दो...'

'अरे नहीं भाभी, उनको जब ज़रूरत पड़े बुला लें, उसमें क्या...' उसे कहना पड़ा मजबूरन।

'बिल्कुल। यही तो हम भी कहते हैं, अरे आप लोगों की जोड़ी तो ...'

शाम को भाईजी थोड़ी देर से आए। उससे पहले विन्नी ने केक काटने के लिए थोड़ा इंतजार किया जो उसे बुरा लगा। लेकिन केक भाईजी के आने से पहले ही कट-बँट गया। भाईजी आए तो पार्टी समापन की तरफ थी पर काफी लोग तब भी थे। भाईजी घर में घुसते ही चुम्बक हो गए। हर कोई उनके इर्द-गिर्द। सिर्फ माँ और पापा को छोड़कर। माँ किचन में थी पूरियों के लिए आटा कम पड़ गया था सो और गुँथवा रही थी और पापा... हालचाल पूछने के बाद बाहर निकल गए सिगरेट पीने। पर वह कहाँ जाता ये सवाल बड़ा था। जाता क्यों ये भी सवाल बड़ा था पर इसका जवाब है– पहला तो ये कि भाईजी को लोगों ने जैसे घेर लिया था उसे वह पचा नहीं पा रहा था उसे अच्छा नहीं लग रहा था ये। दूसरा ये कि भाईजी से आँखे मिलाने की पता नहीं क्यों उसकी हिम्मत नहीं हो रही थी और फिर वह भाईजी से न तो कैम्पस के बारे में बातें करना चाहता था न उनकी राजनीति के बारे में, न ही सुमेरपुर के बारे में... फिर बातें क्या करता। भाईजी शायद उसकी दुविधा समझ गए थे इसीलिए जब वह पीछे के दरवाजे से बाहर निकल रहा था तब भाईजी की निगाहें, उसी पर टिकी थी पर उन्होंने 'का हो अज्जू...' नहीं पुकारा।

वह बाहर आ गया, भाईजी से दूर। उसने महसूस किया यहाँ खुली हवा है जहाँ वह खुलकर साँस ले सकता है पर यहाँ अंधेरा भी है और सन्नाटा भी। ये अंधेरा और सन्नाटा उसे अच्छा नहीं लग रहा था पीछे की रोशनी उसे दिखायी दे रही थी। सड़क पर परछाइयाँ बनाती, अंदर की आवाज़ें भी सरगोशियाँ करते ख़्वाबों-सी हवा में तिरती हुई उस तक पहुँच ही रही थी। पर जहाँ रोशनी थी आवाज़ें थी वहाँ भाईजी थे। वह

वहाँ जाना नहीं चाहता था और धर से दूर जाना उसके लिए मुनासिब न था। वह ज़ोर-ज़ोर से ताज़ा हवा फेफड़ों में भरने लगा।

वो परछाइयाँ जो रोशनी का कालापन थीं बेहद डरावनी होने लगी और हवा में तैरती सरगोशियाँ करते ख़्वाबों की आवाज़ें भी ज़्यादा देर तक वह अनसुना नहीं कर पाएगा। भीतर और भी तो मेहमान हैं किसी और के साथ खुद को व्यस्त कर लेगा... वह वापस लौट पड़ा पर किसी और को तलाशने की जरूरत नहीं पड़ी। जब वह बाहर निकला था तब भी भाईजी की निगाह उस पर थी और अब जब वह लौटा तब भी उनकी निगाह उस पर पहुँच गयी 'का हो अज्जू...'

उसे चरण स्पर्श करने ही पड़े।

भाईजी ने ही उससे कहा था – चलो जरा टहल आएं छत पर। और दोनों छत पर चले गए थे पाँच मिनट बाद ही भाईजी के ड्राइवर चाचा एक पोलिबैग लेकर आ गए थे। पता नहीं कब उन्हें इशारा कर गए थे भाईजी। बैग में बीयर की बोतलें बिल्कुल ठंडी थी।

'काफी दिन हो गए साथ बैठे, है ना...' भाईजी ने उसूल बना रखा था– सार्वजनिक जीवन पर कोई दाग नहीं लगना चाहिए और व्यक्तिगत जीवन को सार्वजनिक जीवन से अलग रखना चाहिए। इसीलिए वह जिनके साथ पीते थे उनकी संख्या उँगलियों पर ही गिनी जा सकती थी। और उँगलियों पर गिने, उन चुने हुए लोगों से इतर कोई नही जानता था कि भाईजी हमेशा बीयर और स्कॉच की कॉकटेल ही पीते हैं। इससे कम या इससे अलग कुछ हो तो उन्हें मज़ा नहीं आता।

ड्राइवर चाचा ने बियर के साथ व्हिस्की की बोतल निकालकर छत के बीचोबीच पड़े तख़्त पर रख दी। ये ड्राइवर चाचा भी सार्वजनिक और व्यक्तिगत जीवन के बीच अलगाव के उदाहरण थे। भाईजी का एक सरकारी ड्राइवर भी था। पर गाँव के रिश्ते के एक चाचा भी उनके ड्राइवर थे। क्योंकि भाईजी का बहुप्रचारित्त सिद्धान्त था– सरकारी कर्मचारियों से सरकारी काम ही लेने चाहिए। व्यक्तिगत नहीं। इसीलिए अक़सर वह अपनी गाड़ी खुद भी ड्राइव करते थे। अब ये बात दीगर थी कि से सिद्धान्त वह ड्राइवर के अलावा और किसी कर्मचारी पर लागू नहीं कर पाए थे। पर कोशिश में थे।

'आओ...' भाईजी ने व्हिस्की की बोतल की सील एक झटके से तोड़ दी और उसकी तरफ बढ़ा दी। वह चुपचाप भाई के लिए कॉकटेल और अपने लिए केवल बियर गिलास में डालने लगा।

'क्या करते हो आजकल... चियर्स, कहीं बाहर तो गए नहीं तुम...' भाईजी तख़्त पर बैठने लगे... 'अरे अरे भाईजी...' वह लगभग चीख पड़ा।

भाईजी रुक गए खड़े और बैठे के बीच में '... अरे चिल्ला काहे रहे हो, नीचे आवाज़ जाएगी मौसा को पता लग गया तो... धीरे बोलो क्या है।'

'तख़्त पर बैठते तो मउसा को ही नहीं सबको पता चल जाता...' वह अनायास ही मुस्कुरा पड़ा –'सड़ चुकी है लकड़ी इसकी, झेल नहीं पाएगा आपको।'

'तो काहे पड़ा है, खड़ा कर दो या फेंक दो साले को...'

माँ तो फेंक ही रही थी, पापा ने मना कर दिया। कहते हैं – बाबू ने खरीदा था जब ये मकान बना था तब। पड़ा रहने दो...।

'मउसा भी...! अरे जो चीज़ काम की नहीं उसे कलेजे से लगाए रखने का क्या फायदा, बाबू ने खरीदा हो चाहे बाबा ने, क्या फरक पड़ता है... ख़ैर। ...तो मैं पूछ रहा था – क्या करते हो ...'

'...'

'भइया, क्यों अपने आपको सड़ा तख़त बना रहे हो कि जवाब तक नहीं सूझता। अरे मैं तो ठहरा तेरा भाई पर भइया कोई और पूछे और जवाब में यही चुप्पी मिले तो वह तो सड़ा तख़त ही समझेगा न जबकि हो तुम खरे सोने की गिन्नी। ...एक और बनाओ और जरा व्हिस्की कम डालना इस बार...'

'ऐसा है भाईजी...' भाईजी के गिलास में व्हिस्की डालते हुए उसकी नज़रें बोतल और गिलास पर ही टिकी रहीं– 'मुझे क्या करना है ये अब आप मुझ पर ही छोड़ दें। मैं क्या हूँ ये भी मुझे मालूम है...।'

'नहीं'– भाईजी ने उसके शब्द और वह हाथ एक साथ रोका जिसमें से बोतल गिलास में शराब गिरा रही थी। नज़रें उनकी भी गिलास पर ही टिकी रहीं– 'नहीं मेरे भाई, तुम्हें नहीं मालूम कि तुम क्या हो, कम से कम ये तो तुम्हें नहीं ही मालूम कि मेरे लिए क्या हो।'

'... मालूम है'

'क्या मालूम है... हैं! तुम–तुम ... अकेले शख़्स हो इस दुनिया में जिस पर मैं भरोसा करता हूँ। हर तरह से।' भाईजी की उत्तेजना उनकी आवाज में ही नहीं थी। उनका वह हाथ जिसमें शराब का गिलास था इस उत्तेजना को अपनी कँपकँपाहट से और साफ कर रहा था।

'भरोसा? भरोसा होता तो मेरी बात मानते।' थोड़ी तुर्शी उसकी आवाज में भी आ गयी थी।

'कौन सी बात नहीं मानी, क्या नहीं किया बताओ।' भाईजी का स्तर थोड़ा संयत हुआ।

'क्या नहीं किया... बस यहीं कहते रहे हैं आप हमेशा। किया आपने बिल्कुल

किया, पर हमेशा अपनी मरज़ी से।'

हाँ अपनी मरज़ी से किया मैंने पर मैं तुम्हारा भाई हूँ, मैं जानता हूँ कि तुम समझदार तो हो पर दुनियादार नहीं। मैं दुनियादार भी हूँ। मैं जानता हूँ कि तुम्हारे लिए क्या अच्छा है, जो तुम नहीं सोचते। तुम जो सोचते हो वह किताबी होता है, ख़्वाबों वाला... ज़मीन पर उतर कर सोचो तो पता चले कि ... मैंने तुम्हारा बुरा, अज्जू कभी नहीं सोचा। जो सोचा वो ये सोचकर सोचा कि यह तुम्हारे लिए ज़रूरी है और तुम वहाँ तक नहीं सोच पा रहे। मैंने अभी भी कुछ सोच रखा है तुम्हारे लिए। पर तुम हो कि...'

'सोचते है आप! मेरा अच्छा सोचते हैं ना, फिर कैम्पस...।'

'कैम्पस! अरे यार तुम... कहा ना मैंने कि तुम दुनियादारी से काम नहीं लेते। अब तुम जहाँ खड़े हो वहाँ कैम्पस तुम्हारे लिए नहीं है। उसी में उलझे रहे तो ज़्यादा से ज़्यादा मिडिल क्लास संपादक बने रहोगे और चाहे तुम कुछ न करो पर कहलाओगे दलाल ही, क्योंकि ज़्यादातर ऐसे संपादक यही करते हैं ज़िन्दगी भर। कोई सामाजिक हैसियत नहीं होती उनकी।'

'क्यों नहीं होती, एक नहीं पचास नाम हैं ऐसे जिन्होंने इज़्ज़त कमाई है।'

'पचास नहीं सौ। मैं मानता हूँ कि सौ नाम है ऐसे संपादकों के... पर अख़बार कितने हैं? यहीं यूपी में ही ले लो तो तीन चार हज़ार से कम क्या होंगे। और फिर जीवन कैसे चलेगा ये भी तो सोचो... ये अख़बार सरकारी विज्ञापनों पर चलते हैं, सस्ते कागज़ पर चलते हैं, कागज़ ब्लैक करके चलते हैं, विज्ञापनों के लिए मेरे जैसे नेताओं के आगे पीछे लोट कर चलते हैं। झूठे सर्कुलेशन फीगर दिखाकर चलते हैं मुझे सब मालूम है और सुनो, तुम्हें भी मालूम है कम से कम दस छोटे बड़े संपादक, जिनमें दलाल भी है और इज़्ज़तदार लोग भी, मेरे दोस्त हैं। मुझे मालूम है उनका जीवन, अच्छे दोस्त हैं वो मेरे... तुम भी जानते हो उनमें से कईयों को। बड़ी-बड़ी बाते करते हैं पर अंदर कितना खोखलापन है ये साफ झलकता है— दारू की एक नहीं चौथाई बोतल तक पर कभी-कभी आप कुछ भी लिखवा सकते हैं। तुम क्या वही बनना चाहते हो। शायद नहीं... क्यों...!'

'नहीं, मैं भी जानता हूँ ये असलियत पर...'

'पर क्या... क्या ऑप्शंस हैं, फुलटाइम एक साप्ताहिक अख़बार चलाते हुए एक बेहतर जीवन के सभी साधन जुटाने के।'

'...'

'बताओ ज़रा... और फिर मउसी—मउसा को भी तुमसे उम्मीदें हैं। सबसे बड़े हो घर में, ज़िम्मेदारियाँ भी आएँगी कल, कैसे चलेगा बताओ। अख़बार से कौन-सी

क्रांति कर लोगे कि घर में रोटियाँ भर जाएँगी... हैं... कोई क्रांति-क्रांति नहीं होती आजकल। दुनिया बदल गयी है, बदल रही है और बदलाव क्रांति से नहीं आए है फिर भी दुनिया शायद पहले से बेहतर ही हो रही हैं। आज की दुनिया में प्रोफेशनल्स की पूछ है भाई मेरे, प्रोफेशनल बनो। कैम्पस का संपादक भी बनना है तो प्रोफेशनल संपादक बनो पर मुझे मालूम है तुम वह नहीं बन सकते। तुम बिक नहीं सकते न ही ब्लैकमेल कर सकते हो तुम। फिर... फिर मुझे डर लगता है क्योंकि तुम जो करना चाहते हो कैम्पस के ज़रिए वैसे करने वालों का हश्र भी मैंने देखा है। मैं नहीं चाहता कि वैसा ही हो तुम्हारे साथ...'

'...'

'सच का तिरंगा उठाए घूमता था वो लश्करी, जानते होगे तुम। घर से पैसा लगाकर अख़बार निकालता था, बाप दादा का जमा किया हुआ सारा माल लुटाए दे रहा था। बस धुन थी कि भण्डाफोड़ करना है सबका। पता ही है तुम्हें, बीच गोलघर में गोली पड़ गयी—और वो डोभाल, पहाड़ वाला, देखो, जहाँ किरकिरी बना, खत्म कर दिया गया...'

'तो, क्या सारे पत्रकार, नेता बन जाएँ...' कड़वाहट और व्यंग्य उसकी आवाज में अब भी घुला मिला था। भाईजी ने फौरन जवाब नहीं दिया। एक ही बार में बहुत बोल चुके थे। पॉज़ देना ज़रूरी था। गिलास भी ख़ाली हो गया था, उसे भी भरना था। उन्होंने चुपचाप गिलास बनाने शुरू किए, वह उसे थोड़ा और टाइम देना चाहते थे ताकि वह सोचे। तमाम कुछ सुनने के बाद और आगे सुनने से पहले उस पर कुछ असर हो और वह असर कैसा भी हो, सामने आए।

'देखो, अगर तुम प्रोफेशनल जर्नलिज़्म में जाना चाहो तो भी ठीक। मैं किसी न किसी बड़े ग्रुप में लगवा दूँगा। आराम से मिल जाएँगे पाँच सात हज़ार महीना। वहाँ इज़्ज़त भी है और आगे बढ़ने के रास्ते भी। पर ये कैम्पस - वैम्पस अब नहीं। क्रान्ति के ख़्वाब छोड़ो और काम करो सकारात्मक —क्रिएटिव... लेकिन सच बताऊँ, मैं नहीं चाहता कि तुम नौकरी के चूतिया चक्कर में फँसो। देखो अपने कबीरदा को ही, बीस साल हो गए... इज़्ज़त है उनके पास पर पैसा... अपना घर तो दूर की बात है स्कूटर तक किश्तों वाला है। मैं चाहता हूँ तुम इज़्ज़त और पैसा दोनों कमाओ और खूब कमाओ। मैंने सब प्लान कर रखा है पर कोई दबाव नहीं। तुम्हारी मरजी से होगा अब सब। जब तुम चाहो तब होगा।'

उस रात वह देर तक जगता रहा। कमरे के अंधेरे में उसकी बंद आँखें, रोशनी के कतरे तलाश रहीं थीं। उसे जहाँ रोशनी दिखती वहाँ हरी जिप्सी दिखती। फिर अँधेरे में दिखते कबीरदा, खड़ी दोपहर स्कूटर में किक पर किक मारते, पसीना पसीना

होते। वह हिसाब लगाता दस हज़ार रूपये महीना की तनख़्वाह में चार प्राणियों के परिवार का गुज़ारा – कैसा होगा। उसे दिखता – वह नौकरी से निकाल दिये गये हैं। परेशान हैं। दिल्ली के चक्कर लगा रहे हैं। साथ ही उसे दिखता सुमेरपुर जहाँ उसे हर कोई हाथों हाथ लेता है। उसे दिखते पापा के दोस्त निगम चाचा जो मुख्यमंत्री के बँगले पर मुलाकातियों को लाइन में तीन घंटे खड़े रहने के बाद बेहोश गिर पड़ते हैं। वहीं अंदर भाईजी के साथ वह बैठा मुख्यमंत्री के साथ दिन का खाना खा रहा है।

❑❑

भाभी पंचायत बुलाकर ही मानीं। पंच बने भाभी के पिता जी और सबसे बड़े भाई, भाईजी के पिता जी और मेज़बान यानी भाईजी के मौसा और मौसी। सब उन्हें तरह तरह से समझा रहे थे और भाईजी का तर्क था – भाभी को ग़लतफ़हमी हो गयी है, ऐसा कुछ नहीं हुआ जैसा वह कह रही हैं, सबसे। '...अरे अज्जू की दोस्त है वो बेचारी, मैं तो उसे छोटी बहिन की तरह मानता हूँ ये कहकर भाईजी ने सबकी बोलती बंद करने की कोशिश की और सब लगभग मान भी गए थे। भाईजी को मात्र चेतावनी दी गयी भाईजी के पिता जी की तरफ से ही– ' बहू और बच्चे का पूरा ध्यान रखना, कोई शिकायत नहीं होनी चाहिए अब...'

पर भाभी संतुष्ट नहीं हुई इस चेतावनी से। वैसे भी भाईजी के तर्क उनके गले नहीं उतरे थे पर ससुर के सामने ज़्यादा मुँह खोलना ठीक नहीं था, पर सिर्फ ये चेतावनी... इससे तो कुछ भी नहीं बनने वाला, बोल पड़ीं वो 'मौसी इनसे कहलवाइये कि अब उससे इनके कोई संबंध नहीं रहेंगे ये पंकज की कसम खाकर कहें...' वह बोलीं तो मौसी को संबोधित करके, पर इतनी तेज़ बोली कि सब लोग सुन लें।

सबने सुनी और भाईजी की तरफ देखा क्योंकि सुना उन्होंने भी था। पर सबकी सुनते सुनते भाईजी पहले ही उकता चुके थे ये उनसे सहन नहीं हुआ कि बीवी शर्त लगाये... 'संबंध नहीं रखेंगे, अरे वाह, तुमने कह दिया हमने मान लिया... जब कहा कि वो बात नहीं है जो तुम समझी तो समझ नहीं आता क्या, अरे हमारी पब्लिक लाइफ है, हम किसी से भी संबंध नहीं तोड़ सकते... सोचती समझती है नहीं कुछ, परेशान करके रखा है दुनिया भर को।'

'देखिये सूरज बाबू, हम लोग सब समझ बूझ रहे हैं और चाहेंगे कि आप भी समझ लें। सोच लें हमारी तीन भाईयों में एक ही बहिन है, हमने बड़े प्यार से पाला है इसे और अब भी उतना ही प्यार करते हैं। आप हमारे अकेले दामाद हैं पूज्य हैं, आपकी इज्जत भी हम करते हैं। आप मंत्री हैं पढ़े लिखे हैं, दुनिया भर का ध्यान रखते हैं,

फिर अपनी पत्नी का ध्यान क्यों नहीं, अरे कह रही हैं तो खा लीजिये कसम बेटा की, नहीं तो...' ये भाभी के भाई थे जो अब तक बिल्कुल शांत बैठे थे।

'...नहीं तो क्या..., भाई साहब, धमकी तो मुझे कोई नहीं दे सकता।' भाईजी के स्वर में रूखापन सख़्त हो रहा था।

'नहीं, सूरज बाबू, धमकी थोड़े ही दी जाती है अपनों को, और अपने पूज्य को तो कभी नहीं, हम तो बस ये कह रहे थे कि कसम खा लीजिये, दूर हो जाईये उस लौंडिया से नहीं तो कई जीवन बरबाद हो सकते हैं।'

'भाई साहब आप समझते क्यों नहीं, जिसके मैं पास नहीं हूँ उससे दूर कैसे हो जाऊँ...'

'देखिये सूरज बाबू, हम बस इतना जानते हैं कि आपके फैसले पर कई जीवन का दारोमदार है– एक मेरी बहिन का, दूसरे मेरे भानजे यानी आपके बेटे का, तीसरे उस लौंडिया का, चौथे आपका और पाँचवे आपकी राजनीति का... ये पाँचों जीवन परभावित हो सकते हैं सब कुछ निर्भर करता है आप पर... कहीं खबर लीक कर गयी किसी अखबार वाले को तो वह तो टान देगा और आपकी राजनीति भी और घर भी, सब जाएँगे...'

भाईजी चेहरे पर सन्नाटा खिंच गया था वह एकटक उनका चेहरा देख रहे थे। चेहरा जो उनकी पत्नी से बहुत मिलता था। घर भर में केवल यही दो भाई-बहन थे जो भाई बहन दिखते भी थे बाकी सब तो बिल्कुल अलग-अलग थे। भाभी के भाई ने भाईजी को बता दिया था कि वह मंजे हुए खिलाड़ी हैं, करोड़ों के ठेके हर साल ऐसे ही नहीं निपटाते हैं और ये भी कि शराफत से भी कई बहुत जानलेवा वार किये जा सकते हैं। इस वार से भाईजी उबर नहीं पा रहे थे। कहीं घर की ख़बर लीक कर गयी तो...

'खा लो, सूरज, कसम खा लो ना, क्या है, जब मालूम है कि कुछ नहीं है तो क्या हर्ज है कसम खाने में...' भाईजी ने मौसी की बात लपक ली– 'आप कह रहीं हैं, इसलिए मौसी हम पंकज की कसम खाते हैं– पंकज की कसम, वरना ज़रूरत, कसम वसम की कोई नहीं है...' भाईजी ने कसम खा ली–बेटे की कसम।

उस रात भी भाईजी ने बेटे की कसम खाकर ही कहा था– 'अज्जू तुमको कभी कोई दिक्कत नहीं होगी, हर क़दम पर मैं तुम्हारे साथ रहूँगा, बस तुम हाँ कर दो फिर देखो हम दोनों मिलकर क्या कर सकते हैं, मिलकर... समझे... मिलकर, अकेले तुम भी कुछ नहीं कर पाओगे और मैं भी नहीं कर सकता हूँ क्योंकि राजनीति और कारोबार दोनों के चेहरे अलग-अलग होने चाहिए। ये मान लो हम तुम एक ही हैं, एक ही रहेंगे, बस हमारा राजनीति वाला चेहरा मैं रहूँगा और कारोबार वाला तुम।'

'ठीक है, पर राजनीति और कारोबार में कोई फ़र्क है क्या, या दोनों कहीं से अलग-अलग हैं क्या?' उसकी आवाज़ में व्यंग्य था। हालाँकि भाईजी ने बियर के साथ उसे जो घुट्टी पिलायी थी दुनियादारी की, वह असर कर चुकी थी पर कड़वाहट घुट्टी की अभी जुबान पर थी जो उसके 'ठीक है' कहने के अंदाज़ में उतर आयी थी।

गोरखपुर वाले मुकुंद किशोर खेमका ठीक दो हफ्ते बाद उसे भाईजी के दफ्तर में ही मिले थे। भाईजी ने ही दोनों को मिलवाते हुए कहा था– 'खेमका साहब बड़े सुलझे हुए और ईमानदार बिज़नेसमैन हैं मेरे ख़्याल से इनके साथ पार्टनरशिप में तुम्हे कोई शिकायत नहीं होगी। ...खेमका साहब धीरे से मुस्करा दिए थे '...और खेमका साहब, मेरा भाई बहुत सीधा है, बिज़नेस तो कभी किया नहीं पर पढ़ने लिखने वाला है, एक अख़बार निकालता रहा है। इसकी शार्पनेस तो क्या कहें, मेरा पूरा चुनाव पलट गया था इसी ने सँभालकर निकाला तो अब आप इसे सँभालिएगा और बिजनेस के गुर सिखाइएगा– सारे गुर।'

खेमका साहब इस बार मुस्कराने के साथ-साथ सिर भी हिला रहे थे। खेमका साहब के भव्य व्यक्तित्व के सामने वह अपने आपको बहुत छोटा महसूस करने लगा था। उनसे मिलने से पहले वह सोच रहा था– ही-ही-ही-ही करने वाले कोई पान चबाऊ तुंदियल होगा। पर खेमका साहब की गम्भीरता उसे हल्का आतंकित कर गयी थी। उसे समझ में नहीं आ रहा था कि दोनो पार्टनर के तौर पर अगल-बगल खड़े हों तो कैसे और किस दृष्टि से पार्टनर दिखेंगे पर कागज़ों पर वहीं भाईजी के सामने दस्तख़त हो गये थे और वह नयी कम्पनी खेमका कांस्ट्रक्शंस एण्ड फैब्रिकेटर्स में तीस टके का साझीदार और डायरेक्टर हो गया था एक झटके में। कल तक वह एक कौड़ी का नहीं था और आज लाखों नहीं बल्कि करोड़ सवा करोड़ की औकात हो गयी थी उसकी। वैसे उसे फ़िलहाल सही-सही अपनी इस औकात के बारे में भी नहीं मालूम था। कंपनी का इतिहास भूगोल तो दूर नाम भी उसने पहली बार सुना था और पिछले एक घण्टे की बातचीत से सिर्फ इतना जान पाया था कि कम्पनी को राज्य के पाँच सौ गाँवों मे निर्बल वर्ग के लिए पच्चीस हज़ार घर बनाने का काम मिलने वाला है। मिलने वाला है, अभी मिला नहीं है।

अपनी नयी औकात पर उसे उस वक्त हँसी आयी जब वह भाईजी के घर से अपने घर लौटते हुए रायल बाजार पर सिगरेट लेने रुका। उसकी जेब में पड़ा एक मात्र दस का नोट भी उसकी हँसी में शामिल हो गया। उसने उसी वक्त फ़ैसला किया अब घर से और पैसे नहीं लेने है अब वह एक कम्पनी में डायरेक्टर है तीस प्रतिशत का साझीदार।

घर पहुँचते ही उसने भाईजी को फोन किया– 'भाईजी, पार्टनर के तौर पर तो नहीं पर डायरेक्टर के तौर पर तो मुझे कुछ सैलरी या एलाउंस या कुछ मिलना चाहिए ना...'। इस वक्त उसकी आवाज़ में ताकत थी, इसका एहसास भी उसे हुआ। उसे अच्छा लगा ये एहसास।

'हाँ-हाँ, बिल्कुल ये तो तुम्हारे कांट्रैक्ट में भी था, तुमने देखा नहीं क्या... देखो लिखा है साफ़, आफिस का ख़र्च, गाड़ी का ख़र्च टेलीफ़ोन, ट्रैवल, सब है उसमें,'

'पर कागज़ तो वहीं है आपके पास...'

'मेरे पास क्यों छोड़ दिये, ले जाते तुम, अच्छा चलो सुबह लिए जाना, और हाँ कम्पनी के दफ्तर चले जाया करो कभी-कभी, और जब तक तुम्हें कम्पनी से कुछ नहीं मिलता तब तक के लिए ख़र्च मैं सुबह भेज दूंगा। ज़रा टिपटॉप होकर जाना दफ्तर, प्रोफेश्नल्स की तरह, ये नहीं कि जींस कुर्ते में पहुँच गए... और हाँ, खेमका एक-दो दिन में तुम्हारे लिए गाड़ी का भी इंतज़ाम कर देगा, ठीक...चलो कल बात करते हैं।

खेमका रोलर मिल्स, खेमका पॉटरीज़, खेमका सिक्योरिटीज़... सबका लखनऊ में एकीकृत दफ्तर था, खेमका साहब इस दफ्तर में कम ही बैठते, जब लखनऊ में होते अपना ज़्यादातर काम घर से ही करते।

उसे दफ्तर ही बुलाया गया। खेमका साहब वहीं मौजूद थे। एक घंटे उनके साथ बिल्कुल शांत बैठे रहने और दो चाय पी जाने के बाद एक मैनेजरनुमा व्यक्ति से उसका परिचय कराया गया। बैंक एकाउंट खोलने के फॉर्म पर उसके दस्तख़त लिए गए और एक लिफाफा पकड़ा दिया गया जिसमें दस हज़ार रूपये थे।

खेमका साहब के कमरे से निकलने पर मैनेजरनुमा व्यक्ति ने ही उसे उसका कमरा दिखाया और बताया कि वह यहाँ जब चाहे आ सकता है, चौकीदार हमेशा रहता है, चपरासी सुबह आठ से शाम आठ बजे तक ही उपलब्ध रहता होगा, चाय-कॉफी-बिस्कुट भी इसी बीच मिलेंगे, खेमका साहब को दफ्तर में बहुत भीड़ पसंद नहीं इसलिए बाहरी लोग कम ही आएँ तो अच्छा, काम के लोगों पर कोई पाबंदी नहीं। गाड़ी परसों मिल जाएगी... और कोई समस्या हो तो उसे ही बताया जाए।

उसी मैनेजरनुमा व्यक्ति ने पूरे दफ्तर में स्टाफ से उसका परिचय कराया। उसे थोड़ा ख़राब लगा, क्योंकि उसे खेमका साहब से जैसे स्वागत की अपेक्षा थी वैसा स्वागत हुआ नहीं और फिर स्टाफ से भी खेमका साहब ने नहीं उनके एक मुलाज़िम ने मिलवाया, जबकि वह खुद कम्पनी का पार्टनर था। उसे लगा ऐसे पार्टनरशिप नहीं चल पाएगी। भाईजी से बात करनी होगी।

भाईजी ने उसे समझा दिया– 'वह तुम्हारा आफिस थोड़े ही है, खेमका कांस्ट्रक्शन्स

का आफिस अलग होगा। वहाँ तुम्हारा स्टाफ होगा। बाकी मैं खेमका से बात भी कर लूँगा वैसे उससे ऐसी उम्मीद तो नहीं थी।'

वाकई ऐसी उम्मीद नहीं थी वह भी तब, जब अभी कम्पनी को काम मिला नहीं है, मिलने वाला है, और काम भाईजी ही दिलाएँगे ये उसे पक्का मालूम था। ...उसे लगा भाईजी को उसके बारे में खेमका साहब को अख़बार, पढ़ना लिखना, वगैरह नही बताना चाहिए था। खेमका साहब उसे कुछ समझ ही नहीं रहे होंगे... फिर भी उसने अभी थोड़े दिन धैर्य से सबकुछ देखने का फ़ैसला किया।

पहला नम्बर उसने वंदना का मिलाया था पर घण्टी बजने से पहले ही काट दिया था फिर एक बार फिर सोचना शुरू किया कि अपने इस नये अवतार की ख़बर किस-किस को दी जाए। ज़ेहन पर बहुत ज़ोर देने पर भी कुल पाँच सात नाम ही सामने आए बाक़ी के बारे में सोचते ही उसके भीतर एक सोच और उभरती— क्या-क्या बताया जाए— डॉक्टरी से पत्रकारिता, पत्रकारिता से अब बिज़नेस... छोड़ो, उन्हें लगेगा कि रोज नया धंधा पकड़ता है ये तो, वैसे ही लोग उसे होपलेस केस कहते है अब तो बिल्कुल ही गॉन केस हो जाएगा।

बस ऐसे पाँच सात नाम ही बार-बार उसके दिमाग़ में कौंध रहे थे जो उसके हर क़दम को सीरियसली लेते थे। उनमें से मधुर के पास फोन नहीं था, और दूसरे नम्बर पर थे कबीरदा। उसे आश्चर्य हुआ, डायरी में लिखें ज़्यादातर नाम और नम्बर बेमक़सद हो गये थे।

'अरे वाह! चलो तुमने कुछ तो ठोस किया, बढ़िया है। वैसे बिज़नेस करना सबके बस की बात नहीं पर अगर जम गये तो फिर उससे बढ़िया कुछ नहीं, न किसी की नौकरी, न किसी का हुक़्म... मिठाई खिलाओ और ढंग से काम करो, मेहनत से सीखो सब कुछ यही कामना है मेरी।' कबीरदा के शब्दों ने हौसला दिया तो फिर उसने तीन चार नम्बर और मिला डाले।

'सूरज और दुलहिन के पैर छूने गये या नहीं।' जिस दिन दफ्तर तैयार हुआ और गाड़ी मिली उसी दिन पापा ने शाम को पूछा, ख़ुशी उनकी आवाज़, उनके चेहरे से साफ़ झलक रही थी।

'भाभी के पास नहीं गये हैं, बाकी भाईजी से तो अभी कल ही मिले थे...।'

'तो भाभी पास भी हो आओ, इतना सब कर रहा है सूरज तुम्हारे लिए, तुम्हारा भी फ़र्ज़ बनता है कुछ... और जब जाना थोड़ी मिठाई लेकर जाना। चाय पियो अपनी, ठण्डी हो रही है।' अरसा बाद पापा ऐसे बात कर रहे थे। उनकी आवाज़ में आशा थी।

...और भैया, देखो बिज़नेस का काम बड़ा टेढ़ा होता है ऊपर से इतना बड़ा

काम... सबकुछ बड़े ध्यान से देखभाल कर करना। बिजनेस में दाँव-पेंच बहुत होते हैं, अभी शुरू में पेंच समझना बस, दाँव मत लगाना... ।' माँ भी अति-उत्साहित थी।

काम मिल गया था। पूरे पाँच सौ गाँवों में पच्चीस हजार घर बनाने थे। ग्रामीण विकास विभाग ने एक साल में परियोजना पूरी करने को कहा था। 37 करोड़ से ऊपर का काम था। जिसमें आराम से भाईजी के मुताबिक 15 करोड़ तक शुद्ध मुनाफा होना है। पर काम पूरा नहीं हुआ। शायद अब भी जारी है। उसे नहीं मालूम।

कम्पनी के कागज़ों पर दस्तख़त करने भर को वह पार्टनर है बाक़ी कम्पनी घाटे में है कहकर खेमका कांस्ट्रक्शन का दफ्तर भी बन्द किया जा चुका है और उसे मिलने वाले सभी अलां-फलां एलाउंस भी तीन महीने से ज़्यादा नहीं चले। गाड़ी भी उसके बाद ज़्यादा दिन तक उसके पास नहीं रही। पर भाईजी ने गाड़ी की या एलाउंस की कमी कभी खलने नहीं दी। हरी जिप्सी फिर उसके हवाले हो गयी थी। इतना काफ़ी था।

गाड़ी-घोड़ा, बिना मेहनत पैसा, रौब, शान... सब आदत में शामिल हो गये हैं। इसके बिना वह जीवन की कल्पना कर ही नहीं पाता। टैम्पो या रिक्शे में बैठना उसे अब निहायत शर्मिंदा करने वाली मजबूरी मालूम देती है उसे मालूम था ऐसा होता रहेगा जब तक बुद्धि नहीं आती, ...वह सोचता—क्यों नहीं आती बुद्धि उसे।

आए भी तो कैसे, बुद्धि तो तब आए जब उससे काम लेते रहा जाए। उसने बुद्धि से कहाँ काम लिया। खेमका और भाईजी के बीच करोड़ों का खेल हो गया होगा और वह खुद बस कागज़ों पर दस्तख़त भर करता रहा। भाईजी बस यही कहते रहे, सब कुछ तुम्हारा है... पर 'सब कुछ' क्या 'कुछ भी' उसे कहाँ मिला।

भाईजी से उसने कहा— 'मेरा तो काफ़ी समय बरबाद हो गया, मिला क्या?'

भाईजी ने समझाया— 'देखो ये बिज़नेस है, हिम्मत नहीं हारनी चाहिए, फिर तुम्हारा लगा भी क्या... सब कुछ तो खेमका का था, चलो मैं उससे बात करूँगा फिर भी... ।'

बाद में भाईजी ने उसे सत्तर हज़ार रूपये दिए, कैश— 'यही दिए हैं खेमका कह रहा था दूसरी कम्पनी के एकाउंट से दे रहा हूँ, वो कम्पनी तो बैठ गयी।'

इतना पैसा उसे एक साथ पहली बार मिला था। उसे लग रहा था —पैसे कमाने हैं तो अब ऐसे ही कमाने होंगे।

तेज़ी से फैलते शहर में कुकुरमुत्तों की तरह उग रहे शापिंग काम्प्लेक्सों में से एक में फिर भाईजी ने उसके लिए एक दफ्तर भी खुलवा दिया। बड़ी-सी मेज़, बड़ी-सी कुर्सी, टेलीफोन, फाइल रैक सब था उस दफ्तर में, बस नहीं था तो काम।

'क्या करना है इस दफ्तर में... ' जब उसने कहा भाईजी से तो वह बोले— 'नाम

क्या है इस दफ्तर से चल रही कम्पनी का— अजित इण्टरप्राइजेज़— यानी कुछ भी काम कर सकती है ये कम्पनी, तुम अकेले मालिक हो इसके, काम बहुत आएगा। मैं चाहता हूँ। इस्टेब्लिश हो जाओ तुम, ढ़ंग से कमाओ... लगाना जो होगा, मैं लगाउँगा।'

'पर भाईजी, काम तो हो कोई, ख़ाली बैठकर क्या करूँगा...?'

'कहा न, काम आ जाएगा...।'

❑❑

एक महीने के भीतर ही दो प्रस्ताव आए। पहला मुंबई की किसी कम्पनी से था। सोलर कुकर बनाने वाली कम्पनी थी। उत्तर प्रदेश में काम शुरू करना चाहती थी। ग़ैर पारम्परिक ऊर्जा निगम ने निविदाएँ आमंत्रित की थी पाँच हज़ार कुकर सप्लाई करने के लिए जिसे निगम आगे सब्सिडी के साथ गाँवों में बेचने वाला था।

निविदाएँ केवल वही कम्पनी भर सकती थी जो उत्तर प्रदेश में पंजीकृत हो। कम्पनी चाहती थी कि अजित इण्टरप्राइजेज उसकी तरफ से निविदा डाले। लाभ में पैंतीस प्रतिशत का प्रस्ताव था उसका।

उसे अचरज नहीं हुआ— भाईजी का खेल है – वह समझ गया था। कम्पनी के लोग आए बाक़ी सारा काम उन्होंने किया। पूरी तैयारी पहले से थी। उसने बस दस्तख़त भर किये।

काम मिल गया था उसे। पर करना कुछ नहीं था— न ही कुछ करना पड़ा था। बस चंद कागज़ों पर दस्तख़त भर। आर्डर था— पाँच हजार सोलर कुकर। सप्लाई कम्पनी कर रही थी। लागत थी— 25 लाख रूपये— ख़र्च कम्पनी कर रही थी। पर फ़ायदा अंत में कम्पनी ने दिखाया केवल ढ़ाई लाख रूपये। उसे बाक़ायदा उसका हिस्सा दे दिया गया। अजित इण्टरप्राइजेज़ के नाम।

आयुर्वेदिक दवाइयों वाली डील जब आयी तो वह थोड़ा घबरा गया था। तेइस करोड़ की डील के लिए देश की तीन बड़ी कम्पनियाँ उससे बात कर रही थी। उसने भाईजी को सम्पर्क किया। आख़िर खेल भी तो उन्हीं का था। भाईजी उसकी घबराहट पर हँस पड़े – 'हाँ भाई पक्की कर लो डील, क्या दिक्कत है!'

'पर भाईजी उसमें दो क़रोड़ की गारण्टीमनी है। जिसमें से एक करोड़ हमें देनी है।'

'हाँ, ये भी मुझे मालूम है।'

'फिर...'

'फिर क्या, मैंने कितनी बार कहा, मेरा जो कुछ है, वह सब तुम्हारा भी तो है,

तो जो तुम्हारा वह मेरा... चलो देखो, इंतज़ाम करता हूँ, रकम तो बड़ी ज़रूर है। पर फ़ायदा भी बड़ा है कम से कम पाँच करोड़ का। और हाँ डील किससे करनी है तीनों में से, ये मैं बताऊँगा बाद में। आखिर पैसा लगा रहे हो, कम्पनियों के बैकग्राउण्ड भी तो देखने होंगे।'

'ठीक है तो पैसा कम्पनी के एकाउन्ट में भिजवा दीजिए।'

'भिजवा दूँ, अरे भिजवा कहाँ से दूँ, कोई मेरे पास थोड़े ही पड़ा है, छोटा-मोटा नेता हूँ, कोई सुखराम थोड़े ही... कहता हूँ किसी से, बाकी थोड़ा-मोड़ा मुझसे ले लेना।'

भाईजी ने 25 लाख दिये थे कैश। बाकी कहाँ कहाँ से कम्पनी के एकाउन्ट में आए उसे पता ही नहीं चला। हर बार भाईजी ने ही बताया– देखों इतने पैसे आ गये हैं तुम्हारी कम्पनी के एकाउन्ट में। सब कुछ कैश जमा हो रहा था। डील पक्की हो चुकी थी कम्पनी को राजकीय आयुर्वेदिक अस्पतालों की सप्लाई भी मिल चुकी थी। ये ख़बर भी उड़ चली थी कि इस डील में स्वास्थ्य मंत्री का हाथ है। उनका बेटा कम्पनी के बोर्ड में है पर किसी ने भाईजी का नाम नहीं लिया। वह जानता था भाईजी को, उसे कोई आश्चर्य नहीं हुआ।

बड़ा झटका तब लगा जब कम्पनी ने अगले एक साल की सप्लाई का एडवांस पेमेंट करा लिया और उसे कानोंकान ख़बर नहीं हुई। भाईजी ने ही उसे चेताया– 'सावधान रहना और कम्पनी से अपने रिश्ते ख़त्म करने और हिसाब-किताब और अपना हिस्सा माँगने की क़ानूनी नोटिस कल ही भिजवा दो।'

उसने वैसा ही किया। कम्पनी का जवाब भी आ गया डील ख़त्म होती है, हिसाब-किताब किया जाएगा साल के अन्त में। कम्पनी का कहना था वह स्थानीय एजेंट भर है इसलिए पूरा हिसाब उसे बताने की कम्पनी ज़रूरत नहीं समझती।

इसके दो हफ्ते बाद यह उसे अख़बारों से पता चला – कम्पनी ने भारी घाटा दिखाया था, और ताला लगा दिया था। मामला अदालत में जा रहा था। कम्पनी के पास प्रदेश सरकार से मोटा आर्डर जो था। उसने जितना पेमेन्ट लिया था उसका एक चौथाई माल भी सप्लाई नहीं किया था ख़बर में उसकी भी कम्पनी का नाम था। इससे पहले कि वह भाईजी से बात करता भाईजी ने ही उसे सम्पर्क किया–'देखा मैने कहा था – सावधान रहना, अच्छा हुआ समय से तुमने कम्पनी से सम्बंध तोड़ लिया। कागज़ सभी सम्भालकर रखना। और कहीं बाहत मत जाना, पैसे तो गये अब इज़्ज़त बचानी है।'

'हाँ भाईजी पैसे भी गए...।'

'चलो अब क्या किया जा सकता है, मेरे पैसे तो छोड़ो पर दूसरों ने जो लगाये थे उनके तो वापस देने होंगे। देंगे किसी तरह... फिलहाल तुम चिंता मत करो, आगे

देखेंगे।'

अगले कुछ दिन, कुछ हफ्ते ही नहीं कुछ महीने भी, अख़बारों में उसी आयुर्वेदिक दवा सौदे की चर्चा छायी रही पर कहीं भाईजी का ज़िक्र नहीं आया। अजित इण्टरप्राइजेज़ से पूछताछ हुई। इसकी ख़बरें भी बनी पर उस पर आँच नहीं आयी। वह कम्पनी से नाता पहले ही तोड़ चुका था। उसके पास वे सभी कागज़ात थे जो कम्पनी ने भेजे थे और जिनमें उसकी कम्पनी की औकात बता दी गयी थी। उसे बेचारा क़रार दिया गया। ये भी छपा कि कम्पनी ने सरकार को तो चपत लगायी ही लगायी एक छोटी स्थानीय कम्पनी को भी भारी झटका दिया।

उसे ये बहुत बाद में पता चला कि भाईजी को कम्पनी ने तीन करोड़ रूपये बंदी से पहले दिये थे। पर इसका ज़िक्र कहीं नहीं आया। ज़िक्र का कोई आधार भी तो नहीं।

उसने भी तो मात्र सुना ही था। वह भी टिन्नू पांडे जैसे शख़्स से जो कॉलगर्लो का शहर में सबसे बड़ा दलाल कहा जाता है। लेकिन ऐसे आदमी का भरोसा क्यों नहीं किया जाए जिसकी सबसे बड़ी क्लाइंटेल राजनीतिक हलकों में ही बतायी जाती है। वहीं टिन्नू पाण्डे, जिसके बारे में कहा जाता है कि हर नेता के अन्दर बाहर की सारी ख़बर उसे रहती है बस नेता जरा सा रंगीन तबियत हो। लेकिन नेता उसे बिल्कुल वैसे ही भरोसेमंद, वैसे ही सुरक्षित मानते हैं जैसे पुराने जमाने में नवाब-बादशाह वगैरह अपने हरम के रखवाले हिजड़ों को मानते थे। ऐसा टिन्नू पाण्डे अगर ये कहे कि उसकी एक लड़की ये पैसा लेकर भाईजी के पास गयी थी तो मानना ही पड़ेगा। पर सिर्फ माना ही तो जा सकता है।

उसने तय किया आगे से केवल दस्तख़त करने से काम नहीं चलेगा। पहली बार उसने भाईजी के उस वाक्य को बेमक़सद क़रार दिया जिसमें वे कहते रहते हैं – जो मेरा – वो तुम्हारा। उसने तय किया अब 'जितना मेरा उतना तुम्हारा' वाला हिसाब चलेगा आखिर भाईजी कमा तो उसी के ज़रिये रहे हैं। और अब उसे भी कमाना है। उसे ज़्यादा इंतज़ार भी नहीं करना पड़ा।

आयुर्वेदिक दवा वाला मामला अभी अख़बारों में ही था कि उसे भाईजी ने महेश पटेल से मिलवाया। एक बार फिर एक और डील। भाईजी ने बाद में उसे बताया था– 'पटेल यूपी गोरमेंट में घुसना चाहते हैं, मैंने कह दिया है काम मिल जाएगा पर मेरे भाई के साथ फिफ्टी-फिफ्टी करना होगा। सिक्सटी फोर्टी पर डील कर लेना। कल परसों में तुम्हें फोन करेगा वह। बड़ा आसामी है गुजरात का।'

'डील हो गयी समझिये लेकिन अबकी मेरी दो शर्ते हैं। एक तो ये कि कम्पनी को ठोंक बजाकर पहले मैं देखूँगा तब डील करूँगा, दूसरा सारा हिसाब-किताब मेरा।

आप बाद में डील कराने का चाहे ले लीजिएगा पर काला सफेद जो कुछ भी हो पहले मुझ तक आना चाहिए फिर...'।

'ये क्या कह रहे हो तुम अज्जू, काला-सफेद, तुम जो करते हो उसमें से मैं डील कराने का लूँगा अरे मैं तुम्हारा बड़ा भाई हूँ। मैने तो हमेशा दिया है तुम्हें, लिया कब है मैंने? दवाई वाली डील में एक करोड़ चले गये पानी में। मैंने तुमसे एक बार भी नहीं कहा अब तक कर्ज़ उतार रहा हूँ धीरे-धीरे और तुम हो कि... नहीं अज्जू नहीं, मैं वैसा नहीं हूँ। मैं सिर्फ इतना चाहता हूँ कि तुम जम जाओ और तुम हो कि...'

'दवाई वाली डील की ही बात कर रहे हैं ना आप... तीन करोड़ कमाए हैं आपने वहाँ से और मुझे भनक तक नहीं लगी।'

'तीन करोड़... तुम ठीक तो हो, किसने कहा तुमसे ये सब... इतनी भारी इन्क्वायरी चल रही है तीन करोड़ लेने वाले का कहीं नाम न आए ये हो सकता है क्या... तुम तो... तुम मुझे अंदर करा दोगे बे सिरपैर की बातें करके... किसने तुमसे कहा...'

'छोड़िए, शायद कोई दुश्मन होगा, आगे से ये बात जुबान पर क्या मैं ज़ेहन में भी नहीं लाऊँगा पर प्लीज़ भाईजी आप मुझसे अब किसी भी डील में कुछ छिपाएँगे नहीं।'

'अरे, अब तक ही कहाँ छिपाया है, तुम तो यार, बेकार का शक लिए बैठे हो। अरे अभी तो जो बढ़िया काम आए लपको, और सबसे पहले तो उधार चुकाओ कम्पनी का एक करोड़ का... समझे।

'समझ गया।' भाईजी का तीर चल गया था उसकी आवाज़ धीमी हो गयी थी पर अब बंद नहीं हो सकती थी।

❑❑

पटेल से उसने साफ बात की–'मंत्री जी से क्या तय हुआ है।'

'वो फिफ्टी-फिफ्टी कह रहे है पर मैं थर्टी परसेन्ट तक तैयार हूँ। अब आप बताइये।'

'अगर मैं कहूँ कि डील बिल्कुल साफ सुथरी होगी आप सीधे मुझसे डील करेंगे। काम आपको मिलेगा इसकी गारंटी मेरी। पर ब्लैक व्हाइट जो भी होगा मेरे साथ ही होगा। मैं मंत्री जी का छोटा भाई हूँ ये आपको मालूम ही है। अब वह सामने कहीं नहीं आएँगे, जो उनसे तय किया है वह मुझे देंगे आप। मैं सिक्स्टी फोर्टी पर तैयार हूँ तो...'

'तो क्या...' पटेल साहब पुराने खिलाड़ी थे, खाँटी व्यवसायी '...मुझे काम से

मतलब है काम मिलना चाहिए... पैसे किसके ये आप दोनों तय कर लो, पर मैं बात एक बार ज़रूर करूंगा मंत्रीजी से... बाकी बरोबर, थर्टी फाइव पर कर लो डील...'

'ठीक है बात कर लीजिए भाईजी से पर थर्टी फाइव नहीं चलेगा, पाँच परसेंट आप बढ़े है तो मैं भी नीचे उतरने को तैयार हूँ पर थर्टी सेवन से नीचे नहीं... बताइये...'

'काम तो मिलेगा ना...'

'हाँ पक्का'

'और पेमेन्ट भी टाइम से कराइयेगा ना, क्योंकि सरकारी पेमेन्ट साला फंसता है तो बस...'

'हाँ-हाँ, पेमेन्ट भी हो जाएगा टाइमली। मुझे आप अपनी पेमेंट के बाद ही पेमेंट करना और ये भी सुन लो धंधे में ईमानदारी से... दाल में नमक बराबर नहीं, बरफी में चीनी बराबर खाओ पर काम भी करना। मेरी कम्पनी की प्रेस्टिज जुड़ी है।'

'बरोबर...' महेश पटेल संतुष्ट हो गये थे– 'दो तीन दिन में कागज़ तैयार कराकर भेज दूँगा, सही कर देना, मैं मंत्री जी से भी इस बीच मिल लूँगा।'

'बरोबर...' उसने पटेल के सुर में सुर मिलाया। बड़ा हल्का महसूस कर रहा था वह। ये डील उसन खुद पक्की की थी। उसे लग रहा था कुछ तो किया कि कहें – हराम की नहीं खा रहे।

उसी वक्त उसने भाईजी को भी फोन किया –भाईजी पटेल से बात हो गयी है सैंतीस पर तय किया है। और प्लीज ये डील मुझे ही करने दीजिए पूरी, आप बस देखते रहिए आपका छोटा भाई क्या कुछ कर सकता है। आई प्रॉमिस, करोड़ रूपये का उधार चुकता करूँगा और करोड़ रूपये आपकी मेज पर रखूँगा। बस आप कुछ नहीं लेंगे, अब पटेल से, काम दिलाएँगे बस। हाँ ऊपर से कुछ तय भी हुआ हो तो पटेल से कहियेगा कि वह पेमेंट हमें ही दें। मैं पहुँचाऊँगा आप तक। आप कहते है न कि आपका जो कुछ है वो मेरा है तो अब यक़ीन कीजिए जो होगा हमारा होगा– और उस पर पहला हक आपका होगा फिर आप जो कहेंगे वही मैं लूँगा बस... पर इस बार...।'

'हाँ, हाँ भई हाँ, चलो पटेल को पूरी तरह तुम्हीं डील करोगे, काम भी मिल जाएगा पर ज्यादा लम्बा मत सोचो। इस पहले काम में पंद्रह बीस लाख का ही मार्जिन है तुम्हारे लिए। मैंने पटेल से एडवांस की बात की थी। पाँच लाख। मैं कह दूँगा–तुम्हें दे दे। ठीक ...चलो मस्त रहो।'

उस रात वह वाकई मस्ती में था। उसे लग रहा था अब वह वाकई बिज़नेस को समझ सकेगा। उसे बार-बार पटेल के साथ की गयी पूरी सौदेबाज़ी याद आ रही थी और उसे ये भी इत्मीनान था कि इस बार वह केवल दस्तख़त नहीं होगा। पटेल साहब

के साथ बराबर से काम करेगा, सीखेगा सब कुछ। अच्छा लग रहा था उसे।

उसने जैसा सोचा था वैसा ही हुआ भी था। उसने पटेल साहब की कम्पनी के साथ बराबर काम किया था। पटेल साहब से कहकर वह डील देखने वाले उनके मैनेजर को उसने अपने ही दफ्तर में जगह भी दे दी थी। साफ सुथरा काम किया था पटेल साहब ने और जहाँ-जहाँ गुंजाइश देखी थी गुर भी सिखाए थे, कमाया भी था।

काम पूरा होने के बाद उसकी कम्पनी के खाते में इस डील से 27 लाख थे। भाईजी के अंदाज़ से लगभग दोगुनी रकम। वह पूरे 27 लाख का चेक लेकर भाईजी के पास पहुँच गया था– 'लीजिए, अब आपकी जो मर्ज़ी हो मुझे दीजिए, जो मर्ज़ी हो खुद रखिये।'

भाईजी उसे देखते रहे थे थोड़ी देर, फिर बोले थे – 'तुम्हारी मेहनत की है ये, ख़ालिस मेहनत की। ये तुम ही रखो, मुझे तो मेरे पाँच लाख एडवांस मिल चुके हैं। पर हाँ, कम्पनी का कर्ज़ उतारना है, वो देना शुरू कर दो।'

'चलिए वहीं दे दीजिए आप जिसे भी देना है, आपके भी तो पच्चीस...'

'मेरी छोड़ो, तुम्हीं ने कहा था ना अब सब कुछ हमारा है, मेरा तुम्हारा नहीं... तो वह पच्चीस भी तुम्हारे ही हैं पर दूसरों का तो देना पड़ेगा, वो लोग आखिर आड़े वक्त काम आए थे।'

'बताइये तो फिर किसे देना है, या थोड़ा-थोड़ा दो-तीन को दे दीजिए।'

'हाँ, ये ठीक रहेगा, तुम ऐसा करना कैश निकलवा लेना कल, दे देंगे सबको, क्योंकि जिसने भी दिया था कैश ही दिया था। ठीक।'

'ठीक...' उसे लगा बहुत बड़ा काम हो गया है।

भाईजी ने वह 27 लाख बँटवा दिये थे या रख लिए थे ये वह नहीं जानता। वैसे उसे अब विश्वास है कि भाईजी ने वो पैसे किसी को नहीं दिये होंगे। उसे लगता है भाईजी उसे हमेशा कंगला ही देखना चाहते थे पर उसे खोने के डर से उसके सामने रोटी भी डालते रहे। उसे तो अब लगता है कि गोंडा कचहरी में उससे गोली चलवाना भी एक नाटक था। हालाँकि इसकी कोई वजह उसे समझ में नहीं आता। ये भी समझ में नहीं आता कि भाईजी को क्या ज़रूरत रही होगी ऐसा नाटक करने की। पर ये बात अब उसके दिमाग़ से ओझल ही नहीं होती कि वह नाटक था।

❑❑

वहाँ उससे पहली बार किसी पर गोलियाँ जानबूझकर चलवायी गयी थीं वरना ऐसी बड़ी बात थोड़े ही थी। बस उसकी हिचक तोड़ने की कवायद थी वह। वह, जो

साधारण घोड़े से भी लगभग डरता-सा ही था, रिवाल्वर रखने तो लगा था पर घोड़े से उसके भी उतना ही डरता था। जेब में रिवाल्वर रखने पर उसे हमेशा ये लगता था कि अभी गोली चलेगी और उसकी जाँघ या पेट को चीरती निकल जाएगी। पर भाईजी के चमचों ने उसे ऐसी कहानियाँ सुनायी थीं कि उसे विश्वास हो गया था कि उस जैसे आदमी के दुश्मन बहुत होते हैं, हमला कभी भी कहीं हो सकता है और उसे हमेशा सतर्क रहना चाहिए। उन दिनों वह सतर्क नहीं था, डरा-डरा सा रहने लगा था। शायद यही डर तोड़ा गया था गोंडा कचहरी में।

असल में भाईजी को अब उसकी ज़रूरत किसी और भूमिका में थी तभी तो उसके फौरन बाद ही भाईजी ने एक दिन कहा था– 'अज्जू, पार्टी चुनाव नज़दीक आ रहे हैं सो अब तुम्हारे अजित इण्टरप्राइजेज़ का काम थोड़ा मंदा हो सकता है क्योकि पार्टी में काफी चर्चा है कि कम्पनी भाईजी के भाई की है और भाईजी ही उसे सरकारी काम दिलाते हैं तो अब या तो कुछ दिन शांत रहो या फिर अपने दम पर काम करो। क्योंकि मैं अब फिलहाल किसी को कुछ कहने का मौका नहीं देना चाहता बल्कि बोलने वालों को चुप भी कराना है।'

उसे लगा था कि भाईजी ने उसके सामने एक चुनौती रखी है– अपने दम पर काम की तलाश का। उसने काम तलाशा भी पर नहीं मिला। वही पटेल साहब जो पिछली डील में काफी खुश थे वह तक इस बार किसी और के साथ नयी डील के चक्कर में थे। उसे समझ में नही आ रहा था क्या करे। कम्पनी का एकाउन्ट भी तेजी से रीत रहा था और पाँच अंक में ही आ गया था। वैसे ज्यादा पैसे उस एकाउन्ट में कभी पहुँचे भी नहीं थे। भाईजी की कृपा के तौर पर बस हरी जिप्सी उसके पास थी।

उसी बीच वंदना से मुलाकात हुई थी अचानक। पिछले कुछ अरसे में वह उसे भूलने की कोशिश में क़ामयाब नहीं हो पाया था, इसलिए उसे ये अचानक मुलाकात अच्छी भी लगी थी, हालाँकि उसी वक्त उसे ये भी याद हो आया था कि वंदना के लिए वह या उसक लिए वंदना अब कुछ भी नहीं। पर उस दिन वह वंदना से बस एक परिचित होने के नाते आमने-सामने होने की कोशिश कर रहा था।

वंदना ने ही पूछा था बड़ा औपचारिक सा सवाल– 'कामकाज कैसा चल रहा है।'

'बस चल रहा है, किसी तरह।' वह कोशिश करक भी मायूसी छिपा नहीं पाया था।

'किसी तरह मतलब...' वंदना ने कुरेदा।

'मतलब ये कि इन दिनों काम तलाश रहा हूँ। हाथ में जो भी प्रोजेक्ट्स थे पूरे हो गये हैं। सो तलाश भी रहा हूँ और कुछ सुस्ता भी रहा हूँ।' उसने कोशिश की

कि असलियत छिपी रहे।

'मतलब ख़ाली हो, चलो अगर ख़ाली ही रहना चाहते हो तो कोई बात नहीं वरना एक प्रोजेक्ट है पंचायत राज का, चाहो तो मैं बात कर सकती हूँ। पाँच सात लाख कमा लोगे।' वंदना ने बड़ी बेपरवाही से कहा

'अच्छा, तो अब तुम्हारे बात करने से ऐसे प्रोजेक्ट भी मिलने लगे हैं कि मैं पाँच-सात लाख कमा लूँ...भई वाह ख़ूब तरक्की कर रही हो।'

मैं क्या कर रही हूँ ये मुझे बेहतर मालूम है, मुझे तुमसे कोई तमग़ा नहीं चाहिए, बस तुम ख़ाली हो इसलिए कहा– ज़रूरत हो तो बताना– प्रोफेशनल डील होगी दस परसेन्ट पर।' वंदना के मुँह से उसे भाईजी के शब्द सुनायी पड़ रहे थे वैसे ही प्रोफेशनल।

'सोच लेना और जल्दी बताना, और कई लोग भी इंटरेस्टेड हैं इस काम में...' वंदना चली गयी पर वह सोच ही नहीं पा रहा था पहले जैसे वंदना के सामने होते ही उसका सोचना समझना सब प्रभावित होता था वैसा ही आज उसके सामने से हटते ही हो रहा था।

उसने वंदना से बात करने की सोची–प्रोफेशनली। उसे लगा काम करना है और काम जब इसी तरह मिलना है तो काम कोई दिलाए क्या मतलब। भाईजी हों या वंदना या कोई और... जिसका जो बनता है दिया जाए और काम लिया जाए बस।

वंदना ने भी बड़ी प्रोफेशनल डील की। एक हफ्ते में पत्रावली तैयार कराएगी। उसके बाद तीन दिन में दस्तख़त होंगे। कुल दस दिन। दस दिन बाद दस परसेन्ट तैयार रखे जाएँ। कैश।

'पैसा मिलने के अगले दिन कागज़ मिल जाएँगे। कार्य शुरू करने के लिए एक महीने की मोहलत होगी। इस बीच तैयारी करना हो तैयारी करना, पार्टी तलाशना हो पार्टी तलाशना।'

उसने भाईजी से उधार माँगे दो लाख–दस परसेंट के लिए। और आगे के लिए पाँच लाख और तैयार रखने को कहाँ भाईजी ने पूछा काम क्या है, कहाँ से मिला है, तो वह टाल गया। फिर भी भाईजी ने पैसे दे दिये।

दस दिन बाद उसने वंदना को फोन किया तो पता चला अभी तीन चार दिन और लगेंगे। दो दिन बाद ही लेकिन वंदना का फोन आ गया– प्रोजेक्ट कैंसिल।

एक मुस्कराहट अपने आप तैर गयी उसके चेहरे पर, उसमें मायूसी भी थी, हिकारत भी और खिल्ली भी। भाईजी को पैसे वापस करने गया तो उन्होंने कहा– 'रखे रहो, आगे काम आएंगे। नहीं फिर माँगोगे।'

पर वो पैसे काम नहीं आए। भाईजी के हाथ खींचने के बाद उसने अपने दम पर

हर सम्भव हाथ पैर मारे पर काम नही मिला। छः सात महीने में कम्पनी का बैंक एकाउन्ट तो ख़ाली हो ही चुका था; भाईजी के दिए रूपयों में से भी आधे उड़ गये थे जबकि दफ्तर का किराया भाईजी ही चुकाते थे।

उसे एक बार फिर यक़ीन आने लगा था कि भाईजी की मदद के बिना वह कुछ नहीं कर सकता। कबीरदा के पास वह फिर ज़्यादा जाने लगा था पर अब उसका मक़सद केवल शाम गुज़ारना था जो ख़ाली रहती थी। भाईजी से फिर काम दिलाने के लिए कहने को वह अपने आपको तैयार कर रहा था। क्योंकि पार्टी चुनाव हो चुके थे और भाईजी का पद बरक़रार रहा था।

इससे पहले कि भाईजी से वह कुछ कहता भाईजी को ही उसकी याद आ गयी। याद आने का मतलब काम पड़ गया। यूँ तो हफ्ते में आमतौर पर एक बार वो मिल ही लेते थे। पर बेहद औपचारिक या बेहद घरेलू के अलावा बातचीत के ज़्यादा विषय नहीं रहे थे इस बीच उनके पास।

'अज्जू, तुम्हें ज़रा बछरावां वाले चौधरी से बात करनी होगी वही साला समाजवादी बना जो फिरता है। नगेन्द्र से कहा है उसने कि मेरी पूरी फाइल तैयार की है। पता नहीं साले ने क्या क्या इकट्ठा किया है, पर तुम्हारा भी नाम है उसमें। नगेन्द्र से कह रहा है– छाप दो। वो तो कहो नगेन्द्र अच्छा आदमी है, मेरी बड़ी इज़्ज़त करता है सो मुझे बता दिया उसने। कह रहा था मैं फाइल तो ले लूँ और आप तक पहुँचा भी दूँ पर अगर मैने नहीं छापा तो पता नहीं किसी दूसरे रिपोर्टर को दे दे चौधरी। सो अभी अटका रखा है। चार छः दिन में फाइल मिल जाएगी। मुझे मालूम है कितना बड़ा हरामी है ये चौधरी, साला कुछ भी कर सकता है।'

'पर भाईजी पहले फाइल तो देख लीजिए।'

'फाइल तो देख लेंगे पर हमें मालूम है कितना घुटा हुआ है साला। उसकी चलती तो वो तो आयुर्वेदिक वाले मामले में भी मुझे घसीट लेता वो तो मैंने ही उसके नेता जी से बात की थी। उन्होंने ही उसे समझाया था पर अब तो वह नेता जी की पार्टी से भी बाहर हो गया है। तुम ज़रा मिल लो और समझा दो उसे। मजबूरी में तुम्हें कहना पड़ रहा है और किसी पर इतना विश्वास भी तो नहीं ।

चौधरी से मिलने वह अकेले नहीं गया था। भाईजी ने चार लोग और भेजे थे उसके साथ। चारों बाहर खड़े थे चौधरी के घर के। अंदर चौधरी ने पहले तो इधर-उधर की बातें की। चाय भी पिलायी पर जब बात असल मुद्दे पर आयी तो तैश में आ गया चौधरी। ज़्यादा गरमागरमी हुई तो चौधरी की बीवी भीतर आ गयी और उसी के सामने वह कह गया–'चौधरी साहब, जरा दुनियादारी से काम लीजिए भूल जाइये सब, यही अच्छा रहेगा आपके लिए वरना...।'

उसे याद है बड़ी कोशिश के बावजूद उसका स्वर कड़ा नहीं हो पाया था। वह चौधरी साहब से चौधरी पर भी नहीं आ सका था। कहीं हल्की कँपकँपी भी महसूस हुई थी।

'चौधरी मानता हुआ नहीं दिख रहा'– उसने लौटकर भाईजी को रिपोर्ट दी और फिर घर चला गया। उसी की अगली रात लगभग साढ़े बारह बजे घर के दरवाज़े पर दस्तक हुई। अन्नू ने दरवाजा खोला तो सामने पुलिस वाले थे जो दरवाज़ा खुलते ही भीतर आ गये। उसे जगाया गया और जीप में बिठा लिया गया। पापा को बताया गया–शाम को हैवलक रोड पर चौधरी को दो अनजान लोगों ने गोली मार दी है और चौधरी की बीवी ने बताया है कि वह कल सुबह चौधरी साहब को धमकी दे गया था।

राजनीतिज्ञ की हत्या थी कोई आम आदमी की थोड़े ही। पुलिस वाले ज़रूरत से ज्यादा सक्रिय थे। केस दर्ज हो चुका था। सरकार भी सक्रिय हो चुकी थी, विपक्ष भी। नारे, श्रद्धांजलि और आरोप हवा में आने शुरू हो गये थे। लेकिन फिलहाल जनता सो रही थी। जब जगेगी तब नारों, आरोपों में उलझेगी, कयास लगाएगी बहसें करेगी और भूल जाएगी। भूल जाएगी इस वाकये को लेकिन नाम याद रहने चाहिए उसे और नाम याद रखवाने की रणनीतियाँ बनने लगी थीं।

भाईजी रात में ही थाने पहुँच गये थे। चूंकि पुलिस जग रही थी इसलिए केस दर्ज हो चुका था। हत्या के संदेह में पूछताछ के लिए अजित सिंह को हिरासत में लिया गया है– ये बात 'सर-सर' की चाशनी के साथ भाईजी को बतायी जा चुकी थी। इस बीच भाईजी भी मौक़ा मिलते ही उसे समझा चुके थे–'बस यही कहना कि वो भाईजी से नाराज़ थे, मनाने गया था, भाईजी ने ही भेजा था।' पर भाईजी तीन दिन से पहले ज़मानत नहीं करा पाए।

बिन पार्टी के चौधरी को, अब कई पार्टियाँ अपना शहीद नेता बता रही थी। नेताजी, जिन्होंने थोड़े दिन पहले ही चौधरी की पार्टी से निकाला था, खुद उसके घर गए थे। सी.बी.आई. जाँच की माँग भी उन्होंने ही उठाई थी पर भाईजी ने उसे लपक लिया था जो उन्हें बुरा लगा था। भाईजी के पास एकसूत्रीय बयान था– हत्यारे जो भी हों पकड़े जाने चाहिए, और हत्या के कारण भी सामने आने चाहिए। लेकिन इसके साथ वह हर बयान में ये लगाना नहीं भूलते थे कि इस काण्ड में मेरे भाई को घसीटा गया है, उस बेचारे को मेरा भाई होने की सज़ा भुगतनी पड़ रही है। मैं ये साबित कराकर रहूँगा कि वह राजनीतिक षडयंत्र में फँसाया गया है। मामले की सी.आई.डी. जाँच होगी।

मुख्यमंत्री और जनता सब सुन रहे थे और समझ रहे थे। मुख्यमंत्री के कहने पर

सी.आई.डी. जाँच चल निकली थी। सबको इत्मीनान हो गया था कि उनकी मेहनत रंग लायी, आख़िर नियमित ढ़ंग से अलग हटकर जाँच तो शुरू हुई।

❑❑

ये जाँच कब पूरी होगी, नहीं मालूम पर वह सुबह जो पूरी रात आँखों में काटने के बाद थानेदार के कमरे की खिड़की से उस तक पहुँची थी, वह सुबह वह कैसे भूले। कैसे भूले कि उस सुबह वह आज़ाद नहीं था और सुबह को दरवाजे से आते नहीं देख सकता था न ही सुबह से मिलने दरवाज़े से बाहर जाने की उसे इजाज़त थी। उस सुबह उसे थाने के कमरे की खिड़की से जितना भी सूरज दिख रहा था वह और दिन के उतने ही सूरज से कम तेज़ लग रहा था। वह दिन और आज का दिन। उसकी सुबहें वैसी ही हो गयी हैं– कम चमकदार। उसके लिए उस दिन के बाद से सूरज पहले जितना चमकदार कभी नहीं रहा।

उसे अब आश्चर्य होता है कि उस दिन के कुछ दिन बाद उसका ये एहसास जाता रहा था। उसे लगा था जैसे वंदना के चले जाने से ज़िंदगी की रफ्तार पर कोई ख़ास या लम्बा असर नहीं पड़ा था वैसे ही इस वाकये का भी नहीं पड़ा। घटनाएँ उस पर अब ज़्यादा असर नहीं छोड़ती, ये जानकर उसे भारी हैरानी हुई।

पर एहसासों की बात करें तो अहसास इस दौरान ज़्यादा ही सक्रिय रहे, ज़्यादा ही दोस्त। अजित इण्टरप्राइजेज़ के दफ्तर में काम कुछ नहीं था पर वह ख़ाली नहीं कर रहा था उसे। एहसास जो जुड़े थे एहसास– अपनी छिपती–छिपाती आयी कामयाबियों के। एहसास ये भी कि भाईजी समझ गये थे कि वह फँसा तो वो खुद भी फँसेगे सो एड़ी-चोटी का ज़ोर लगाकर उसे बचाया वरना भाई ने भाई के लिए कुछ किया, ऐसा नहीं था। ...और ये एहसास कि अब अपनी लड़ाइयाँ खुद लड़नी ही पड़ेगी और जिस राह पर वह चल निकला है उसी पर आगे बढ़ना पड़ेगा। एहसासों की दुनिया में सबसे गहरी दोस्ती जिस एहसास से हुई है वह कहता है– भाईजी भाई नहीं हैं, केवल 'भाईजी' हैं।

उसे लगता है ये दोस्त बहुत देर से उसके आस-पास था पर दोनों टकरा नहीं रहे थे कि दोस्ती होती। उसने तय कर लिया है अब कुछ भी करेंगे पहले इस दोस्त की सुनेंगे। तीन चार दिन बाद ही इस दोस्त की सलाह काम आयी थी। एक बार फिर भाईजी काम सौंप रहे थे– 'अज्जू, भीखमपुर की नज़ूल वाली ज़मीन मैने अम्मा के नाम करा दी है वहाँ एक यादव जी अभी काबिज़ हैं उन्हे मैं हटवा रहा हूँ पर उसके बाद कांस्ट्रक्शन का काम तुम्हें देखना होगा, वहाँ शॉपिंग काम्प्लेक्स बनाना है, दो मंज़िल उसके ऊपर तीन मंज़िल में फ्लैट होंगे, ठीक रहेगा ना। एक फ्लैट तुम भी

ले लेना उसी में आगे के लिए। पर सम्भालना सब तुम्हें ही है। ठीक ना।'

'ठीक। बिल्कुल ठीक पर मेरा हिस्सा...?'

'हिस्सा...।'

'हाँ हिस्सा...।'

'अरे हिस्सा क्या, सब तुम्हारा है साला, तुम कहाँ, क्या यार... ये सब कैसी बातें करने लगे हो तुम...।'

'भाईजी, देखिये, आप मेरे भाई हैं ठीक। पर कब तक आप मुझे पालेंगे, कब तक मैं ज़ेब ख़र्च से काम चलाऊँगा, और आप चाहते भी कि मैं स्टेब्लिश हो जाऊं, जम जाऊँ तो ऐसा कीजिए, ये प्रोजेक्ट देखने के बदले मुझे इसमें ट्वेन्टी फाइव परसेन्ट दे दीजिए।'

'अरे, ट्वेन्टी फाइव क्या तुम हंड्रेड लो यार...। पर ये प्रोजेक्ट हमारा हो तब ना। पैसे तो दूसरे लगा रहे हैं। हमारी तो केवल ज़मीन होगी तो हमें थोड़ा बहुत हिस्सा मिल जाएगा।'

'तो ठीक है, जो पैसा लगा रहे हैं, वही मिलकर किसी को अप्वाइंट कर लेंगे– प्रोजेक्ट के लिए भी... मेरी क्या ज़रूरत, वैसे भी मैं हर लाइन का फ़ेल...।'

'नहीं अज्जू, देखो मैं चाहता हूँ कि पूरा प्रोजेक्ट हाथ में अपने रहे। वैसे तो कम्पनी बनेगी, चपरासी से लेकर मैनेजर तक सब होंगे पर कोई उन सबसे ऊपर होगा और वह मेरा आदमी होगा। और मेरा आदमी यानी मेरा भाई...।'

'ठीक भाईजी पर आपका भाई अब भूखा तो काम नहीं कर पायेगा ना, अपने पार्टनरों से कहिए, मेरे लिए गुंजाइश बनाएँ, बाक़ी काम फिर मेरा।'

भाईजी समझ गए थे कि उसको अब वह सब मालूम हो गया है जो वह नहीं चाहते थे और जिससे डरते थे क्योंकि उन्हें लगता था कि ये ज्ञान दोनों के आगे बढ़ने में बाधा बनेगा और बना भी। अजित इण्टरप्राइजेज़ में वह हिसाब-किताब माँगने लगा था। वहाँ किसी तरह सँभला तो अब फिर... ठीक है मुँह में कुछ न कुछ तो देना ही पड़ेगा। आखिर भाई भी तो है कुछ तो फर्ज़ भी बनता है। और फिर इतनी वफ़ादारी आख़िर भाईजी ने साफ कर दिया था – शुरू में एक लाख ले लो और फिर पाँच परसेंट मिलेगा।

वह दस प्रतिशत पर अड़ गया था, और दस प्रतिशत पर भाईजी को हामी भरनी पड़ी थी क्योंकि वह सारे दूसरे विकल्पों के ख़र्च का अंदाज़ा लगा चुके थे सभी इससे ज़्यादा महंगे थे और कम भरोसेमंद।

ये प्रोजेक्ट शुरू ही नहीं हो पाया क्योंकि यादव से निपटने की ज़िम्मेदारी भाईजी की थी। उसने बीच में आफर रखा यादव को हटाने का, पर दस प्रतिशत और चाहिए

था उसे। भाईजी ने अपने साथियों से बात की तो साथियों ने कहा – 'पहले उसे कहीं और टेस्ट कर लो।' साथी सभी राजनीति के लोग ही थे इसलिए किसी की किसी पर भरोसा नहीं था फिर किसी के भाई पर क्या होता।

भाईजी को भी अब उसे किसी परीक्षा में भेजने पर कोई ऐतराज या शंका या डर नहीं रह गया था सो उसे काम दिया गया। शहर की नयी बन रही गोमती नगर कालोनी में पशु चिकित्सालय के लिए जगह तय की गयी थी पर वह जगह भाईजी के साथियों में से एक के दामाद को बड़ी पसंद थी। दिक्कत ये थी कि सरकार ने वहाँ पशु चिकित्सालय बनाने का इरादा छोड़ दिया था, क्योंकि कालोनी में पशुओं के नाम पर केवल पालतू कुत्ते थे और उनके लिए कई पशु चिकित्सक पहले ही कालोनी में बस चुके थे। ऐसे में पशु चिकित्सालय वाली ज़मीन पर इमारती सामान का एक विशाल गोदाम उग आया था। था वह भी अवैध पर अवैध काम वही करते हैं जो ताकतवर होते हैं। थोड़े में कहें तो– वह ज़मीन ख़ाली कराकर भाईजी के पार्टनर के दामाद के घर की नींव भरवानी थी। ये केवल परीक्षा नहीं थी, काम था – पूरा मेहनताना मिलना था।

मदद लेंनी पड़ी भाईजी के ही कुछ ऐसे लग्गुओं-भग्गुओं की, जो सदा उसके साथ लगने को आतुर रहते थे। काम हो गया और उसे लगा आगे के लिए टीम भी बन गयी। अब उसे रिवाल्वर न गड़ता था, न डराता था क्योंकि ज़ेब से बाहर जल्दी-जल्दी आने लगा था।

भाईजी के लिए पिछले एक साल में उसने दर्जन भर ऐसे मिशनों को तो अंजाम दिया ही होगा। पर हर 'करने' पर उसे शंका हुई और हर बार ताकत के एहसास और चंद हज़ार रूपयों ने शंका को पीछे धकेला और उसका आत्मविश्वास 'करते' रहने के लिए मज़बूत किया।

❑❑

ये सवाल तो बस चंद महीनो से ही उसके पीछे लगे हैं एक बार फिर। सवाल ख़ुद ही सवाल करते हैं– क्या वह यही करना चाहता था। और क्या वह ये सब ख़ुशी-ख़ुशी करता है? उसे जो रकम मिलती है वह 'दारू पानी' के नाम पर ही क्यों होती है? क्या बना रही है उसे ये रकम?

ये सवाल, सवाल करते नहीं थकते पर वह जवाब तलाशता थकने लगा है। बहुत परेशान करते हैं ये सवाल जब-जब उसे लगता है कि पापा-माँ तक उससे दहशत खाते हैं। जब-जब वह कुछ बोलता है घर में और बाकी लोग चुप्पी के खोल की तरफ दौड़ पड़ते है। जब-जब उसे ये पता लगता है कि पापा उससे बात करना लगभग

बिल्कुल बंद कर चुके हैं। जब-जब माँ को उसने छिपकर सिसकते सुना है। जब-जब अन्नू-विन्नी की आँखों में उसे पता नही कौन-सा भाव दिखता है, जिसे वह समझ तो नहीं पाता लेकिन इतना ज़रूर पता चलता है कि उनमें भाई के प्रति प्यार या अपनापन नहीं बचा है। रिश्तेदार–मोहल्ले वाले–दोस्त–घर वाले–हर जगह उसे मिलता है एक छिपता हुआ डर जो छिप नहीं पाता।

सवाल उसे सोच की एक भूल-भुलैया में धकेल देते हैं। हर बार इस भूल-भुलैया में वह भटकता है और अंत में केवल इतना समझ में आता है कि ज़िम्मेदार वह खुद है। उसने खुद ही तो अपना सौदा किया है। यही आज भी सच है, कल भी था। उसे लगता है कि वह जो क्रांति की, पत्रकारिता की, कविता की, सृजन की, सुधारों की बातें करता था, सोचता था, वह सब असल में उसके भीतर से बाहर नहीं आते थे, भीतर तो जो कुछ था उसे भाईजी ने पहचाना है। तभी तो भाईजी ने तलाश लिया है वह मंतर कि उससे हर वह काम करवाया जा सकता है जो वह नहीं करना चाहता है। असल में भाईजी को पता है कि वह क्या करना चाहता है पर उसे खुद ये नहीं मालूम।

तभी तो वह जब भी तनकर सीधा खड़ा हुआ है भाईजी के सामने, उन्होंने बड़े प्यार से उसकी रीढ़ में लोच पैदा कर दिया है। वही कर सकते हैं ऐसा। जब-जब वह उनसे दूर भागा है, भाईजी ने दूर से ही पता नहीं कौन सा चुंबक उसकी तरफ बढ़ा दिया है कि वह दौड़ा चला आया है।

उसने कब कल्पना की थी कि वह किसी पर गोली चला सकता है। वह तो कट्टा – बंदूक – रिवाल्वर की बात भी नहीं करता था और आज उसके साथ सबसे ज़्यादा उसकी रिवाल्वर ही रहती है।

लेकिन ऐसा क्यों कि भाईजी के पास उसे देने के लिए वही सब कुछ है जो उसने कभी पाना नहीं चाहा... या यूँ कहें कि उसने वह सब कभी क्यों नहीं पाना चाहा, जो सब भाईजी उसे देते हैं...। वह क्यों वह सब ले लेता है जो भाईजी उसे देते है।

क्यों देते हैं भाईजी उसे ये सब? ...उसी को क्यों देते हैं, सैकड़ों लोग तो हैं उनके इर्द-गिर्द, हर क़िस्म के लोग, किसी और को उसकी जगह क्यों नहीं बिठाया उन्होंने...।

क्या कोई मुआवज़ा दे रहें है वह उसे... मुआवज़ा – मेडिकल कालेज से हटाये जाने का... या फिर वंदना को छीन लेने का। क्यों दे रहे हैं ये मुआवज़ा –उसने तो कभी नहीं माँगा। माँगा नहीं तो फिर ले क्यों रहा है...।

दस

वंदना का फोन है। वह क्या बात करे और क्यों बात करे ये उसे समझ नहीं आ रहा। पर सुनना आज भी चाहता है कि वह क्या कहना चाहती है।

'अज्जू... तुम भाईजी के चुनाव में क्यों नहीं जा रहे।'

जवाब में उसने खामोशी को चुना है।

'उन्होने तुम्हें क्या से क्या बना दिया पर तुम हो कि... कभी नहीं सुधरोगे तुम... जलते हो सफल लोगों से... जवाब क्यों नहीं देते...।'

'क्यों दूँ जवाब तुम्हें, तुम सवाल करने के सारे अधिकार खो चुकी हो।'

'मुझे मालूम था तुम कुछ ऐसा ही कहोगे, फ्रस्ट्रेशन है ये तुम्हारा... वरना तुम भाईजी से भी इस तरह...।'

'तुम कौन होती हो मेरे और भाईजी के बीच आने वाली, ये हमारे घर की बात है, बाहर वालों से क्या मतलब...।'

'घर की बात है तो...।'

'तुम प्लीज़ वक़ालत मत करो, कुछ और कहना हो तो जल्दी बताओ वरना मैं फोन रख रहा हूँ...।'

'तुम तो बात करने लायक भी नहीं हो, ओके, बाय।'

उसे वंदना की बात से न कोई अचम्भा हुआ है न ही बुरा लगा है। पर वंदना से शुरूआती मुलाक़ातें ज़रूर याद आयी है जब वह कहा करती थी कि मैं इतने लड़कों से मिली हूँ पर तुम अकेले हो जिससे बात की जा सकती है ढंग से। चेहरे पर एक हल्की-सी बुझी-बुझी मुस्कुराहट तिर कर गायब हो गयी है।

ये तो तय है कि वह अब वह नहीं रहा है जो वह तब था जब वंदना मिली थी पर क्या सचमुच वह बात करने लायक भी नहीं रह गया है। वह इस ख़्याल में उलझने से पहले ही इसे झटक बैठा – वंदना कौन होती है? उसके कहने से क्या होता है, उसमें भी तो एक ग्लानिबोध होगा... उसी से बचना चाहती है वो। मगर ये ग्लानिबोध कभी दिखा क्यों नहीं ?

वंदना जब उसके क़रीब आयी थी तब की वंदना की सोचो तो मालूम चलता है कि उस लड़की को कोई ग्लानिबोध कभी हो ही नहीं सकता। वह तो हर समय सही होती थी – ग़लत दूसरा ही होता था। क्या ये वही वंदना है। अगर हाँ, तो क्या आज भी सही वंदना ही है – यानी वह ख़ुद ग़लत! पर कैसे? वह ग़लत कैसे है... और अगर है भी तो उसका ज़िम्मेदार वह ख़ुद कहाँ है, ज़िम्मेदार तो भाईजी है और फिर है वंदना।

फिर वंदना इसे महसूस क्यों नही करती... उसे कोई ग्लानिबोध क्यों नही होता... वह क्यों नही सोचती कि जब वह अपनी जिंदगी को पटरी पर लाने की कोशिश कर रहा था तब वंदना ने ही पटरी बदलकर उसकी कोशिशों को पटरी से उतारा। ...क्यों गयी वह भाईजी के पास, क्या भाईजी उसे प्यार करते हैं या वह भाईजी से प्यार करती है?

ये सोचना बेमायने है। सोचा तो ये जाना चाहिए कि क्या वंदना उसे प्यार करती थी... और यह सोचकर एक क्षण के लिए उसे थोड़ा सुकून भी मिला क्योंकि अब उसे इसका जवाब 'न' में मिल रहा था और क्षणांश के लिए ही उभरे इस 'ना' से ही जोड़कर उसने सोचा– जब वह प्यार करती ही नहीं थी तो अच्छा हुआ साथ भी छूट गया लेकिन ये सुकून टिक नहीं सका उसने फौरन सायास ही इस 'ना' को 'न' कह दिया। नहीं ऐसा नहीं था... फिर क्यों...?

क्यों... कहाँ जाना चाहती है वो, क्या पाना चाहती है वो, उसे कहाँ पहुँचा देंगे भाईजी... क्या वो नहीं देखती कि भाईजी उसे कहाँ ले जा रहे हैं, क्यों उसे ये एहसास नहीं कि भाईजी जिस धंधे में है वहाँ नितांत निजी भी सार्वजनिक रहता है। लुका-छिपी के खेल से भाईजी आगे कभी नहीं बढ़ पाएँगे। बड़ी मुश्किल से उन्होंने अब तक लोगों को चुप करा रखा है वरना देखने वाले तो देखते ही हैं और कुछ बहुत भीतर तक देखते हैं, समझते हैं...।

पर भाईजी ने चुप कैसे करा रखा है लोगों को... मोहरा एक बार फिर वही है। उसे याद आया जब भी कहीं से फुसफुसाहट हुई भाईजी और वंदना को लेकर, भाईजी ने बड़ी तपाक से मौके देख देखकर जगह-जगह रेखांकित किया– मेरे छोटे भाई की मित्र... मेरे छोटे भाई की मित्र...।

भाईजी और छोटे भाई की मित्र... उसे शर्म आयी ख़ुद पर और भाईजी की बेशर्मी पर...।

पर भाईजी को शर्म नहीं आती, यहाँ तक कि उसके सामने भी वह आँखे नहीं झुकाते, ऐसी बातें करते हुए। क्यों? क्या भाईजी की नज़र में उसका कोई अपना अस्तित्व ही नहीं...।

'नहीं, मैं हिजड़ा नहीं हूँ'—उसके भीतर से कहीं से, बड़ी ज़ोरदार आवाज़ आयी। उसके होंठ भी काँप गये शायद बुदबुदा भी गये— नहीं मैं हिज़ड़ा नहीं हूँ, पुतला भी नहीं...।'

फिर क्या हो तुम... ये आवाज उसने अपने भीतर से बड़े अरसे बाद सुनी...।

उसने हिसाब लगाया पिछले सवा डेढ़ साल में, जबसे उसने ये नया काम शुरू किया है तब से वह दो लाख रूपये तो कमा ही चुका होगा पर पास में क्या है— उसने अपनी पासबुक देखी— तेइस हजार सात सौ अड़तीस। फिर अलमारी खोली तो चार हजार दो सौ और मिले। यानी कुल अट्ठाइस हज़ार और फिर अभी भीखमपुर वाला काम हो गया तो चार पाँच लाख और आ जाएँगे हाथ में।

पर भीखमपुर वाला काम होगा कब ये तय नहीं। फिर... उसने तय किया आख़िरी हाथ मारा जाए लम्बा, फिर इन सबसे छुट्टी ले लेगा। कोई बिज़नेस करेगा छोटा-सा। पापा रिटायर होने वाले हैं उन्हें भी साथ ले लेगा। पर बिज़नेस कौन सा हो... बिल्डिंग मैटीरियल... नहीं, उसमें भी साली गुंडो की सोहबत होगी। सर्जिकल गुड्स सप्लाई ठीक रहेगी... बहुत सारे मित्र डॉक्टर बन चुके हैं। बड़ा काम आएँगे सब... पर अब जब वह उनसे मिलेगा तो कैसे पेश आएँगे वह... क्या वह अब भी उनका मित्र रह पाया होगा... फिर... हाँ ऑफसेट प्रिंटिंग प्रेस... पापा भी एक बार कह रहे थे... काम नवाबभाई सिखाएँगे शुरू में... यही ठीक रहेगा... और भाईजी का काम वह बिल्कुल नहीं करेगा न ही किसी दूसरे नेता का... और फिर बाद में 'कैम्पस' भी छापा करेगा, अपना 'कैम्पस' नए रूप में...।

अभी देर नहीं हुई है। उसने पहला फोन मिलाया नवाबभाई को ही— 'नवाबभाई, बताइये खर्च कितना आएगा पूरे सेट अप पर... नहीं लोन-फोन नहीं... अरे भाईजी भी नहीं... और देखिये ये बात मेरी आपकी है, मेरे आपके तक ही रहे फिलहाल, कहीं तीसरे तक न जाए, मेरे पापा-माँ-भाईजी तक भी नहीं...। हाँ कल देख लीजिएगा... वैसे अन्दाज़ा — अच्छा 20 लाख रखे जाएं... हाँ, कुछ ज़्यादा नहीं हैं ये... कम मे काम चल सकता है तो कम वाला बताइए ना... अच्छा, पूछ लीजिएगा... शुरूआत में सस्ती मशीन से ही काम चलाएँगे फिर... ठीक...।'

उसे अंदर कही बड़ा सुकून मिला पर बाहर से वह अब भी बेचैन था — पैसे कहाँ से आएँगे? नहीं, माँगेगा नहीं अब वह किसी से भी। लम्बा हाथ मारना है पर ये भाईजी को नहीं बताना है। उसने दूसरा फोन भाईजी को किया पर वह घर पर नहीं थे। वह निकल गया मधुर के साथ बैठक जमाने। होंठों ने उसके सीटी बजाना शुरू कर दिया था। गाड़ी की कमी भी उसे आज नहीं अखर रही थी। बड़ी दूर तक वह पैदल चला गया।

हर बार ग़लती पहले उसकी नहीं होती है। फिर अचानक ऐसा कुछ होता है कि ग़लती पर उसके सिवा किसी का भी दावा नहीं बचता। ऐसे में उसे लगता है उसका होना भी ग़लती है। नकारा हुआ अस्तित्व बनता जा रहा है वह, बल्कि बन गया है। वंदना ही नहीं, चाहे मधुर हो, चाहे माँ या पापा या भाई बहन। ग़लती पर दावे या ग़लती के दावे उसे हमेशा दाँव देते रहे हैं। हमेशा वह सोचता है कि उसने कोई ग़लती नहीं की। ग़लती हमेशा पहले उसकी नहीं होती रही थी फिर एकाएक कुछ ऐसा होता है कि ग़लतियों के उसके ख़ाते में इज़ाफा हो जाता है जो कल तक उसकी नहीं थी वह सिर्फ और सिर्फ उसकी हो जाती है। उसके लाख न चाहने के बावजूद। पर ऐसी भी तो ग़लतियाँ उसने की हैं कल तक जो सिर्फ़ और सिर्फ़ उसकी थी आज उसकी नहीं रही। एक बार फिर उसके लाख न चाहने के बावजूद। पर अब नहीं।

❑❑

'अज्जू इलेक्शन मुश्किल हो रहा है, कम्पेन पिट रही है, क्या कर रहे हो तुम... यहाँ ज़रूरत है तुम्हारी हमें।' भाईजी का फोन रात साढ़े ग्यारह बजे आया। वह आधा होश में था। मधुर के साथ बैठक थोड़ी ज़्यादा लम्बी खिंच गयी थी। उसने अपनी भावी योजनाएँ डिस्कस की थी मधुर के साथ। उत्साह में दोनों ज़्यादा पी गए थे।

'अज्जू, प्लीज, मैं यहाँ लगातार रुक नहीं सकता, मुझे कोई चाहिए... और फिर इस बार तो साम-दाम-दंड-भेद सब लगाना पड़ेगा जीतने के लिए... सुन रहे हो ना...' भाईजी के स्वर में मिले-जुले भाव थे– गिड़गिड़ाहट भी, परेशानी भी, आदेश भी, झुँझलाहट भी। उसका नशा टूट रहा था। सुनता रहा वह भाईजी को, हाँ—हूँ के साथ।

'—बताओ कब पहुँच रहे हो... गाड़ी तुम्हें घर से मिल जाएगी, चाहोगे तो ड्राइवर भी, पर जल्दी।'

'कल।'

भाईजी या तो उसका जवाब सुन नहीं पाए या फिर उन्हें उस पर विश्वास नहीं हुआ।

'क्या! क्या कहे...'

'कहा– कल। कल पहुँच जाऊँगा – दोपहर बाद तक। आप वहीं मिलिएगा।'

'ठीक, बढ़िया। मैं रहूँगा यहीं सुमेरपुर बाज़ार में ही। खाना साथ खाएँगे।'

उसका नशा लगभग उतर चुका था। तेज़ प्यास लग रही थी। उसने जग उठाकर मुँह से लगा लिया और मुँह से लगाते ही तय किया आज आख़िरी बार वह इससे ऐसे पानी पी रहा है।

असल में वह जग एक तरह से सिर्फ उसी के लिए था। माँ रोज़ रात को उसके कमरें में खाने के साथ पानी का वही जग रख जाती थी जो दिन भर उसकी नामौजूदगी में फ्रिज में पड़ा रहता था। कोई उसे नहीं छूता था। कई बार उसने जानबूझकर सुबह एक विशेष कोण से या विशेष स्थिति में जग फ्रिज में छोड़ा तो शाम को वैसा ही पाया कभी एक निश्चित मात्रा में पानी भरकर सुबह रखा तो शाम को भी उतना ही पानी मिला। जग और वह खुद, दोनों की एक ही स्थिति थी– अछूत सी। ऐसे में वह उस जग से मुँह लगाकर पानी पीने लगा था। पर बस, अब नहीं। सुमेरपुर से लौटने के बाद वह रात का खाना सबके साथ खाया करेगा। फिर माँ को उसके लिए इस अछूत जग की ज़रूरत ही नहीं रहेगी।

सुबह कुछ बदली हुई-सी थी। सूरज उसे आज फिर उतना ही चमकदार दिख रहा था, जितना चमकदार कई साल पहले हुआ करता था। ये नई चमक वह अपने भीतर कहीं महसूस कर रहा था।

सुमेरपुर के लिए निकलने से पहले उसने नहाने के बाद पूजा वाली आलमारी के सामने खड़े होकर कुछ देर कुछ बुदबुदाया है, ये पूरे घर ने देखा था।

काम इस बार निश्चित तौर पर पिछली बार के मुकाबले मुश्किल था। भाईजी के सामने मनकू सिंह के दामाद जो थे। मनकू सिंह ने जितने गुर अपने चेले को सिखाए थे उससे कुछ ज़्यादा गुरों वाला दामाद चुना था। भाईजी के लिए सबसे ज़्यादा परेशानी का कारण था उनकी व्यक्तिगत ख़ासियत या करतूतें, जो सिर्फ मनकू सिंह को ही मालूम थीं। मनकूसिंह अपने दामाद की जीत के लिए कुछ भी कर या कह सकते थे – ये भाईजी को मालूम था – क्योंकि मनकूसिंह का राजनीतिक उत्तराधिकारी उनके दामाद को ही माना ज़ा रहा था।

दोपहर के खाने से लेकर शाम छह बजे तक वह भाईजी के साथ अब तक के प्रचार, आगे की स्थितियों और संभावनाओं पर विचार करता रहा। फिर बोरे वालों के साथ पार्टी के कई स्थानीय नेताओं के साथ बैठकें हुईं और आँकड़े सामने रखे गए। भाईजी ने सबको बता दिया – 'कम्पेन एक बार फिर आपके अनुज अजित ही सँभालेंगे, आप सभी के मार्गदर्शन और सहयोग से।'

टक्कर काँटे की है ये सबको मालूम था। सबको ये भी मालूम था कि मनकूसिंह ने अभी अपनी आधी ताकत भी नहीं झोंकी है फिर भी भाईजी से ज़्यादा कार्यकर्ता हैं ज़्यादा तामझाम। चिंता सिर्फ इतनी ही नहीं थी, मनकूसिंह कई फिल्मी हस्तियों को भी सुमेरपुर लाएंगे, चर्चा ये भी थी। भाईजी भी जुगाड़ में थे कि एकाध हीरो-हीरोइन किसी तरह पकड़ में आ जाए, पर अभी तक सही सेटिंग नहीं हो पायी थी।

सब कुछ सामने था, चिंता भी हर किसी के चेहरे पर दिख रही थी लेकिन वह आश्वस्त था, उसे लग रहा था कि मनकूसिंह को या तो अपने चेले के बारे में कुछ ग़लतफ़हमियाँ हैं या फिर वो अपने दामाद की जीत को लेकर अति आश्वस्त और उत्साहित हैं। वह बार-बार कहना चाहता था ये बात सबके सामने, और बार-बार रोक रहा था अपने आपको, आख़िर यही स्थिति तो उसके लिए मौका बनेगी। इन्हीं के दम पर तो अपने सपने सच करने हैं उसे... लेकिन अपने सपने सच करने के साथ-साथ उसे आख़िरी बार भाईजी का साथ भी देना है– पूरी ईमानदारी से... वह यहाँ भाईजी को जिताने आया है तो ईमानदारी से जुटेगा!

बैठकों और मुलाक़ातों के बाद वह भाईजी के साथ अकेले बैठा–'भाईजी इस बार हमें ख़र्च का ख़ास ख़्याल रखना पड़ेगा क्योंकि हाथ रोकने से काम चलने वाला नहीं और फ़िज़ूलख़र्ची महंगी पड़ सकती है।'

'तो हाथ कौन पकड़े है यहाँ! मुझे अज्जू, ये चुनाव निकालना है, कैसे भी... ख़र्च की कोई परवाह नहीं। समझे... जब चाहिए, जो चाहिए बता देना... कार्यकर्ताओं को कमी नहीं होने देना है वो जो माँगें... बस... और...'

'वो आप चिंता मत करें, पर कई जगह मैने पिछली बार देखा कि बड़ी गड़बड़ होती है। इस बार मैं उनका ख़्याल रखूँगा– हर पैसे की क़ीमत है और मैं इस बार एक भी पैसा बरबाद नहीं होने दूँगा।'

'तुम्हारी मर्ज़ी पर ये जान लो कि पैसे की कोई कमी नहीं होगी इसलिए कंजूसी कहीं मत करना...-कार्यकर्ताओं के दारू-पानी में तो बिल्कुल कसर मत छोड़ना...'

'नहीं भाईजी, ये तो मुझे भी मालूम है कि कहाँ कतई कसर नहीं छोड़नी। फिर भी ये बता दें कि बजट कहाँ तक जा सकता है और गुंजाइश क्या होगी।'

'ख़र्चा क्या... ख़र्चे की चिन्ता मत करना, जब ज़रूरत हो, जितनी हो बता देना एक दिन पहले। बहुत सख़्त ज़रूरत हो, बहुत जल्दी हो तो ज़ैदी साहब से कह जाऊँगा लाख रूपये स्पेयर रखेंगे हमेशा... पर देखो कहीं कोताही नहीं होने पाए। जो चाहो करना, बस बताते रहना और हाँ लड़ाई-झगड़ा से बचना, अगर उधर से कुछ हो भी तो कोशिश करना कि फौरन जवाबी न हो बस पुलिस में ख़बर करना और मुझे बताना।'

'ठीक। अब आप जब चाहें जा सकते हैं...।' उसने बड़ी बेपरवाही से कहा

'ठीक, चलो, अब मैं भी निश्चिंत हो गया, पर जाने से पहले थोड़ी-थोड़ी... अरे, अब तो जान में जान आयी है साली मेरी। और फिर फुर्सत भी कहाँ थी।' भाईजी वाकई कुछ निश्चिंत दिख रहे थे।

भाईजी रात को निकल गए और वह चैन से सोया। सुबह नींद खुली तो घड़ी में

साढ़े आठ बजे थे। उसके उठते ही बाहर से दरवाजे कर दस्तक हुई जैसे कोई उसके उठने की आवाज़ पर कान लगाए हुए था। उसने दरवाज़ा खोला तो सामने एक बुजुर्गवार थे।

'साहब, हम रहमत है, आपकी ख़िदमत हमें ही करनी है। जब जो चाहिए हो, हमसे कहिएगा, हम यहीं रहते हैं हमेशा... चाय लाएँ क्या अभी...।'

'नहीं चाचा, अभी नहीं, ज़रा फ्रेश हो लूँ फिर पंद्रह बीस मिनट बाद ले आइएगा।'

'चाय के साथ और क्या लेंगे...।'

'सिर्फ चाय– चचा...'

'बहुत अच्छे, मैं पंद्रह मिनट में हाज़िर होऊँगा...' रहमत बाहर जाने को मुड़े पर उसने उन्हें रोक लिया – 'एक मिनट चचा, ...इधर आइये, यहाँ... बैठिए। ये बताइए कि आप वोट किसको देंगे?'

'किसको क्या बेटा, हम तो कई मर्तबा से ज़ैदी साहब से ही कह देते हैं, आप जो चाहें, सही कर लीजिए...'

'क्यों ज़ैदी साहब क्यों, आप खुद क्यों नही डालते...'

बेटा, पढ़े नहीं है, हम... और ये काम वोट-ओट का बस... यूँ समझों कि हम डाल नहीं पाएँगे, हमारा काम भी क्या, वोट डालकर हम क्या कर लेंगे... हम तो बस यक़ीन करते हैं साहब पर कि वो पढ़े लिखे हैं, हमारा भला बुरा सोचकर ही कुछ करेंगे...।'

'नहीं चचा, आपका वोट है आपको खुद डालना चाहिए। कोई मुश्किल नहीं होता वोट डालना, चलिए अबकी मैं बताऊँगा... ख़ैर, ये बताइये शहर में काम करेंगे...।'

'अरे कहाँ बेटा, शहर में काम हम कहाँ कर पाएंगे, देहाती हैं हम लोग, शहर के शऊर ही नहीं... फिर काम कौन देगा, इस उमर में...'

'मैं दूँगा अगर आप तैयार हों तो...'

'अच्छा क्या काम होगा'

'प्रेस में, छापेखाने में... यहाँ चुनाव खत्म कराकर मैं एक छापाखाना खोलने जा रहा हूँ, वहीं।'

'ठीक बेटा, थोड़ा सोचने दीजिए।'

❑❑

आइडिया की कमी तो थी नहीं उसके पास। इस बार कानपुर-मीरजापुर से दो नौटंकी कंपनियाँ बुला ली। पूरे क्षेत्र में धूम मच गयी, दोनों कंपनियाँ गाँव-गाँव घूम-घूम कर मनोरंजन भी कर रहीं थीं और प्रचार भी। भाईजी हर तीसरे दिन आते

और गद्गद् हो जाते। कार्यकर्ता खुश थे और वोटर का रूझान भी साफ़ हो रहा था। अब बस यही टेम्पो बनाए रखना था।

इस बीच वह एक बार घर भी हो आया – एक दिन के लिए। सवा दो लाख रूपयों से भरा बैग अपने कमरे की आलमारी में धरते हुए उसने रूपये दो बार गिने– बस इतने ही इतने दो बार और जुट जाएँ, बस... फिर कोई ऐसा-वैसा काम नहीं... बस मेहनत और ईमानदारी होगी उसके बाद – जीवन भर। ...और ये ख़्याल ज़ेहन में आया ही था कि उसे तर्क ने डपट दिया 'अभी क्या कर रहे हो? क्या सुमेरपुर में मेहनत नहीं कर रहे, अरे इस बार तो पिछली बार से ज़्यादा ही मेहनत कर रहे हो... और रही बात ईमानदारी की तो ईमानदार न होते तो भाईजी की जीत की चिंता क्यों होती, बस पैसा बना रहे होते... और फिर ये पैसा भी तो मेहनताना ही तो है... थोड़ा ज़्यादा भी हो तो क्या, पिछली बार की मेहनत का भी तो बक़ाया था।'

तर्क के सामने ख़्याल दुबक गए।

मतदान के दिन तक उसने लगभग एक लाख रूपये और बचा लिए, लगभग चालीस हज़ार अभी पेट्रोल पम्प वाले अगरवाल से लेने थे। हालाँकि ये रकम उसके अंदाज़ और ज़रूरत से काफ़ी कम थी लेकिन और कुछ किया भी नहीं जा सकता था। अब देखा जाएगा आगे...।

वोट पड़ गए अब सुमेरपुर में उसका कोई काम नहीं। वोटों की गिनती में पूरा एक हफ़्ता बाक़ी है। इस एक हफ़्ते को यहाँ रुककर बरबाद नहीं करना। वापस चलकर काम शुरू करने की तैयारी करनी चाहिए, अब तो पापा से भी सलाह मशविरा किया जा सकता है... उन्हें अच्छा भी लगेगा। अगरवाल से लौटकर मिलेगा जब रिज़ल्ट आ जाएगा।

❑❑

नवाबभाई ने सारे कोटेशन मँगा रखे हैं। सबसे सस्ता सिस्टम आठ लाख में पड़ रहा है। 'इससे सस्ते में जाएंगे तो फ़ोर कलर क्वालिटी नहीं मिलेगी' नवाबभाई ने किलियर बता दिया है।

'पर नवाबभाई इतने पैसे कहाँ है अपने पास, अब तो लोन लेना पड़ेगा कम से कम पाँच लाख...।'

'तो पहले लोन का जुगाड़ कीजिए, बाक़ी तो मैं फ़ौरन-फ़ौरन करा दूँगा, दो दिन में साली मशीन गिर जाएगी, दो दिन में टेस्टिंग... हफ़्ते भर में काम शुरू...यूँ...।' नवाबभाई ने चुटकी बजाई।

'ठीक है मैं आज ही बात करूँगा अपने बैंक मैनेजर से।'

‘अरे भाईजी एक दफ़ा फ़ोन कर देंगे ना तो पचास बैंक मैनेजर खड़े हो जाएँगे...’

‘नहीं नवाबभाई इस बार नहीं, इस बार मैं चाहता हूँ कि जो कुछ करूँ अपने दम पर करूँ...’ उसे लगता है कि वह नवाबभाई से वह सब कह सकता है जो उसके मन में है– ‘...मैं भाईजी का साथ छोड़ रहा हूँ, पर्सनली नहीं... प्रोफेशनली। हम दोनों भाई हैं, भाई रहेंगे पर अब मैंने तय कर लिया है न उनके लिए कोई काम करूंगा न उनसे कोई काम कहूँगा... मैं सीधी सादी ज़िन्दगी जीना चाहता हूँ, आपकी तरह... अब लगता है... ख़ैर, बहुत हो चुका...अब बस।’

नवाबभाई चुप हो गये हैं। ये तो वही हो रहा है जिसकी वह दुआ करना चाहते थे पर कर नहीं पा रहे थे। क्यों नहीं वो कर पा रहे थे ये दुआ – उन्होंने अपने भीतर झाँकने की कोशिश की और बिना गहरे उतरे, बहुत जल्दी ही बाहर आ गए– ‘अज्जूभाई कसम से, आज आपने जी ख़ुश कर दिया हम तो हमेशा सोचते थे आप जैसे लोग उस धँधे के लिए नहीं बने... ताज्जुब होता था आपको वो सब करते देखते हुए, सोचता था वहाँ ऐसा कोई खाँचा कहाँ होगा जिसमें आप फ़िट बैठते हों... कई बार सोचा आपसे बात की जाए पर फिर लगा आप समझदार हैं....ख़ैर आज भरोसा हो गया कि हम भी परख सकते हैं आदमी को सही-सही... चलिए देर आयद, दुरुस्त आयद, अब ये मेरी भी ज़िम्मेदारी... आपको उधर मुड़कर देखने भी नहीं दूँगा, वादा। और हाँ, बैंक से मैं बात करूँगा, लोन तो यूँ होगा...’ नवाबभाई ने फिर चुटकी बजाई, चेहरा उनका दमक उठा है।

उसे अच्छा लग रहा है।

❑❑

यूँ उसे कल काउंटिंग शुरू होने से पहले पहुँचना था पर वह टाल गया। आज गिनती पूरी होने से पहले पहुँचा है। देखना चाहता है वह कि भाईजी के चेहरे पर उसके इस आख़िरी एहसान के रंग कैसे दिखेंगे।

भाईजी 22 हज़ार वोटों से जीते हैं। कचहरी में भारी भीड़ है, भाईजी के लगुए-भगुए उन्हें घेरे हुए हैं। वंदना भी है। लेकिन भाईजी ने सबको किनारे करते हुए सबसे पहले उसे ही गले लगाया है फिर लोगों के कंधों पर सवार हो गए हैं। वह ज़मीन पर ही है। उसे पिछला चुनाव याद आ रहा है, जब लोगों ने उसे कंधों पर उठा लिया था। उसे बहुत अच्छा लगा था तब, पर आज लोगों के कन्धों पर सवार होने की उसे कोई इच्छा नहीं।

तय हुआ है सुमेरपुर में ही विजयोत्सव मनाया जाएगा। ज़िला कचहरी से गाड़ियों का काफ़िला सुमेरपुर के लिए निकल पड़ा है। सुमेरपुर पहुँचते ही उसे अगरवाल

पेट्रोलपम्प वालों के पास जाना है। चालीस हज़ार रुपये लेने हैं उनसे।

सुमेरपुर में इस बार भाईजी के ठहरने का इंतज़ाम डाकबँगले में है। विजयोत्सव भी डाकबँगले के सामने वाले ग्राउंड में ही है। भाषण हो रहे हैं, बधाइयाँ दी जा रही हैं, मालाएँ पहनायीं जा रही हैं। वह भी मंच पर ही है, भाईजी के दाहिने हाथ पर। लोगों के भाषणों में उसका ज़िक्र भी आ रहा है, कई मालाएँ उसके गले में भी डाली गयी हैं पर आज वह छाती नहीं फुलाना चाह रहा। उसने जो किया वह एक तो एहसान था, दूसरे—मेहनताना भी तो उसने ले लिया। वह कुछ और सोचने लगा है... सपने यहाँ भी आ रहे हैं उसे-प्रेस का काम चल निकलेगा फिर वह अपना अख़बार निकालेगा... पहले साप्ताहिक फिर दैनिक...

'अरे!' उसकी नज़र के सामने अचानक, फ्रेम के ऐन बीचोंबीच आ गया है वह टिन्नू पांडेय... साला रंडियों का दलाल। उसे देखते ही वन्दना अपनी जगह से खड़ी हो गयी है। उसने वन्दना के कन्धे पर हाथ रखकर उसे बिठा दिया है और बगल वाली कुर्सी पर बैठ गया है। उसे दूर से ही टिन्नू का ये स्पर्श अश्लील-सा लगा है। लेकिन वंदना भी...

उसे टिन्नू पांडेय का यहाँ आना और फिर वन्दना का ये बरताव अच्छा नहीं लगा हैं अचानक जी में आया है— गोली मार दे टिन्नू को... पर उसके फ़ौरान साथ ही दूसरा ख़्याल उभरा है— क्या मतलब अब इन सबसे...अब तो ये इसकी दुनिया ही नहीं रहे... पर ये नया ख़्याल पुराने को पूरी तरह दबा नहीं पाया है। ...फिर भी टिन्नू पांडेय की इतनी हिम्मत..., चलो वह ख़ुद ना सही पर भाईजी का तो लिहाज हो, उनके सामने भी...

शाम ढल रही है और बता रही है कि अब सर्दियाँ आ गयी हैं। डाकबँगले के बड़े गोल कमरे में कई लोग अब भी हैं। ज़ैदी साहब, शर्मा जी, टिन्नू पांडेय, वन्दना... सब भाईजी को घेरे हुए हैं। उसे अगरवाल से भी मिलाना है, वह निकल लिया है वहाँ से—हरी जिप्सी ले कर। बाहर अच्छा लग रहा है। कल तक जो शोर, जो गहमागहमी वह इन सड़कों पर देखता था आज नहीं है।

कहीं कोई लाउडस्पीकर नहीं चीख़ रहा — कमल पर मुहर लगाएँ... , आपका चुनाव निशान साइकिल... पंजे को वोट दें...। आज मालूम चल रहा है कि रात जल्दी उतरती है यहाँ।

वैसे कस्बे की ज़िंदगी शायद पहले भी ऐसी ही रही होगी पर उसने कभी ग़ौर नहीं किया। ये कस्बा, ये ज़िंदगी कभी इस नज़र से, इस फ्रेम में क्यों नही दिखे... ताज्जुब होता है उसे। अचानक बेबी याद आ जाती है— क्या ज़िंदगी होगी उसकी...

डपट देता है वह ख़ुद को। क्यों याद करता है दिल बार-बार बेबी को... फिर

ख़ुद ही ख़ुद को समझाता भी है – आख़िर बेबी इस जीवन में कहीं, कभी, किसी पल ख़ुद जीवन बन भी तो गयी थी... इसी जीवन में ...जो अब बदल रहा है। जो बदल जाएगा पूरी तरह बहुत जल्दी।

अगरवाल से मिलने के बाद तय कर लिया है– जितना जल्दी हो यहाँ से निकल लेना चाहिए। अब यहाँ कोई काम नहीं, बस भाईजी को सूचित भर करना है। डाकबँगले पहुँचा तो भाईजी रोकने लगे पर उसे नहीं रुकना। वंदना रुक रही है। उसने एक बार भर नज़र वंदना को देखा और झटके से उठकर बाहर आ गया है।

डाकबँगले के कम्पाउंड में गाड़ियों की भीड़ के बीच हरी जिप्सी को मोड़ते हुए उसे जिप्सी पर ही प्यार आने लगा है... छूट जाएगी ये गाड़ी कल, ये गाड़ी जो उसके लिए केवल एक जीप नहीं, एक साथी रही है– हमराज़। ...नहीं इसे नहीं छोड़ना, इसकी रग-रग से वाकिफ है वो, उसे अपने आप पता चल जाता है– कब गाड़ी गरम हो रही है, कब इंजन थक रहा है कब उछाल मार रहा है और गाड़ी चहक रही है... ख़रीद लेना है इसे थोड़े पैसे आते ही... कह देगा वह भाईजी से।

गेट से निकलते ही उसने एक्सीलेटर पर पैर जमा दिए और गीयर पर गीयर बदलने लगा है। पूरे दिन की दौड़ भाग के बावजूद उसे थकान का कोई एहसास नहीं। आधे घंटे की ड्राइव के बाद उसे लग रहा है अभी पाँच मिनट भी तो नहीं हुए... समय भी–कभी तो ऐसा ठहरता है कि बस्स...।

यही सड़क तो थी उस रात भी जब ज़ैदी साहब के ड्राइवर के साथ वह सुमेरपुर से निकला था और उस पर गोलियाँ चलायीं गयीं थीं। उस रात यही समय मानो बरगद हो गया था। उस रात को याद कर उसे अब डर सा लगने लगा है। अपनी इस कैफ़ियत पर वह आप ही मुस्करा भी उठा है–तब की बात और थी, अब तो उसके पास रिवाल्वर भी है और ऐसी न जाने कितनी रातों में वह न जाने कहाँ-कहाँ से, किन-किन हालात में अकेले गुज़र चुका है। लेकिन ये ख़्याल उसके भीतर अचानक उभरे डर को डरा नहीं पा रहा। सचमुच तब की बात और थी। तब उसे रिवाल्वर के इस्तेमाल से कोई हिचक नहीं थी, भाईजी का भाई था वह। लेकिन आज... आज वह अजित है, केवल अजित। बस एक शरीफ़ शहरी।

...शरीफ़। भीतर का डर और उभर आया है। वैसे ही जैसे किसी भी आम शहरी को ऐसे डर हमेशा सताते रहते हैं। अब इस डर पर काबू नहीं पा पा रहा वह। उसके बाएँ पैर ने ख़ुद एक्सीलेटर पर दबाव कम कर दिया है। गाड़ी किनारे पार्क कर पार्किंग लाइट ऑन कर दी है और एक सिगरेट सुलगा ली है।

सामने सड़क पर पसरी रात और काली और डरावनी लगने लगी है। सामने से आती गाड़ियों की रोशनी से आँखें अचानक ज़्यादा चौंधियाने लगी हैं। गाड़ियों की

रफ़्तार भी बहुत तेज़ मालूम देने लगी है अब। कहीं कुछ हो गया तो... रात की ड्राइविंग ख़तरनाक होती है, दो बार तो वही मार चुका है टक्कर... नहीं, अब इस वक़्त नहीं जाना, सुबह जाएगा वह, अभी वापस डाकबँगले।

डाकबँगले पहुँचकर क्या करना... कुछ सूझ नहीं रहा। पर चलना तो पड़ेगा ही वापस। फिर... गाड़ी स्टार्ट कर उसने बड़े अनमने अंदाज़ में एक्सीलेटर पर पाँव रख तो दिया है पर स्टेयरिंग पर हाथ दुविधा में बदल गये। सुमेरपुर की खड़ंजे वाली सड़क शुरू होने के पहले ही अंग्रेजी शराब की दुकान का बोर्ड दिख रहा है, धुँधलके में दूर से चमकता नियोन साइन। सर्दियों की शाम बीयर पीना उसे मज़ेदार लगता है। हल्की सर्द शाम और ज़बरदस्त ठंडी बीयर हो तो कहना ही क्या... और आज तो बात ही कुछ और है।

❑❑

डाकबँगले के कंपाउंड में अब भी कई गाड़ियाँ हैं। वह अपनी जिप्सी कंपाउंड के बाहर ही गेट के सामने पार्क कर देता है– कहीं बाद में और गाड़ियाँ भी आ गयी तो सुबह गाड़ी निकालने में मुश्किल हो जाएगी। डाकबँगले के कम्पाउंड में अब बिल्कुल सन्नाटा है। उसे लाल बजरी की सड़क पर अपने कदमों की आवाज़ साफ़ सुनायी दे रही है। लेकिन बरामदे की पहली सीढ़ी पर पैर रखते ही एक कहकहा, एक खिलखिलाहट उसके कदमों की आवाज़ दबा देते हैं। ये खिलखिलाहट उसके लिए अन्जान नहीं, कभी जिया-मरा है वह इसके लिए।

ये आवाज़ें जिधर से आ रही हैं उधर पहले उसके कान बढ़ते हैं, फिर नज़रें उठ जाती हैं दायीं खिड़की की तरफ। उसने झटक दिया है उनको पर अगले ही क्षण उसे अपना नाम मिलता है– उसी खिड़की से तैर कर आता हुआ। खिड़की के जाली वाले दरवाज़े बन्द हैं पर रोशनी बाहर आ रही है भीतर से। दबे पाँव वह खिड़की पर पहुँच गया है।

'देखा था आपने कैसे देख रहा था स्टुपिड मुझे ..., अरे मैं किसी की मिल्कियत तो हूँ नहीं, कभी रही भी नही, कभी होऊँगी भी नहीं...' वंदना है ये।

वह खिड़की से भीतर झाँकता है, परदा पूरी खिड़की को ढंके नहीं है, वंदना भाईजी की लगभग गोद में है, टिन्नू पांडेय का हाथ उसकी जाँघ पर है। सन्न रह गया है वो...

'...मिल्कियत! अरे आप तो मलकिन हो मलकिन..., मलिका, मलिका विक्टोरिया...' – टिन्नू पांडेय के दाँत चमक पड़ते हैं– 'दुनिया मानती है भई...।'

'पर वो जो हैं ना भाई इनके, वो तो पता नहीं किस दुनिया में जीते हैं, बस बरदाश्त कर जाती हूँ... आख़िर भाई हैं इनके...'

'समझाइए ज़रा अपने भाई को... काहे हमारी मलिका को परेशान करता है,' टिन्नू पांडेय फिर ठठा पड़ा है और वंदना की कमर में हाथ डाल कर उसे अपनी तरफ़ खींचने की कोशिश कर रहा है। वंदना उसका हाथ बड़ी अदा से अलग करने में सफल हो गयी है।

'क्या समझाएँ उसे, बेवकूफ़ है साला... सब कुछ जानते समझते हुए भी... वैसे परेशान तो वह नहीं करता तुम ही परेशान हो जाती हो अपने आप, ...ख़ैर चिन्ता मत करो नुकसान नहीं करेगा वो कोई तुम्हारा, इस लायक ही नहीं है...'

'अरे भाईजी, ऐसा मत कहिए, भाई है आपका वो...' टिन्नू चेहरे पर बनावटी गंभीरता ले आया है– 'कितना काम आता है बेचारा...।'

वह खड़ा नहीं रह पा रहा है। उसकी टाँगें काँपने-सी लगी हैं।

'भाई! भाई क्या होता है? अरे राजनीति में बस राज होता है सब कुछ, और राज के लिए कोई भी नीति अपनाओ– सब ठीक। यहाँ भाई-बहन, माई-बाप कोई नहीं होता, जो काम आए वही मौला। मुझे एक भरोसेमन्द और थोड़ा दिमाग वाला आदमी चाहिए, जो कुछ भी कर गुज़रे मेरे लिए, और थोड़ा इमोशनल भी हो, थोड़ा घरेलू भी... साले प्रोफेशनल पैसा बहुत लेते भी हैं ख़र्च भी बहुत कराते हैं और ख़तरा भी बना ही रहता है उनसे हमेशा। ...और फिर पंडितजी, राजनीति में मज़बूत कन्धे भी बहुत ज़रूरी होते हैं ऐसे कन्धे जिन पर पाँव रखिए और कद ऊँचा कर लीजिए... और ऐसे कन्धे बहुत कम मिलते हैं जो आपको उठाए हुए लगातार खड़े रहते हैं बिना हिले-डुले... जो नीचे से आ रहे सारे झटके भी खुद झेल जाते हैं।'

'भई ई रूप तो हम पहली बार देख रहे हैं... आप तो एकदम्मै फिलास्फर निकले... कौन चूतिया कहता है कि सारे नेता साले चूतिया होते हैं...' टिन्नू पांडे का अंदाज़ नाटकीय था।

उसके होश उड़ गए हैं, धीरे से वहीं बैठ गया है वह पर संवाद अधखुली खिड़की से लगातार कोहरे की तरह टपक रहे हैं। भाईजी जारी हैं '...ये साला काम भी करता है लगन से, ईमानदार भी है और मुझे इससे कोई ख़तरा भी नहीं। जब पर निकलने लगते हैं थोड़ा कतर देता हूँ फिर ज़रा सा चुमकारा नहीं कि सब ठीक... चुमकारते रहिए बस्स... काबू में रहेगा।'

'बढ़िया कहे भई, बड़ा ज्ञान मिला आज तो...। अच्छा चल रहे हैं भाईजी, ऐश कीजिए आप... और मलकिन चलते-चलते एक चुम्मा तो दे दीजिए...'

'धत...'

टिन्नू पांडेय बाहर निकल गया है। उसकी गाड़ी स्टार्ट होने की आवाज़ से उसके होश वापस आ गए हैं। वह खड़ा हो गया है फिर अपने पैरों पर।

दबे पाँव वह कम्पाउंड के बाहर आ गया है। अपने आपको सामान्य करने में उसे वहाँ दस मिनट लगे हैं और एक सिगरेट। वापस कम्पाउंड के भीतर बरामदे की सीढ़ियों के सामने गाड़ी रोकते-रोकते उसने एक्सीलेटर पर एक बार पाँव दबा दिया है। गाड़ी ने तेज़ हुंकार भरी है। रीयर व्यू मिरर में एक नज़र खुद को देखा है– सब ठीक।

गाड़ी की आवाज़ सुनकर, बैठक का दरवाज़ा चौकीदार ने खोल दिया है। गाड़ी से उतर कर भीतर जाते-जाते जानबूझकर वह ज्यादा आराम से काम ले रहा है ताकि अंदर भी सब कुछ ठीक-ठाक हो जाए।

'भाईजी कहाँ हैं,' चौकिदार से पूछा है उसने।

'साहब उधर'–चौकीदार ने जिधर इशारा किया है, उधर से ही वंदना प्रकट हुई है। वह पहले से तैयार था, झट मुस्कराहट चेहरे पर चुपड़ ली है और आवाज में उत्साह–'भाईजी कहाँ हैं।'

'अंदर...' वंदना अपने पीछे, जहाँ से निकली है, उधर ही इशारा कर रही है। चकित है वह उसे वापस देख कर।

पर वह उत्साह से भरा सीधा भाईजी के सामने पहुँच गया है– 'नहीं गए, लौट आए, आप इतना कह रहे थे तो सोचा रुक ही जाया जाए।'

भाईजी कम थोड़े ही है, खुशी उनकी भी छलकी पड़ रही है– 'अच्छा किया, रात भी हो रही है, इस वक्त जाना ठीक होता भी नहीं, इसीलिए रोक रहे थे हम। कहाँ से लौट आए?'

'अरे रात-वात क्या, निकल गए थे तो चले ही जाते पर रास्ते में वो पड़तापुर के पास... अच्छा ये बताइए आप लोगों ने खाना खाया?'

'नहीं अभी नहीं, अभी तो बन रहा है। क्यों?'

'अरे, अभी बन रहा है तो रुकवा दीजिए... हम ना...चलिए हमारे साथ, ऐसा खाना खिलाएँगे कि जब सुमेरपुर आइएगा खाना खाने वहीं जाइएगा, चलिए।'

'लेकिन भइया कहाँ इत्ती रात को...'

'इत्ती रात! अरे भाईजी अभी तो... आठ पैंतीस हुए है बस... आठ पैंतीस भी कोई रात होती है... वंदना चलो जल्दी... और चौकीदार... खाना रोक दो, जो बनाए हो तुम खा लेना...।'

'अरे अज्जू, इस समय न सिक्योरिटी न कुछ... सब इधर-उधर है, बुलाने तो दो...'

'अरे छोड़िए भाईजी, अपना इलाका है ये, और आपकी सिक्योरिटी मैं जो हूँ, मेरे रहते आपको क्या चिन्ता...। देखिए, सामान है। उसने झट जेब से रिवाल्वर निकाल

कर दिखा दी है।

❑❑

सुमेरपुर से बाहर निकलने ही उसने गाड़ी दाहिने मोड़ दी है।

'मेन रोड काहे छोड़ दी...' भाईजी ने पूछा, जवाब उसके पास तैयार है– 'शार्टकट भाईजी। दो चुनावों में प्रचार करके हमें यहाँ की हर छोटी-बड़ी सड़क और उसका हर छोटा-बड़ा गड्ढ़ा याद हो गया है।'

दस मिनट बाद सड़क के दोनो तरफ जंगल आ गया है।

'भाईजी आपको मालूम है– इसे नकहा जंगल कहते हैं।'

हूँ– भाईजी ने हुंकार भरी। उनकी आँखें बाहर देख रही थी पर वंदना ने सवाल जड़ दिया– 'इस समय जंगल-वंगल वाले शार्टकट की क्या ज़रूरत थी।'

'थी...' उसने बिना वंदना की तरफ देखे जवाब दिया।

गाड़ी एक झटके के साथ रुक गयी और दो धमाकों से जंगल गूँज उठा है। भाईजी की खोपड़ी से गोलियाँ आर-पार हो गई हैं। उसकी रिवाल्वर का रुख़ अब वंदना की तरफ है। जिप्सी में पीछे बैठी वंदना भाग नहीं सकती। इसके लिए उसे आगे वाली सीट खिसकानी पड़ेगी जिस पर अब मर चुके भाईजी पड़े हैं और जिनकी आँखें निश्चित रूप से फैल गई होंगी, पर अब दिख ही नही रही। वह थर-थर काँप रही है। उसने गाड़ी सड़क से नीचे जंगल में कुछ मीटर अंदर उतार कर रोक दी है।

'–देखो डरो मत, भाईजी ख़त्म हो गए तुम आज़ाद... अब अगर मेरे साथ रहोगी तो ऐश करोगी। भाईजी की जगह मैं चुनाव लड़ूँगा सुमेरपुर से... बोलो साथ दोगी मेरा या भाईजी के साथ जाना चाहोगी।'

वंदना चुप।

'ठीक, फिर चुप रहो।' वह कूद कर पिछली सीट पर आ गया है। वंदना किसी भी तरह के विरोध लायक नहीं रही। बड़े आराम से उसने उसके कपड़े उतारे हैं एक हाथ से। वंदना आँखें बन्द किए सब झेल रही है।

अब वह उसके ऊपर से पूरी तरह हट गया है। वंदना ने आँखें खोल दी हैं और दो धमाकों से जंगल फिर गूँज उठा है। उसने अपने बैग से शाल निकाल कर लपेट लिया है। गाड़ी के बाहर ठीकठाक ठंड है।

❑❑

पैसेन्जर ट्रेन के चालू डिब्बे से छपरा स्टेशन पर उतरे हुए साढ़े बारह बज रहे हैं पर धुँध ऐसी कि लगे बस नौ बजे हैं। उसने मुँह के सामने हाथ कर ज़ोर से साँस

छोड़ी। बचपन में स्कूल जाते समय खूब खेलते थे ऐसे और कहते थे सिगरेट पी रहे हैं। लगता है धुँआ निकल रहा हो मुँह से यानी ठण्ड है। लेकिन उसे महसूस क्यों नहीं हो रही...?

शायद कल शाम से लगातार ठण्ड खाते-खाते, शरीर आदी हो गया है। इसलिए...। ये सोच कर वह खुद को दिलासा देता है पर उसी के साथ दिमाग में उभरता है– कहीं शरीर चेतना शून्य तो नहीं हो रहा, मतलब जैसे सुन्न पड़ जाना... जैसे उसकी सारी संवेदनाएँ सुन्न पड़ गयी थी एकाएक कल शाम...या पहले सुन्न पड़ी हुईं थीं और जागी थी कल शाम तय करना मुश्किल है उसके लिए। मुस्करा पड़ता है वह अनायास, दिमाग में एक फिल्मी गाने की लाइन कौंध पड़ती है, जो जुबान पर भी आ जाती है '...क्या से क्या हो गया...' वह कुछ सोचना नहीं चाहता बस एक चाय की दरकार है अब तो।

❑ ❑

'साफ कर दो।'

'साहब बिल्कुल साफ...' नाई पूछ रहा है पर वह नहीं सुन पाया है, उसके कान रेडियो पर टिक गये हैं। बी.बी.सी. है शायद, लहरों सी उठती-गिरती आवाज़ आ रही है– 'भारतीय राज्य उत्तर प्रदेश की पुलिस का कहना है कि प्रदेश के एक मंत्री की हत्या...' लहर डूब गयी है।

'साहब बिल्कुल साफ करना है...' नाई फिर पूछता है...

'हैं..., हाँ, साफ, बिल्कुल साफ...' नाई को जवाब मिल गया है पर उसे मालूम है उसके मुँह से निकले शब्द नाई के सवाल का जवाब नहीं थे।

'सिएरा लियोन के विद्रोही...' लहर रेडियो पर फिर ऊपर आयी है पर अब उसके लिए बेमायने है। सिर पर से गुच्छे के गुच्छे बाल उसकी गोद में गिर रहे हैं। वह नज़रे उठाकर आइने में अपना चेहरा देखता है– आधे से ज़्यादा सिर गंजा हो चुका है। चेहरा बिल्कुल बदल गया है। उसे लगता है कि भाईजी का अंतिम संस्कार करने की तैयारी में ही वह सर घुटा रहा है। इसके बाद ही भाईजी को पूरी मुक्ति मिलेगी। भाईजी की आत्मा को नया शरीर मिलेगा और उसके शरीर को नयी आत्मा।

नया बैग और कुछ नये कपड़े वह खरीद चुका है। बस स्टेशन के सामने ढ़ाबे पर छककर खाना खाने के बाद अब उसे थकान लग रही है पर नींद नहीं आ रही। बेचैनी बढ़ी हुई है। रक्सौल की बस छूटने में आधा घंटा बाक़ी है। अभी भीतर केवल दो तीन सवारियाँ ही और हैं। वह एक लंबी सीट पर पसर जाता है पर आँखे बंद होने को तैयार नहीं। माँ याद आ गयी है। इस याद की उदासी तारी हो इससे पहले

ही वह इस याद के ख़्याल को ही झटक देना चाहता है–कैसी माँ... ये माँ... क्या होती है...। पर ये काम उसे कतई आसान नहीं लग रहा, झुँझलाता पा रहा है वह खुद को।

'सांध्य समाचार, पेपर, पत्रिका...' आवाज़ बाहर से आ रही है। वह खिड़की से झाँकता है। एक बारह तेरह साल का लड़का है।

'हाँ... ज़रा एकठो सांध्य समाचार'

'हाँ बाबू... ये लीजिए ऊ.पी. में मंत्री की हत्या एक रुपये में।'

'...कल ही दोबारा विधायक चुने गये सूरज सिंह भाईजी, राज्यमंत्री थे। उनकी निजी सचिव की हत्या के पहले उससे बलात्कार भी किया गया है जबकि मंत्री के छोटे भाई लापता हैं। उनकी भी हत्या की आशंका से पुलिस अधिकारी इनकार नहीं कर रहे। पुलिस के अनुसार इस घटना के पीछे उत्तर प्रदेश के पूर्वी ज़िलों में तेजी से सक्रिय हो रहे नक्सली चरमपंथियों का हाथ हो सकता है...' पूरी खबर पढ़ने के बाद उसने ये पैराग्राफ फिर पढ़ा है। और फिर अख़बार से मुँह ढ़ाँपकर लेट गया है। बिल्कुल सही अन्दाजा है पुलिस वालों का। चिंता की कोई बात नहीं। कल सुबह वह पोखरा पहुँच जाएगा और उसे देखकर गुरागांई जी पक्का चौंक जाएँगें।

अब उसे नींद आने लगी है। पर वह सोना नहीं चाहता, उसे अब अपना नया नाम सोचना है। कोई अच्छा सा नाम।